CORAÇÃO AZEDO

JENNY ZHANG

Coração azedo

Contos

Tradução
Ana Guadalupe

COMPANHIA DAS LETRAS

Grafia atualizada segundo o Acordo Ortográfico da Língua Portuguesa de 1990, que entrou em vigor no Brasil em 2009.

Título original
Sour Heart: Stories

Capa
Claudia Espínola de Carvalho

Ilustração de capa
Laura Montserrat

Preparação
Mell Brites

Revisão
Marise Leal
Renata Lopes Del Nero

Dados Internacionais de Catalogação na Publicação (CIP)
(Câmara Brasileira do Livro, SP, Brasil)

Zhang, Jenny
Coração azedo : contos / Jenny Zhang ; tradução Ana Guadalupe. — 1ª ed. — São Paulo : Companhia das Letras, 2018.

Título original: Sour Heart : Stories.
ISBN 978-85-359-3149-5

1. Contos norte-americanos I. Título.

18-17622 CDD-813

Índice para catálogo sistemático:
1. Contos : Literatura norte-americana 813

Iolanda Rodrigues Biode — Bibliotecária — CRB-8/10014

[2018]

EDITORA SCHWARCZ S.A.
Rua Bandeira Paulista, 702, cj. 32
04532-002 — São Paulo — SP
Telefone: (11) 3707-3500
www.companhiadasletras.com.br
www.blogdacompanhia.com.br
facebook.com/companhiadasletras
instagram.com/companhiadasletras
twitter.com/cialetras

Para minha mãe e meu pai

Sumário

Nós te amamos Crispina

Na época em que eu e meus pais morávamos em Bushwick num prédio espremido entre uma boca de fumo e outra boca de fumo — sendo que a única diferença entre elas era que os traficantes de uma eram também usuários e bem mais imprevisíveis e na outra os traficantes nunca eram usuários e eram bem mais sensatos —, naquele tempo morávamos num apartamento tão precário de um quarto que acordávamos com baratas achatadas no lençol, às vezes três ou quatro grudadas nos cotovelos, e uma vez encontrei catorze prensadas nas minhas panturrilhas, e não havia charme nenhum em derrubá-las com um chacoalhão, embora buscássemos elegância balançando os braços no ar como bailarinas. Naquela época, se um de nós precisasse dar uma boa cagada, tentávamos segurar e atravessar a rua para ir ao banheiro da estação Amoco, que quase sempre era muito escorregadio por causa dos noias que iam lá e espirravam xixi por todo lado, e, se mais de um de nós sentisse os movimentos de uma bosta descomunal declarando sua intenção de ver o mundo para além do nosso cu, aí estávamos ferrados, porque alguém ia precisar usar nossa privada permanentemente entupida que não conseguia arcar com mais nada a não ser com tabletes de veneno de rato, e teríamos que revirar nosso estoque de escovas de dente e hashis velhos para quebrar o cocozão tamanho família em pedacinhos menores, já que naquela época éramos pobres demais e irresponsáveis demais até para comprar um desentupidor de vaso e, embora minha mãe e meu pai tivessem adicionado esse item à lista de "coisas que precisamos comprar para ontem ou perderemos a dignidade", parecia que no final do mês sempre faltavam cem dólares e não conseguíamos pagar toda a conta de gás ou acabávamos devendo vinte dólares para um amigo aqui e dez para um amigo ali e daí por diante, até ficar tudo tão bagunçado que eu pensava que não tinha mais jeito de resolver nossas pendências de verdade, apesar de eu me culpar em segredo por causar todas as nossas derrocadas, tipo daquela vez em que pedi para o meu pai comprar uma casquinha de sorvete com granulado colorido e isso fez com que ele percebesse que eu tinha esperado o mês inteiro para fazer esse pedido e ficasse com tanta pena de mim que resolveu comprar não só uma casquinha com granulado mas também uma tornozeleira de strass de verdade que definitivamente não estava na lista de "coisas que precisamos comprar para ontem ou perderemos a dignidade", e era nesse ritmo que minha família acabava entrando: numa incapacidade desastrosa e deprimente de pensar no futuro, e era por isso que nunca tínhamos dinheiro para comprar um desentupidor e era por isso que nossas bundas eram duramente castigadas naqueles anos em que nada nunca era simples tipo "vou ali dar uma cagada, volto em trinta segundos", era mais tipo "estou indo cagar, cadê meu casaco e meu sapato e cadê aquele cachecol mais curto que não vai tocar na privada e cadê aquele rolo de papel higiênico caso o cara indiano tenha esquecido de abastecer o banheiro de novo (ele sempre esquecia)", e depois, quando finalmente nos mudamos, quando finalmente saímos daquele buraco, continuou não sendo simples, mas pelo menos podíamos defecar quando desse vontade, e isso não era pouca coisa.

Antes de Bushwick, moramos em East Flatbush (eu e meus pais chamávamos de "E-flat"* porque adorávamos o som do mi bemol no piano e adorávamos reconfigurar nosso mundo sob uma luz mais bonita e melodiosa) por um ano e meio numa ruazinha cheia de fachadas malcuidadas. Sabíamos quem eram todos os moradores da rua, não pelo nome ou por causa de conversas de verdade, mas os conhecíamos de vista e acenávamos e falávamos "oi, oi, oi", ou às vezes só "oi, oi", ou "oi!", mas sempre alguma coisa.

Nossos vizinhos eram gente das ilhas, tinham vindo da Martinica e de Trinidad e Tobago. Um dia, alguns deles confrontaram meu pai só para esclarecer que não eram dominicanos.

— Somos indianos do Oeste — disseram. — Diga a seus filhos.

Meu pai voltou para casa confuso com essa interação como um todo, mas depois eu e minha mãe concluímos que eles provavelmente se referiam aos meninos coreanos idiotas que moravam um pouco mais para baixo e ficavam na frente das casas com bonés de beisebol de aba reta e calças nos joelhos, berrando todos os palavrões patéticos que viessem à mente. Uma vez, quando eu estava andando do ponto de ônibus até minha casa, eles gritaram "*yo*, é o estupro de Nanquim! É realmente o estupro de Nanquim!", como se gritar o nome de um crime de guerra horrível pudesse me assustar, sendo que eu tinha nove anos e

* Na língua inglesa, o acorde mi bemol é chamado de "E-flat". (N. T.)

tinha sido amada a vida toda por pais que prometiam diariamente me proteger pelo resto de suas vidas, e, mesmo que em 1992 eu de fato fosse uma coisa minúscula e medíocre, uma coisa que eu não era de jeito nenhum era uma menina assustada. Aqueles meninos coreanos eram *bullies* que iam acabar mortos ou presos, e eu e meus pais os odiávamos e odiávamos que nos confundissem ou associassem com eles só porque, para todo o resto do bairro, éramos a mesma coisa.

Os martinicanos e os trinidadianos eram aquele tipo de pessoa que se comporta como se a terra natal fosse para sempre um membro perdido e necessário em seus corpos e que causaria dores fantasmas enquanto estivessem vivos e longe de casa, e me incomodava ver como se apegavam ao passado e agiam como se os tempos de outrora fossem melhores do que o que acontecia aqui e agora. Sempre faziam churrasco no verão e se vestiam com cores vivas, como se nossas ruas fossem cercadas de palmeiras e não de lixo e bitucas de cigarro e restos de comida. No fim das contas, porém, passei a admirá-los muito, especialmente as mulheres, porque tinham aquelas bundas maravilhosas que faziam com que o cinto formasse uma letra V esgarçada bem no lugar onde as nádegas se encontravam, e eu ficava seguindo aquele V com os olhos e os homens faziam a mesma coisa, aparentemente eles também nunca enjoavam daquela visão.

Minha mãe não tinha uma bunda dessas, mas chamava atenção mesmo assim. Os homens do nosso quarteirão olhavam minha mãe toda vez que ela passava — olhares fixos, compridos, concentrados. Talvez porque seu cabelo fosse muito liso e comprido e caísse pelas suas costas igual a uma cortina grossa e também porque sua pele era tão branca que me lembrava sorvete de baunilha. Era por isso que eu desenhava casquinhas de sorvete nos braços dela, e ela deixava, porque minha mãe me deixava fazer qualquer coisa que me deixasse feliz.

— O que te deixa feliz deixa a mamãe feliz — ela sempre me dizia, às vezes em chinês, idioma no qual eu não era lá muito boa, mas que tentava falar por causa dela e do meu pai, e quando não conseguia respondia em inglês, idioma no qual eu também não era lá muito boa, mas supunha-se que eu ainda podia melhorar em qualquer uma das línguas, já meus pais não, eles tinham entrado num beco sem saída, os dois bloqueados por uma parede, então era minha missão ficar boa de verdade, era minha missão brilhar muito, e isso me assustava porque eu queria ficar para trás com eles, não queria dar nem um passo além do que eles pudessem dar.

Às vezes, eu esquecia o que devia responder depois que ela falava alguma coisa nesse estilo e dizia a coisa errada, tipo:

— O que me deixa feliz é comer sorvete. A sra. Lancaster que se dane. Quem liga se eu não entregar o trabalho? Sei todas as respostas mesmo assim. Ela é uma tonta, mãe.

— Menina azeda — minha mãe dizia. — Se a professora pediu para você mostrar o trabalho, mostre o trabalho. Você não consegue mais falar sem usar essas palavras feias? E, se entendi direito, o que deixa a mamãe feliz não te deixa feliz? É isso mesmo, azedinha?

— Não — eu dizia. — Desculpa, o que eu queria dizer é que o que te deixa feliz também me deixa feliz. Só esqueci de falar.

Eu sempre ficava sem graça quando minha mãe ou meu pai me venciam (mesmo que nunca fosse de propósito) só por serem tão cuidadosos, e eu, em comparação, tão descuidada e egoísta, só pensando em mim mesma quando parecia que todos os segundos de todos os dias meus pais faziam algum sacrifício para melhorar nossas vidas, e, não importava o quanto eu me esforçasse para acompanhar, as coisas se misturavam — era muito difícil registrar cada detalhe, como, por exemplo, o fato de que meus pais dividiam o mesmo par de sapatos sociais, revezando as agendas para que meu pai usasse de dia e minha mãe à noite, mesmo que os sapatos fossem quatro números maiores que os dela e por isso ela tropeçasse com tanta frequência e ficasse com tantos arranhões pelo corpo.

Muitas vezes eu voltava para uma casa vazia sem nada para me distrair a não ser o desejo pegajoso de encontrar todas as formas possíveis de me sacrificar o suficiente para alcançar meus pais, que se sacrificavam o tempo todo. Mas eu não conseguia nem começar a competir com a minha mãe, que foi demitida do emprego em que fazia donuts depois que passou a noite na rua procurando uma escrivaninha para que eu não precisasse fazer as tarefas da escola no chão ou na cama ou em pé com meu caderno apoiado na parede e encontrou uma escrivaninha linda que era perfeita, a não ser pelas palavras "FODA-SE MAMÃE" que alguém escreveu com spray num dos lados, e que ela arrastou sozinha por vinte e poucos quarteirões e depois ficou cansada demais e não conseguiu acordar na hora certa para ir ao trabalho, e esse foi o motivo pelo qual foi demitida e o motivo para que nunca parasse num emprego porque estava sempre cansada porque precisava cuidar de mim. Ou como é que eu poderia competir com meu pai, que era tão bom em nunca desperdiçar nada, como daquela vez quando eu tinha quatro anos e vomitava tudo o que comia e ninguém conseguia entender nada, se bem que talvez tivesse alguma a coisa a ver com o fato de no ano anterior eu e meus pais termos deixado o único país que conhecíamos na vida para vir para este, ou talvez tivesse a ver com aquela vez que tive pneumonia grave depois que minha mãe me vestiu com um lindo vestido azul de rendinha para meu primeiro aniversário nos Estados Unidos em plena nevasca de dezembro sem um casaco decente ou meia-calça e eu precisei passar um mês no hospital apesar de não podermos pagar mais que uma noite, e a dívida que veio daí foi um dos motivos para que por muito tempo meus pais precisassem ter três empregos e mesmo assim aparentemente não conseguissem sair da pindaíba e dos vários empréstimos — oficiais e não oficiais. Depois do meu surto de pneumonia fiquei péssima nisso de fazer a comida descer, e houve vezes em que meu pai pegou a comida que eu tinha vomitado com uma colher e colocou direto na própria boca para que nem uma migalha de comida fosse desperdiçada, porque naquela época as porções diárias do que podíamos comprar e comer eram bem controladas, e o único jeito de repor a comida que eu tinha vomitado era substituindo a porção de café da manhã ou almoço ou jantar do meu pai pelo meu arroz e legumes e porco regurgitados — era *nesse* nível que ele se dispunha a se sacrificar pela família.

Quando eu voltava da escola (caso tivesse ido à escola nesse dia), às vezes ficava grudada na parede esperando meus pais chegarem à uma da manhã com uma caixa de donuts ou às onze da noite com sobras de macarrão mei fun ou com um par de brincos descascando, na época em que minha mãe trabalhava de costureira para uma mulher chamada Donna, que me mandava uns agradinhos através da minha mãe porque gostava da minha franjinha bufante e do jeito que eu dizia "obrigada" um milhão de vezes quando ia com minha mãe para o trabalho, e, naquelas seis ou sete horas de espera sozinha no apartamento, ficava pensando em como mostraria à minha mãe e ao meu pai que eu também fazia parte daquela máquina incrível e complexa que nos salvava do desespero total e absoluto que coincide com aquela hora em que tudo desmorona.

Mesmo que minha mãe fosse a soma de tudo que você espera de uma pessoa, meu pai já nasceu secando as mulheres e ia morrer revirando os globos oculares, sempre numa procura frenética por mulheres bonitas, ou pelo menos foi isso que minha mãe me falou. Logo depois que fomos despejados do apartamento de Flatbush e encontramos o apartamento de alto padrão de bosta de Bushwick, meu pai começou a sair com uma mulher que conheceu num dos bicos de garçom que fazia num restaurante de noodle onde pegava o turno da madrugada nos fins de semana e feriados.

O nome dela era Lisa e ela era de Taiwan. Não era bonita, não igual à minha mãe, que tinha olhos que refletiam a lua mesmo na luz do dia, não igual à minha mãe, que tinha braços finos e usava vestido o tempo todo, até no inverno, e não igual à minha mãe, que tinha um pescoço comprido e alto que a fazia parecer inacessível; a namorada do meu pai era baixinha, tipo um tronco de árvore cortado ao meio, e tinha um peitão, e era só isso que ela tinha a seu favor. Usava um perfume forte que a fazia cheirar como o sovaco mal lavado de uma pessoa que correu a meia maratona e depois caiu na bobeira de esfregar um ramalhete de flores nas axilas para mascarar o fedor, mas é como minha mãe sempre dizia: "Não dá para lavar um cocô com sabão e esperar que fique cheiroso".

Da primeira vez que ela veio à nossa casa, eu não parava de espirrar porque o perfume dela era muito forte e eu era alérgica a odores artificiais e a piriguetes malucas que não tinham nada que andar por aí com o meu pai. Ele a apresentou para mim como "sua tia Lisa".

— Ela não é minha tia, pai. — Olhei para a Lisa; aqueles peitões ridículos eram muito caídos e eu queria chutá-los de volta para perto da cara dela. — E não vou me dirigir a ela, muito obrigada.

Ela aparecia às vezes, sempre quando minha mãe não estava em casa, embora minha mãe soubesse e não fosse nenhum segredo, era só um daqueles arranjos em que uma pessoa faz o que quer às custas de todo mundo. É claro que a Lisa não dava a mínima para mim ou para minha mãe e provavelmente nem para o meu pai, era só uma pessoa absurdamente solitária que precisava invadir a vida dos outros. Ela fingia que era legal comigo quando vinha em casa, às vezes me oferecia um sanduíche e uma vez trouxe um liquidificador e perguntou se eu queria milk-shake e eu disse que era chata para comer, e ela perguntou como assim, e eu disse é que só gosto da comida que a minha mãe faz e odeio a comida que as pessoas que eu odeio fazem, e ela disse ah, então tá, e eu disse esse seu perfume me faz espirrar, sabia?, e ela disse desculpe, mas não posso fazer nada.

Pode sim, sua puta, eu resmunguei.

O que você disse?, ela falou, e depois ficamos em silêncio.

Todas as noites eu rezava para que ela fosse atacada e mutilada no caminho para o nosso apartamento de Bushwick, mas ela sempre chegava sã e salva, arruinando minha tarde quando eu voltava da escola e ela já estava em casa, esperando meu pai aparecer, sentada no sofá de almofada que a gente fingia que era um sofá normal e não só um monte de almofadas jogadas no chão, zapeando os programas de TV e fazendo parecer que queria que eu escolhesse o programa, mas, no mesmo minuto em que eu levantava para comer alguma coisa, ela imediatamente trocava de canal e, quando eu voltava, dizia:

— Pensei que você não queria mais ver aquele programa, então mudei.

Falei para o meu pai que eu detestava ver a Lisa em casa, mas o que eu queria dizer é que detestava a Lisa, ponto final, e ele me disse para fazer um esforço por ele, e eu disse mas por que a Lisa não pode fazer um esforço por mim? Por que eu preciso fazer um esforço por ela?, e meu pai disse não por ela, por mim, e ela bem que tentou, bala azedinha. Ela te trouxe a bicicleta, não foi?

Minha mãe não reclamava da namorada do meu pai. Ele sempre teve namorada, no fim das contas, e eu é que nunca soube das outras porque não sabia de tudo que acontecia entre minha mãe e meu pai, mas minha mãe sabia e aceitava e me disse para não me desgastar com essas coisas, porque tínhamos uns aos outros, ele sempre voltava para casa, ainda nos amava mais do que ninguém, ainda éramos suas meninas número um.

A namorada do meu pai apareceu em nossas vidas no pior momento possível: eu tinha começado o terceiro ano e andávamos totalmente falidos depois que a escola do meu pai fechou e meu pai resolveu que nunca mais ia dar aula e minha mãe perdeu o emprego de recepcionista, isso sem falar na nossa mudança para Bushwick depois que perdemos a fiança do apartamento de East Flatbush graças ao proprietário doido que nos puniu injustamente por não pagar três meses de aluguel porque a mãe da minha mãe na China teve câncer e minha mãe precisou gastar três salários para viajar de avião para ver a mãe nas últimas.

No dia em que nos mudamos de lá, o proprietário ficou o tempo todo espiando pela janela (ele morava no terceiro andar, bem em cima da gente), e eu mostrei o dedo do meio e gritei "tenha um pouco de compaixão, seu pau mole. Nunca conheceu alguém que tenha morrido?", enquanto meus pais amarravam nossos dois colchões no capô do Oldsmobile vinho.

— Deixa essa minhoca seca pra lá — minha mãe me disse, ajeitando meu cabelo e esticando meus dedos deformados de raiva.

— Odeio ele.

— A gente também, minha maçã azedinha. A gente também. Mas o que passou, passou, azedume. Entendeu? Tudo tem motivo para acontecer. Tudo tem motivo, e a gente precisa ter paciência para descobrir qual é o motivo. Entendeu?

Eu entendia. Mas não sabia o que meus pais sentiam a respeito daquelas mudanças tão frequentes. Chegamos a morar em quatro ou cinco lugares num intervalo de poucos meses. A mudança consistia naquilo que desse para enfiar no carro e amarrar na lataria, mas mesmo assim eu não conseguia evitar a empolgação que surgia toda vez que saíamos de um lugar, como se fosse o primeiro dia da escola e eu ainda tivesse a chance de não ser uma tonta, e como se essa chance só existisse no curto intervalo entre minha chegada na nova sala e o momento em que a professora se apresentava e passava a primeira tarefa do ano — era assim toda vez que a gente enchia o carro e começava a dirigir para a próxima casa e para a outra e a outra, e de certa forma não era tão ruim, era um lembrete de que não existe aquilo que chamam de fracasso, só existe começar de novo um milhão de vezes e mais um pouco.

Aí teve um ano, quando eu precisei repetir o primeiro ano porque não tinha feito nenhum dos trabalhos e tinha ido mal em todas as provas porque nessas horas meu maior esforço era desenhar árvores que parecessem brócolis, quando morávamos em Williamsburg, e aquele foi um bom ano porque meu pai tinha encontrado um quarto com cozinha comunitária e banheiro privativo por duzentos por mês e naquele quarto eu dormia no meio dos meus pais todas as noites e acordava com arranhões enormes nas pernas e nos braços porque nasci com uma coceira dos infernos e ia morrer com uma coceira dos infernos a não ser que um mago da criatividade em algum lugar do mundo decidisse inventar um remédio milagroso que me salvasse dessa vida de coceira.

O pior foi quando eu tinha cinco anos e morávamos em Washington Heights num quarto compartilhado que era só colchão e pouco chão, e minha pele coçava como se formiguinhas minúsculas carregassem gravetos pegando fogo e dessem cambalhotas e piruetas pelo meu corpo. Todo mundo dizia que era normal comer o pão que o diabo amassou no primeiro ano na América, mas ninguém nos preparou para o segundo ano. Me tiraram do programa de inglês como segunda língua nas primeiras semanas do jardim de infância, mas, quando mudei de escola em janeiro, depois que meus pais ficaram sabendo de um quarto tão barato que era praticamente ilegal (e, muitos anos depois, num jantar, um jovem advogado, depois de ouvir com atenção as histórias do meu pai sobre nossos primeiros anos, o interrompeu e disse: "Você sabe que essa situação *era* ilegal...") em Washington Heights, os administradores da minha nova escola insistiram que eu precisava passar mais tempo no programa.

— Ela não tem um bom domínio da língua inglesa — o diretor disse.

Então voltei a ser burra, mesmo tendo certeza de que não era. Minha coceira piorou — não tinha ficado tão ruim assim desde os seis meses que antecederam a imigração da minha família para Nova York.

À noite, minha pele queimava naquele quarto apertado com cinco colchões no chão, todos socados uns nos outros, minha mãe e meu pai e eu num colchão, e o amigo de infância da minha mãe, Shao Guoqiang, e sua mulher e filho ocupando os dois colchões ao lado. Eles tinham crescido juntos na mesma comunidade, e ele nos ajudou muito nos aconselhando durante todo o processo de visto, já que tinha sido um dos primeiros a imigrar para os Estados Unidos e todo mundo tinha ficado impressionado até que descobrimos que ele havia abandonado os estudos de pintura e escultura e mal conseguia se sustentar comprando guarda-chuvas a preço de atacado de exportadores chineses e vendendo na rua quando chovia. Foi ele quem nos falou desse quarto em Washington Heights que antes tinha sido ocupado por um monte de universitários chineses do curso de artes visuais que abandonaram o país de repente por causa de situações suspeitas envolvendo vistos expirados. Sua mulher, Li Huiling, supostamente tinha feito um filme avant-garde sobre "a poética do imperialismo" nos tempos de Xangai, mas tinha desistido do sonho de destruir o imperialismo ocidental por meio da arte quando virou mãe de um menino bem hiperativo de cinco anos, e, se isso não bastasse para impedi-la, uma gravidez de cinco meses provavelmente daria conta ("Se for menina o nome pode ser Annie?", eu perguntava, depois que vi *Annie* numa loja de eletrônicos sentada num carrinho que meus pais deixaram na frente da seção de TVs enquanto davam aquele golpe em que os dois, como quem não quer nada, pegavam itens pequenos tipo discmans e baterias e iam até o caixa para devolver os produtos e trocá-los por crédito, que, por sua vez, seria usado para comprar outra coisa mais cara, que então eles devolveriam e trocariam por dinheiro). No terceiro colchão ficava um amigo do meu pai, Zhang Jianjun, que era professor do programa de inglês como segunda língua e estudava administração de negócios e contabilidade à noite, e a mulher dele, Lu Shiyu, que vinha de uma família de diplomatas e professores e poetas que torciam o nariz só de pensar que sua filha era casada com um mercenário *wannabe*, e eles eram um casal melancólico porque tinham deixado a filha para trás, com os avós, quando ela tinha só um ano, para juntarem dinheiro e depois poderem trazê-la para os Estados Unidos, e agora vários anos já tinham se passado e eles ainda não tinham dinheiro para mandar buscá-la. No quarto colchão, o que ficava mais longe da gente, ficavam Wang Tao e sua mulher, Liu Xiaohong, cuja mãe aparentemente foi uma líder comunista muito importante durante a Revolução Cultural e diretamente responsável pela morte de muita gente, ao menos foi isso que consegui captar dormindo no meio da minha mãe e do meu pai, que ficavam cochichando como se eu fosse ar, como se eu fosse o fio do telefone, como se eu fosse o mecanismo que carregava a voz de um ao outro, principalmente quando eu ficava deitada imóvel e fingia que tinha dormido — aí que eles falavam tudo e, mesmo que não soubessem, eu também fazia parte de tudo. Aquele foi o ano em que minha pele coçou mais do que nunca, e meus pais se perguntavam se era porque dormíamos em dez pessoas num quarto para duas, e, toda vez que eu me coçava ou fazia birra ou fazia um barulho irritante tipo "aaaaaarrrrghhhh, odeio essa coceira", a filha dos diplomatas e o professor da escola e a cineasta avant-garde e o pintor e o genro da mulher que supostamente torturou e matou centenas de "intelectuais e babacas burgueses" repreendiam a mim e aos meus pais, "ainda não aprenderam a controlar sua filha? Não dá para ver que estamos desesperados tentando dormir?", e isso só aumentava a pressão em cima dos meus pais, que naquele momento não tinham outra opção a não ser viver daquele jeito, e em cima de mim, que não tinha outra opção a não ser sentir tanta coceira até acabar chorando no meio da noite.

Aguentamos oito meses e nos mudamos para um quarto compartilhado em Chinatown que tinha uma janela quebrada que cobrimos com fita isolante. Começou a fazer um frio insuportável logo que o inverno chegou, aí juntamos as coisas e montamos acampamento no chão do apartamento da amiga da minha mãe em Woodside por cinco semanas até que o proprietário nos encontrou e ameaçou despejar todos nós, o que destruiu a relação da minha mãe com a amiga, que na verdade não queria que ficássemos lá desde o começo. Depois de Woodside nos mudamos para outro chão, dessa vez no apartamento da amiga da prima da minha mãe em Ocean Hill, o que seria perfeito se não fossem os ratos correndo pelo nosso rosto certas noites enquanto dormíamos e, mesmo nas noites sem ratos, pagávamos o dobro do preço de um motel horroroso para ficar lá e, quando meu pai disse à nossa anfitriã tenho a impressão de que você não nos quer aqui, nossa anfitriã disse tenho a impressão de que você é meio ingrato, então saímos de lá e tentamos morar na casa da prima da minha mãe enquanto a prima da minha mãe tinha ido visitar parentes em Shaoxing, o que teria sido ótimo se não estivéssemos tão perto do cemitério Cypress Hills, que fazia com que eu e minha mãe ficássemos com medo, e depois, finalmente, no fim do primeiro ano, logo depois que descobri que ia repetir, meu pai encontrou um quarto muito bacana para alugar em Williamsburg. Naquela época alguma divindade devia estar de olho na gente, porque aquele não só era o melhor quarto em que já tínhamos morado, mas o proprietário também tinha mandado um micro-ondas de graça e uma cama queen size com percevejos que teríamos a responsabilidade de mandar embora se estivéssemos dispostos (é claro que estávamos) e, no dia em que nos mudamos, minha mãe declarou, assim que pisamos na cozinha comunitária:

— Precisamos comprar um brinquedo para você, uva azedinha. Meu palpite é um urso de pelúcia maior do que eu.

— E meu palpite é encher metade desse freezer com sorvete de creme — meu pai disse.

— Os dois! — eu choraminguei. Acabamos comprando um pote de sorvete de creme e um urso de pelúcia que batia na minha testa quando eu o colocava no chão.

O ano que passamos em Williamsburg foi o ano em que menos senti coceira e também foi o melhor para todas as outras moléstias das quais eu sofria: minhas alergias a poeira, cachorros, gatos, pólen, todos os tipos de nozes, perfumes, qualquer coisa que tivesse cheiro forte, o ar depois que chovia, o ar quando não chovia havia muito tempo, qualquer coisa quente e necessária no inverno, como blusas ou casacos de lã ou meias-calças ou luvas ou meias. Tudo ficou mais tranquilo. Pela primeira vez eu estava indo bem na escola, entregava a maior parte das tarefas e até tirei 9,5 numa prova de matemática, um acontecimento inédito, e a gente brincou que foi uma bênção eu ter repetido de ano, porque sempre era melhor acertar da segunda vez do que fazer de qualquer jeito da primeira, e isso nem era piada, era só a verdade e a verdade também era que estávamos felizes por ter nosso canto de novo e por não precisar esquentar a cabeça com o lugar onde íamos dormir.

À noite, se eu sentisse coceira, minha mãe coçava minha perna esquerda e meu pai coçava a direita, e eu dormia com uma dupla proteção — usava luvas de cozinha nas duas mãos e, como se não bastasse, meus pais amarravam uma sacola de plástico com um elástico nos meus pulsos para que durante a noite eu não me coçasse até sangrar. De manhã, meus pais acordavam com sangue debaixo das unhas, seco e escuro tipo uma casca de machucado, embora a pessoa machucada fosse eu. Às vezes eu parecia uma vítima, com longos rastros de sangue sobre os arranhões que iam de cima a baixo nas minhas pernas e costas e braços e peito. Uma vez pedi para minha mãe coçar meu mamilo até que ele ficou em carne viva então fiquei deitada na cama ninando meu próprio peito até cair no sono. No dia seguinte, na escola, fui mal numa prova porque foi difícil me concentrar enquanto minha blusa ficava grudando no meu mamilo cheio de pus. E também tinha noites em que meus pais dormiam antes de me coçarem o suficiente e eu tinha sonhos em que sentia tanta coceira que descia rolando do alto de uma montanha com pedras bem afiadas só para esfolar minha própria pele. Eu acordava com regiões das minhas pernas e dos meus braços em carne viva, a dor finalmente substituía a coceira. Naquela época era assim, a estranha união do que era possível e do que era devaneio conspirava contra mim, transformava meus pensamentos em blá-blá-blá e minhas palavras em lero-lero, e foi por isso que repeti na escola e por isso que gostava tanto de dormir com os meus pais — precisava ser envolvida pela carne deles antes de me materializar.

Nosso prédio em Williamsburg foi demolido depois de um ano. Ganhamos quatrocentos dólares para sair, o que naquela época parecia quase quatro milhões de dólares, mas depois percebemos que era uma quantia miserável e que fomos reduzidos a nada. Gastamos o dinheiro num apartamento de um quarto em East Flatbush. Meu pai saiu da maior parte de seus empregos de meio período porque na terceira tentativa tinha finalmente passado nas provas e conseguido a licença para dar aula.

Eu não gostava da escola nova. No primeiro dia, a professora me mandou de volta para o programa de inglês como segunda língua, sendo que eu já tinha feito o ISL duas vezes antes e tinha sido chamada de "geniazinha" pela primeira professora do ISL, e a segunda tinha dito que eu tinha "uma aquisição de linguagem incrível" quando me deu a notícia de que eu não precisava mais comparecer ao programa. Aquilo ia ser Washington Heights mais uma vez e, mesmo que eu quisesse dizer para a nova professora que eu sabia falar inglês melhor que aquela cara redonda suada sem lábio cheia de veias inchada de gordura e ainda assim flácida dela, meio que perdi a vontade de repetir a mesma coisa mil vezes, então ia obedientemente para o ISL enquanto todo mundo ficava na aula de arte e de música, e eu era forçada a participar de atividades tão humilhantes que comecei a entender por que a galera da educação especial dava chilique o tempo todo.

Tínhamos que fazer coisas tipo escrever a palavra "cadeira" e aí desenhar uma cadeira embaixo da palavra, só que eu desenhava mulheres com peitos enormes e uns pintos tão grandes e grossos que não cabiam na página, porque eu não ia deixar os administradores da escola pública 233 me zoarem só porque meus pais não compareceram ao primeiro dia de aula para contar às mulheres da secretaria que eu tinha o máximo de fluência possível para alguém que não nasceu na América e só tinha repetido de ano porque era péssima na escola em geral, não em inglês.

Eu odiava tanto a escola que, na época em que o terceiro ano começou, só ia à aula duas ou três vezes por semana. Meus pais me deixavam faltar sempre que quisesse e achavam todos os meus motivos válidos, assim como achavam normal eu tirar C e D porque sabiam que nem sempre estavam em casa à noite, quando eu devia estar jantando com eles, e não estavam em casa quando eu precisava que olhassem minhas tarefas, e não estavam em casa para ler histórias comigo antes de dormir para que eu me apaixonasse pela leitura, e geralmente já tinham ido embora antes que eu acordasse para ir à escola.

Naquela época, meu pai começou a ganhar um salário aceitável dando aula de línguas numa escola decadente de ensino fundamental na zona leste de Nova York que constantemente ameaçava fechar as portas. A coisa era tão feia que parece que o professor de estudos sociais do sétimo ano tinha sido atacado depois da aula por quatro alunos que trincaram seu joelho e quebraram seu nariz e, antes disso, dois diretores já tinham abandonado o cargo no mesmo ano, e depois houve um boato horrível de que uma das professoras tinha sido estuprada por um grupo de alunos do nono ano, à noite, no estacionamento.

Eu só sabia de tudo isso porque meu pai me levava para ficar de bobeira na sala dele quando eu pedia, e eu sabia que não podia pedir muitas vezes, mas alguma coisa nas quintas-feiras fazia com que eu sentisse que nasci sem cérebro e ia morrer sem cérebro se precisasse ir para a escola, então não eram poucas as quintas em que ele me levava para o trabalho, e esse era o melhor dia de todos porque era o Dia da Computação, também conhecido como o Dia do Foda-Se. Ficávamos o dia todo no laboratório de computação e todos os alunos, mesmo aqueles que levavam facas e armas para a aula e tentavam vender maconha misturada com coisa bem pior para os alunos do quinto ano, imprimiam imagens de filhotes de cachorro se abraçando ou unicórnios absurdamente fofos e davam para mim porque achavam que eu era bem menor que as crianças da minha idade e gostavam de fingir que eu era o bebê da sala.

— Você é o nosso brinquedinho, Christina. Brinquem com a Christina! — eles diziam. — E o substantivo "brinquedinho" é bem parecido com o verbo "brinquem". Viu, sr. Zhang? Não dá para dizer que a gente nunca aprende nada.

Na aula do meu pai no terceiro horário tinha uma menina negra chamada Darling cujo nome se pronunciava "Dah-ling" como se ela fosse um personagem de ... *E o vento levou*, outro filme que vi na loja de eletrônicos enquanto meus pais faziam os esquemas e, nesse dia, quando terminaram e voltaram para me pegar, meu pai comentou com a minha mãe "essas pessoas nunca vão largar mão do passado, né?" e eu não sabia se ele se referia aos brancos do filme ou aos negros do filme, mas sabia que nós não éramos "eles" e que para os meus pais isso era uma coisa boa, mas eu não tinha tanta certeza. A Darling estava com o cabelo de um jeito diferente toda vez que eu a via, às vezes com trancinhas e às vezes enorme e às vezes metade com trancinhas e metade enorme, e às vezes liso e duro e brilhoso como uma panela de ferro que nunca foi lavada com sabão. "Posso colocar a mão?", uma vez pedi e ela deixou, mas depois disse: "Não saia pedindo isso para as outras meninas. É falta de educação".

A Darling tinha repetido de ano duas vezes e tinha quase a mesma altura que a minha mãe. Da primeira vez que me viu, agarrou minha mão e disse que era minha irmã mais velha e que eu podia perguntar qualquer coisa para ela e que, se eu quisesse ir ao banheiro, ela me levaria. Ela costumava ser a primeira a chegar no laboratório de computação e soltava um gritinho quando me via sentada no canto direito da sala com o meu pai, jogando aquele jogo de digitação em que as palavras caem furiosamente do céu e você tem que digitá-las corretamente para impedir que a paisagem de Manhattan seja destruída por palavras como "rato", "filosofia" e "torrente".

— A Christina veio — ela dava a notícia e todo mundo corria para dentro e puxava as cadeiras para perto de mim e as meninas começavam a trançar meu cabelo e os meninos juntavam as moedas para me comprar um refrigerante (o que às vezes meu pai permitia, às vezes não) e meu pai gritava com a gente e dizia para todo mundo se ajeitar nos computadores, e por fim a Darling ficava de pé e colocava dois dedos na boca e assobiava e dizia:

— Deixem a Christina em paz. Estou ajudando ela em sua tarefa e, a não ser que vocês achem que sabem matemática do terceiro ano, é melhor deixarem a gente em paz. Sei que nenhum de vocês sabe porra nenhuma de matemática.

— Dah-ling... — meu pai disse.

— Desculpe, sr. Zhang, eu não queria falar palavrão, mas é tudo verdade, porra.

Meu pai tentou emplacar a regra das três folhas por aluno, mas tudo foi por água abaixo quando a Darling aprendeu a imprimir cartazes que usavam mais de trinta páginas. Uma vez a Darling e todos os outros alunos ficaram amontoados num canto, cochichando tão bonzinhos que meu pai não pôde deixar de perguntar:

— Qual é a data especial? O que vocês aprontaram agora que deixou vocês tão quietos?

Eles passaram a aula inteira me ignorando e fiquei tão confusa que quase chorei e precisei soltar minha franja e cobrir meus olhos e estava prestes a dizer para o meu pai que nunca mais queria ir ao trabalho dele, mas logo que o sinal tocou a turma me presenteou com um cartaz tão comprido que dava a volta pelas quatro paredes da sala, e o cartaz só dizia "NÓS TE AMAMOS CRISPINA" mil vezes. Meu nome estava escrito errado porque a Darling e o Chadster ficaram brigando perto do teclado e a Darling empurrou o Chadster quando ele tentou digitar meu nome porque ela queria ser a pessoa que digitava e aí todo mundo gostou do jeito que ficou, então acabaram deixando assim. A Darling queria que a turma pendurasse o cartaz na parede, mas meu pai disse:

— Ficaram loucos? Saiam daqui. Vão para a próxima aula e parem de gastar papel na minha sala.

— Desculpe, sr. Zhang — a Darling disse —, mas aqui não é sua sala. A sala é de quem paga os impostos.

Darling me ajudou a dobrar o cartaz de quatro em quatro folhas.

— Pronto, Crispy — ela sussurrou no meu ouvido.

— Quê?

— Crispy, de Crispina — ela disse, passando cuidadosamente os dedos pela minha franja. — Mas só eu posso te chamar assim, tá?

Abracei a cintura da Darling, uma coisa que eu fazia o tempo todo com a minha mãe quando era bem pequena. Andávamos assim pelo nosso apartamento em Xangai, eu pendurada na cintura dela igual a um macaco. Você é a árvore e eu sou a frutinha azeda! Eu gritava em chinês. Você é a orelha e eu sou o brinco!

— Ô — disse Darling —, meu bichinho Crispy.

Passei o resto do dia radiante, carregando o cartaz dobrado com gestos nobres como se fosse um presente para a rainha. No caminho até o carro meu pai me disse para jogar o cartaz no lixo, mas eu disse que queria pendurá-lo no meu quarto.

— Você quer pendurar erros de digitação no seu quarto?

— Eu gostei.

— Isso é típico desses meninos — ele balançou a cabeça. — Não buscam fazer as coisas certas. Não têm valores. Aonde você acha que eles vão chegar?

— Na casa deles? — chutei.

— Em lugar nenhum. Não vão chegar a lugar nenhum. A vida deles não vai para lugar nenhum.

— Verdade — eu disse, ainda que sentisse alguma coisa azedando dentro de mim (e não de um jeito gostoso), como sempre acontecia quando meu pai falava daquele jeito, como se tivesse certeza de tudo. Não o incomodava ensinar poesia aos alunos mesmo tendo certeza de que isso não faria nenhuma diferença no rumo de suas vidas? Não o incomodava ter tanta certeza de que qualquer tentativa era inútil? E a gente? Que valores tínhamos? Será que nossos destinos também não estavam determinados? Aonde eu chegaria? O que impedia outras pessoas de nos olharem e sentirem pena de nós, como não víamos o quão inútil era ter todos aqueles empregos, morar numa pocilga atrás da outra e contar moedinhas, por que não conseguíamos enxergar a realidade da nossa situação que era que nada disso levaria a nenhum lugar diferente daquele em que estávamos.

Quando minha professora do terceiro ano, a sra. Lancaster, mandou à minha mãe o "QUARTO E ÚLTIMO" bilhete dizendo que sua presença era urgente na reunião de pais e professores, ou do contrário eu corria o risco de repetir o ano de novo, minha mãe rasgou o bilhete e disse:

— Tenho medo de não estarmos deixando você crescer. Estamos reprimindo seu desenvolvimento, minha linda?

— Deixa que eu me preocupo com isso, mãe.

— Deixar que você se preocupe? Se preocupar com você mesma não é tarefa sua.

— Por que não? Eu sei o que é bom e o que é ruim.

— Errado — minha mãe disse. — É exatamente isso que você não sabe.

— Como? — eu perguntei.

— Como o quê, meu pêssego durinho? — meu pai disse, entrando pela porta no seu dia de folga com duas sacolas de compras em cada mão.

— Por que demorou tanto? — eu perguntei, correndo ao seu encontro. Peguei uma das sacolas e levei até a cozinha. — A mamãe acha que preciso dormir sozinha hoje à noite.

— Você sabe que eu concordo com ela, amorinha — meu pai disse, guardando as compras, só alimentos não perecíveis, porque nossa geladeira não estava funcionando direito e toda a comida que compramos na semana anterior tinha azedado.

As únicas vantagens de dormir sozinha na minha cama eram que, número um, a minha cama era só um colchão menor que ficava no chão perto da cama dos meus pais e que, número dois, eu continuava perto o suficiente para ouvir os dois cochichando de manhã quando achavam que eu continuava dormindo. Às vezes meu sono fraudulento durava o que pareciam horas, mas não havia tempo no mundo que pudesse me fazer entender o que eles diziam ou o que meu pai fazia para que minha mãe batesse nele daquele jeito que parecia tão carinhoso como os momentos em que meu pai tirava o cabelo do meu rosto e coçava as partes das minhas bochechas que estavam coçando por causa do meu cabelo solto, e a certa altura eu desistia de tentar decifrar os sussurros deles e levantava num pulo e começava a me vestir, já sabendo que minha mãe me diria para parar o que estivesse fazendo e deitar na cama no meio deles igual eu fazia quando tinha coceira o tempo todo, e eu dizia:

— Por que agora você não quer mais que eu seja independente?

E ela dizia:

— Quero que você seja a salsicha e o seu pai e eu seremos o pão.

E eu pulava no meio deles e meu pai dizia:

— E se nossa filha linda for o pernil e você o queijo, minha querida esposa, e eu a alface?

— Mas aí quem é o pão? E quem é a maionese e a mostarda?

E a tarefa de dividir quem era quem e o que fazia cada tipo de sanduíche ou hambúrguer ou cachorro-quente ou qualquer coisa-com-dois-pães-e-carne-dentro ser tão deliciosa era um projeto a que nos dedicávamos até que o sol da manhã virasse o sol da tarde e nossos braços ficassem com câimbra de tanto abraçar uns aos outros, e eu de certa forma sabia que não deveria gostar disso, que deveria querer ir à casa da minha amiga e deveria querer pintar as unhas e brincar de pega-pega e pular corda e fazer tudo o que as crianças da minha idade faziam, mas a verdade era que eu só queria mesmo era ficar prensada no meio dos meus pais, só queria que eles precisassem de mim e só pensava neles e em todas as formas de agradá-los ou, melhor ainda, de impressioná-los com o tanto que eu queria continuar sendo a filha deles e com o quanto eu queria que continuassem sendo meus pais.

— Sabe — minha mãe disse —, um dia você vai ser mãe e não vai mais se sentir tão nossa filha.

— Mas sempre vai ser nossa filha — meu pai disse —, e você vai continuar sabendo que é nossa filha.

— É claro que vai se sentir nossa filha. Isso nunca vai mudar. Mas você não vai sentir que ser nossa filha é seu único papel neste mundo.

— É isso mesmo — meu pai disse. — Porque um dia você também vai se sentir mãe. E a sensação de ser mãe pode ser muuuuito mais especial do que a sensação de ser filha.

— E a sua filha nunca vai olhar para você e imaginar que você também é filha. Entende o que a gente quer dizer, doce azedinho?

— Acho que sim — eu disse.

— É por isso que eu queria que você tivesse essa idade para sempre — minha mãe disse. — Imagina se eu tivesse trinta e dois anos e você tivesse nove e seu pai tivesse trinta e cinco para sempre? Imagina só, abelhinha!

— Vou fazer isso — eu disse no mesmo segundo. — Vou continuar com nove anos. Não quero ser mãe de outra pessoa.

— Ah, azedinha, você diz isso agora — meu pai disse. — Você diz isso agora, mas você não vai querer deixar de ter dez e onze e doze e treze, e você não vai querer deixar de namorar os meninos e aprender a dirigir e fumar o primeiro cigarro...

— Zhang Heping — minha mãe disse.

— Desculpe — ele respondeu. — E você vai querer ter vinte anos e vai querer se apaixonar pela primeira vez e pela segunda vez e pela terceira e pela quarta...

— Heping — minha mãe repetiu. — Mas quantas vezes você se apaixonou? Mais de cem?

— Só uma vez — meu pai disse, puxando minha mãe e eu para perto.

Minha mãe revirou os olhos.

— Você não pode abrir mão do resto da sua vida para ficar assim.

— Eu quero. Gosto da ideia de ficar aqui.

— Ah, azedinha.

— É verdade, mãe. É isso que eu quero. Continuar assim para sempre.

— Vamos pedir aos deuses — meu pai sugeriu.

Minha mãe disse "tá bom", e saímos da cama e formamos um círculo, nós três, e batemos os pés e gritamos "deixem a gente ficar, deixem a gente ficar, deixem a gente ficar, deixem a gente ficar" até ficarmos com a voz rouca e no dia seguinte minha voz ficou esganiçada e a voz da minha mãe ficou sensual e meu pai gostou e vi os dois dando as mãos e minha mãe arrumando o colarinho da camisa do meu pai de manhã e senti que era por isso que eu nunca queria crescer, porque qual era o sentido de seguir em frente se ficar assim era maravilhoso?

Quando nos mudamos para Bushwick, voltamos a dormir todos no mesmo colchão porque não tinha espaço para o meu colchão menor e porque os trombadinhas da nossa rua o roubaram antes que desse tempo de arrastá-lo pelas escadas até o apartamento. Também roubavam o rádio do carro do meu pai a cada duas semanas e depois vendiam de volta para ele na esquina da lojinha judaica.

— São cem paus.

— Quê? Cem? Comprei por dez na semana passada.

— Os tempos mudaram, irmão.

Uma vez, nós três saímos do metrô e vimos que os moleques que sempre levavam nossas coisas estavam fazendo um bazar com os objetos do nosso apartamento.

— Não podemos comprar tudo de volta — minha mãe disse, olhando para nossos travesseiros e nossos lençóis e nossas tigelas e seu casaco de inverno e nossa TV (que estava quebrada quando a encontramos na rua no dia da coleta de lixo, mas meu pai, cujas técnicas de sobrevivência eram tão incríveis que ele aprendia qualquer coisa só de fechar os olhos e visualizar o passo a passo, tinha consertado em uma semana) e nosso videocassete, que tinha sido um presente do chefe do meu pai no restaurante, um cara que gostava de dar umas coisas de vez em quando para lembrar meu pai de quem era o papel de dar e de quem era o papel de receber.

— Eu faço um acordo com eles — meu pai disse, fechando os olhos por um minuto para visualizar sua estratégia e indo até lá falar com o ladrão principal, que tinha os tênis mais brancos dos três e também a camiseta mais comprida. Ela passava da bermuda quando ele se inclinava. — Cem paus por tudo.

— Vai se foder. Quinhentos ou sai da minha frente.

— Olha, vocês nos depenaram. Acham que temos dinheiro?

— Vocês são mais ricos que a gente — eu gritei e me escondi atrás da minha mãe.

— Ah, ela sabe falar — ele disse. — Quinhentos ou sai da minha frente. É a última vez que digo isso. Da próxima vez não vou dizer nada.

— Olha, vou te dar cem. É mais do que você vai conseguir nessas coisas.

— Não ligo se eu vender por vinte e gastar num prato feito bem porcaria, mas só vou vender essas merdas para você por quinhentos paus e já falei para não pedir de novo.

— Por favor — meu pai disse.

O trombadinha de tênis branco virou para os amigos e gritou:

— Descolamos um prato feito. A bebida é por conta de vocês, seus merdas.

— É isso aí — todos gritaram.

— As pessoas sempre vão saber que você é minha filha por alguns motivos — minha mãe costumava dizer.

— Conta um?

— Um deles é que nós duas adoramos comer coisas azedas.

— O.k., qual é o próximo?

— Não, espera. Não faça pouco caso desse. A gente adora coisas azedas. Uva azeda, ameixa azeda, pêssego azedo, maçã azeda, cereja azeda, morango azedo, mirtilo azedo, nectarina azeda, bala azeda, sopa azeda, molho azedo, tudo azedo azedo azedo azedo. A maioria das pessoas gosta de uva doce e pêssego doce e maçã doce e fruta doce.

— Parece verdade — eu disse.

— Não é tão comum, sabe? A gente também gosta de frutas bem duras.

— É. Verdade. A gente detesta pêssego mole. Detestamos pêssego mole e doce e adoramos ameixa dura e azeda.

— Isso mesmo — minha mãe disse. — A gente é diferente. Lembra de ontem? O cara estava vendendo uva no metrô. Lembra disso?

— É, ele ficava repetindo "a uva mais doce que você vai encontrar no Brooklyn. Não vão querer provar uma uva doce, minhas duas doçuras?".

— Aí fomos olhar as uvas dele e eu disse "então é doce mesmo?".

— E ele disse "doce pra caramba".

— E eu disse "tem certeza que tá doce? Muito doce mesmo? Não tá mentindo pra mim?".

— E ele disse "digamos que nessa caixa não tem nenhuma uva azeda".

— E eu balancei a cabeça e disse "bem, então você perdeu negócio, porque minha filha e eu só gostamos de fruta azeda".

— E o cara começou a gritar na nossa direção algo do tipo "ei, ei, ei, EI, vocês, EI, EI, vocês duas. Olha só, essa uva tá doce e ácida. Olha, tô com a boca travada de tão ácida".

Demos risada da nossa própria sagacidade, dos pequenos sinais que comprovavam que controlávamos nossas próprias vidas, de que, na verdade, o que havia tornado aquele dia significativo era o fato de termos sido mais espertas que o cara do ei EI, e *não* o fato de que a minha mãe tinha perdido o emprego de recepcionista numa empresa de confecção de roupa, e *não* o fato de isso ter acontecido no mesmo mês em que a escola do meu pai finalmente fechou as portas e que ele desistiu de lecionar porque estava cansado de separar brigas e de ter o carro arrombado durante a aula e de se sentir um assistente social quando na verdade nem simpatizava com a humanidade e de se sentir fracassado todas as tardes e de muitas vezes vomitar de manhã por pura ansiedade diante do dia que começava. Esse dia foi significativo *não* por ter sido também a mesma noite em que meu pai não voltou para casa para jantar porque estava com a namorada, ou seja, minha mãe e eu não tínhamos nada para comer porque meu pai estava com todo o dinheiro que tinha sobrado e tinha ficado de voltar com comida para todos. Aquela noite nós duas passamos fome, nossos estômagos doíam de fome, depois de tanto dar risada, depois de fome de novo, e depois quando fomos dormir deu para ouvir as duas fungando, mas era o tipo de noite em que nenhuma de nós tinha força para consolar a outra, e foi aí que o grande vazio da depressão se abriu entre nós e continuou assim até o fim da noite e só diminuiu um pouquinho quando acordamos com meu pai de pé na nossa frente perguntando se ele podia ser o pão de cima e se minha mãe podia ser o de baixo e se eu podia ser o queijo e o picles e a carne de hambúrguer e o ketchup e a mostarda e a cebola e todas as coisas que fazem de um cheesebúrguer a comida mais deliciosa do mundo inteiro.

Saímos de Bushwick não porque finalmente conseguimos guardar dinheiro, mas porque nosso apartamento em Bushwick desabou quando ninguém estava dentro, e o motivo para ninguém ter processado ou coisa assim foi que morávamos nessa casa que tinha sido dividida em quatro apartamentos e o trambiqueiro que era dono do apartamento só alugava para gente desesperada, como a família cambojana de oito pessoas que morava em cima da gente e não tinha documentação ou as mulheres cantonesas embaixo da gente, que tinham um salão de beleza e massagem meio suspeito no meio da sala, ao qual meu pai foi algumas vezes para dar uma aparada na barba e, uma vez, quando voltou com um corte de cabelo torto, minha mãe chorou e disse:

— É por sua causa que a gente sofre. É por sua causa que a gente vive assim, e eu não aguento mais.

A única vantagem do desabamento da nossa casa foi que, depois que enchemos nosso Oldsmobile vinho e seguimos para a casa do cunhado do ex-colega do meu pai em Long Island, onde tudo era limpo e não havia calçadas, só ruas bem largas e vazias que davam em becos sem saída e garagens grandes e gramados impecáveis que levavam a casas gigantescas que pareciam mal-assombradas e inacessíveis, onde fomos convidados a ficar até encontrarmos outro lugar para morar, a única vantagem foi que, antes de entrar no carro, nós três pegamos uns destroços da nossa casa na rua e os arremessamos nas janelas dos prédios onde pensávamos que os ladrões moravam, aqueles que atacaram nossa vizinha srta. Lili e foram a razão para que ela voltasse a Taiwan, e a razão pela qual nós nunca tínhamos saído de Nova York, mas mesmo que nos mudássemos um dia seria só porque ficamos com vontade e não porque precisávamos. Não sei se sabíamos disso àquela altura, mas devíamos saber, porque qual outro motivo nos faria ficar? Por que não nos mudamos para a Carolina do Norte, onde minha tia e meu tio moravam numa casa nova no alto de uma montanha linda, onde faziam longas caminhadas à noite e nunca se sentiam ameaçados ou observados e deixavam a porta da frente destrancada durante o dia e os objetos de valor no carro? Por que não fizemos as malas e fomos viver a boa vida ao lado deles senão porque estávamos tentando andar com nossas próprias pernas, tentando provar que aquele era nosso lugar?

Deve ter sido por isso que jogamos os destroços nos prédios em que os ladrões moravam, aqueles que roubaram nossas coisas e bateram nos nossos amigos, aqueles que quebraram a janela do nosso carro e dobraram o volante até que as laterais se encostassem igual a dois lábios, e deve ter sido por isso que meu pai berrou "por que vocês não limpam o cu em outro lugar?, não tem mais ninguém morando aqui" e minha mãe disse "aproveitem para comer rola de café da manhã, seus cuzões" e eu disse "e podem lavar tudo antes com seu próprio cocô mole, seus montes de merda", como se estivéssemos lendo um roteiro. Nenhum de nós se preocupou em perguntar onde o outro tinha aprendido a falar daquele jeito. Era óbvio e tínhamos certeza de que um dia esqueceríamos aquelas palavras e só usaríamos outras como "pode me passar o caviar?" ou "poderia me servir outra garrafa daquele vinho de duzentos dólares e, não, não tem problema desperdiçar", só que seriam ainda mais refinadas, mais naturais, teríamos um jeito de falar que ainda não dominávamos e por isso só conseguíamos imaginar aquilo de forma tosca.

Pulamos para dentro do carro, agitados e assustados. Meu pai pisou no acelerador e passamos correndo por sinais amarelos quase vermelhos, e antes de qualquer oportunidade de recuperar o fôlego já estávamos na estrada, e as obras dos dois lados da paisagem me fizeram sentir que o velho caminho ia se reconstruindo, mesmo que eu soubesse que nada novo nunca surgiria ali, que daqui a dez anos estaríamos de volta a essa mesma estrada e eu veria os coletes laranja e os cones de segurança e os homens enfiados nas valas gritando uns com os outros e as mesmas pistas de sempre, ainda perigosamente estreitas, e os rastros das linhas brancas de sinalização meio apagadas, aquelas das quais dependíamos para registrar a passagem do tempo tanto quanto os cientistas dependiam das espirais nos troncos das árvores para descobrir a longa história do que veio antes e do que viria daqui em diante.

* * *

Meu pai escreveu para o pai e a mãe dele pedindo ajuda seis semanas depois que nosso apartamento em Bushwick desmoronou. Demoramos demais para encontrar outro lugar para morar e precisamos sair de Long Island porque era muito longe e muito caro chegar aos vários lugares em Manhattan e Queens e Brooklyn em que meus pais iam para conseguir empregos melhores, então levamos nossas coisas para Flushing e acampamos na sala do amigo do meu pai, Xiang Bo, e sua esposa, que disseram que podíamos ficar com eles se pagássemos um terço do aluguel e contribuíssemos com as compras de mercado e fizéssemos toda a limpeza. Dez dias depois, recebemos um convite dos meus avós para que eu fosse morar com eles em Xangai por um ano enquanto meus pais se reerguiam.

"Uma criança é uma grande despesa", eles escreveram, "e não é natural que os avós paternos de uma criança morram sem vê-la crescer. Uma criança deve ir a uma boa escola e tirar notas altas, e uma criança precisa voltar para casa e encontrar adultos que já tenham preparado uma refeição quente, e uma criança deve jantar às seis em ponto toda tarde, e uma criança precisa ser levada para a cama por adultos que a amam antes das nove e meia toda noite, e uma criança deve acordar e encontrar uma família que ainda esteja em casa quando for à escola, e uma criança deve ter vários amigos bonitos e saudáveis." Minha mãe leu a carta em voz alta em chinês e meu pai traduziu os trechos que eu não conseguia entender, mas ninguém nunca vai saber o que ele inventou e o que deixou de fora e o que nem ele sabia.

— Não — eu disse.

— Não, não, não, não, não, não, não, não, não, não, não, não, não, não, não, não, não, não, não, não, não, não, não, não, não, não, não, não, não — eu disse para os meus pais, socando o chão.

— Não, não, não, não, não, não, não, não, não, não, não, não, não, não, não, não, não, não, não — eu disse, jogando pela janela da sala de Xiang Bo o urso de pelúcia que meus pais compraram para mim em Williamsburg.

— Não, não, não, não, não, não, não, não, não, não, não, não, não — eu disse enquanto minha mãe me explicava os benefícios de morar fora por um ano, talvez menos.

— Não, não, não, não, não, não, não, não, não, não, não, não — eu disse enquanto meu pai me chamava de todos os apelidos doces de coisas azedas que eu tanto adorava.

— Não, não, não, não, não, não, não, não, não, não, não — eu disse quando meus pais prometeram que eu podia faltar à aula uma semana inteira se me acalmasse só um pouquinho agora.

— Não, não, não, não, não, não, não — eu disse enquanto minha mãe implorava para que eu parasse de me estapear.

— Não, não, não, não, não, não — eu disse quando tanto meu pai como minha mãe agarraram e prenderam meus braços ao lado do meu corpo.

— Não, não, não, não, não — eu disse quando meu pai se ajoelhou e ficou parado na minha frente e me implorou para parar de chorar porque eu ia partir seu coração.

— Não, não, não, não, não — eu disse enquanto chorava até ficar terrivelmente fraca, e então meu pai me pegou no colo e me carregou da cozinha à sala.

— Não, não, não, não, não, não, não, não — eu disse enquanto minha mãe segurava minha mão e meu pai me carregava dizendo que por enquanto nada estava certo, que ainda havia muita reflexão pela frente e só faríamos o que fosse melhor para nossa família.

— Não, não, não, não, não, não, não — eu disse quando meu pai estendeu um cobertor no chão.

— Não, não, não, não, não, não — eu disse quando ele foi ao banheiro e minha mãe tirou minha roupa.

— Não, não, não, não, não — eu disse quando minha mãe colocou o pijama em mim e meu pai voltou e deitou do nosso lado.

— Não, não, não, não.

— Boa noite — minha mãe disse.

— Não, não, não.

— Boa noite — meu pai disse.

Tentei voltar a respirar normalmente no escuro. Falamos baixinho nossos eu te amos e, na manhã seguinte, acordei pensando que nasci triste.

Meus pais prometeram me envolver em todas as decisões, prometeram que haveria tempo de pensar em outras saídas, prometeram um quarto todo amarelo com flores desenhadas para mim e uma sala cheia de plantas para a minha mãe e só uma escrivaninha e uma cadeira para o meu pai, mas estávamos quebrados e jantando a comida que encontrávamos no lixo do lado de fora das padarias chinesas — a maionese e a carne de porco faziam meu estômago entrar em colapso e uma vez comi um sanduíche de peixe que meu pai encontrou intacto e fiquei com urticária no corpo todo. Minha mãe parou de menstruar porque estava estressada demais. Eu a via sentada na privada segurando a barriga.

— Tem alguma coisa querendo sair, mas não sai.

— Lamento, mãe.

— Tudo bem, minha azedinha.

Minha mãe se candidatou a vinte vagas de emprego e meu pai se candidatou a doze. Teve um dia em que ele voltou com as mãos abanando, dizendo que não tinha vagas no jornal de hoje, mas sabíamos que tinha encontrado a sirigaita taiwanesa e minha mãe lhe deu um tapa na cara na frente do Xiang Bo e sua esposa, que mais tarde nos disseram que precisávamos encontrar outro lugar para ficar o quanto antes porque a casa era muito pequena e seus filhos — um menino ensimesmado e espinhento chamado Eddie, que nunca falou nada a não ser "tira essa bunda suja daqui" quando acidentalmente entrei no banheiro enquanto ele mijava, e sua irmãzinha hiperativa, Lucy, que aparentemente não entendia que "não" era uma palavra que de fato significava alguma coisa e passava tardes inteiras se exibindo, dizendo "eu sou linda, né?" — se impressionavam muito facilmente e, além disso, disse a esposa do Xiang Bo, as coisas também não andam essa maravilha toda. O marido dela tinha dois empregos para sustentar a família e um deles exigia que andasse de bicicleta pela chuva e pela neve para entregar comida chinesa na casa de brancos ricos que odiavam a gente mas adoravam nossa comida e era por isso que precisávamos ir embora.

Minha mãe sempre ficava de olho em oportunidades de ganhar uma grana extra. Tinha ouvido falar desse novo negócio em que uns velhotes chineses sem nada para fazer passavam o dia indo e voltando de Atlantic City de ônibus. Parece que algumas poucas empresas de ônibus pagavam os passageiros para fazerem essa viagem e, a não ser que você perdesse todo o dinheiro em apostas, ao final da viagem você teria lucrado vinte paus brutos. Eu e meus pais combinamos de ir juntos, porque assim teríamos andado três quintos do caminho necessário para ver o Ben Franklin da nota de cem. Minha mãe enrolou meu cabelo e eu implorei para que ela me deixasse fumar, porque aí minha voz ficaria bem rouca igual à das mulheres nos cassinos dos filmes em preto e branco que eu às vezes via meus pais assistindo à noite na TV, mas ela disse que eu precisaria esperar até os dezoito anos e eu perguntei se ela tinha esperado até os dezoito anos e ela disse não, mas isso era na China, e eu disse bem, outro motivo para vocês não me mandarem de volta para aquele lugar dos infernos, e meus pais trocaram olhares e meu pai me falou para deixar para lá e minha mãe apertou minha mão bem forte.

Acabou que os vinte dólares se mostraram um péssimo negócio, porque o ônibus só passava uma vez de manhã e uma vez à tarde. Desembarcamos supercedo e, toda vez que sentávamos em algum lugar perto dos cassinos para esticar as pernas, um segurança aparecia dizendo que não era permitido vadiar naquela área, e meu pai dizia "mas por acaso uma menininha sentada é vadiagem?", e o guarda dizia "aqui é Atlantic City, certo? Quem não está jogando está de vadiagem", e aí quando deu meio-dia comecei a ficar com tanta fome que senti alfinetadas na barriga e lá pelo meio-dia e meia as alfinetadas viraram facadas e à uma as facadas viraram bombas detonadas e às duas já eram cinquenta granadas na minha barriga, e finalmente minha mãe me levou à praça de alimentação e toda a comida era superfaturada e cara e gastamos doze dólares num sanduíche com um refrigerante e aí minha mãe começou a ficar com fome e gastamos mais sete e, depois que comemos, minha mãe disse que estava com dor nos tornozelos e meu pai disse você devia ter vindo de tênis, e minha mãe disse você devia ter sustentado nossa família com qualquer emprego que fosse.

Quando o ônibus voltou para buscar a gente, minha mãe estava aos prantos e já tínhamos gastado vinte e sete do nosso saldo de quarenta dólares. (A empresa de ônibus não me pagou nem um centavo porque eu ainda não tinha idade para jogar.)

— Nunca vai deixar de ser assim — minha mãe disse, encostando a cabeça na poltrona adiante. — A gente vai ficar tentando chegar lá na frente, mas sempre vai acabar para trás. A gente vai viver assim para sempre.

— Não é verdade — eu disse. — Temos treze dólares na frente.

— Viu como somos horríveis com nossa própria filha? — minha mãe disse para o meu pai. — Viu como você é um merda? Todas as suas brincadeiras e piadas e risadinhas e tudo que você faz para parecer um bom pai são uma merda. Você é só um pedaço de merda coberto de vômito jogado num monte de merda com todo mundo vomitando em cima e eu fico enojada. Você é uma merda tão grande que eu vomitaria em você agora.

O cara que estava na nossa frente se virou para trás e falou para minha mãe parar de empurrar a poltrona.

— E dá para aproveitar e calar essa boca?

Minha mãe surtou e correu para a frente do ônibus e pediu para o motorista parar imediatamente e expulsar o psicopata lá do fundo, que era louco e doente e estava tentando agredi-la e agredir sua filha. De início eu e meu pai pensamos que ela se referia ao cara sentado na nossa frente, mas, quando ouvimos minha mãe gritando "o nome dele é Zhang Heping e eu vou me jogar desse ônibus se você não parar de dirigir agora", percebemos que íamos todos precisar descer do ônibus e talvez isso significasse que tínhamos mesmo chegado ao fundo do poço. Talvez não tivéssemos mais conserto, em pé no acostamento da estrada New Jersey Turnpike sem falar uns com os outros até meu pai fazer uma piada sobre desabotoar a camisa para chamar a atenção dos carros que passavam voando, e, vendo que minha mãe ignorou a piada completamente, ele começou a abrir o zíper da calça e, quando minha mãe disse "ninguém quer ver isso e você não está ajudando em nada", meu pai ficou só de cueca e os carrões e os sedãs e as caminhonetes e as velharias com as portas riscadas e os conversíveis com a pintura perfeita e os carros com adesivos demais, todos eles buzinaram alto para a minha família, e aí me perguntei como funcionava a distribuição de magia pelo mundo e quando e se minha família ia receber nossa cota, porque eu nem estava mais pensando em como cruzaríamos os cento e poucos quilômetros que faltavam até chegar em casa sem gastar nossos últimos treze dólares, eu só precisava que minha mãe se virasse e olhasse para o meu pai e desse risada da situação dele, com aquelas pernas tão finas e penduradas na sua barriga saliente que uma vez brincamos que escondia a melancia mais redonda do mundo — era esse tipo de magia que eu procurava.

Eu imaginava assim: quitaríamos nossas dívidas, os amigos dos meus pais nos perdoariam por tudo que pedimos e nunca pudemos devolver. Meu pai se inscreveria de novo na escola, começaria a dar aula novamente e diria para a namorada ir plantar batata. Minha mãe conseguiria um emprego e aperfeiçoaria o inglês e ficaria tão boa quanto eu e o meu pai. Quanto a mim, eu iria à escola quatro ou até cinco dias por semana, e nós estaríamos livres das toxinas que nos cercavam.

— Empurra com mais força — minha mãe disse, cobrindo minhas mãos com as mãos dela, as duas jogando todo o peso do corpo no carro. Naquela manhã, nosso Oldsmobile vinho tinha quebrado no meio da rodovia Rio Harlem. Sabíamos que um dia isso ia acontecer e estávamos surpresos que nosso carro tivesse durado tanto. Foi no meio da noite, no finalzinho do verão, cinco dias antes de eu voltar para Xangai. Não tínhamos ideia de onde estávamos indo, só queríamos passar um tempo em família, longe de todo mundo. Tivemos que empurrar o carro para fora da estrada até chegar à margem do rio. Meu pai arrancou as placas e decidiu que devíamos jogar o carro no rio e sair correndo. Não tínhamos dinheiro para pagar o reboque até um ferro-velho.

— Não está nem saindo do lugar — minha mãe disse.

— Está, sim. Estou sentindo — meu pai disse. Foi no momento em que sentimos que o carro começou a andar para longe, quando percebemos que já dava para tirar as mãos, que eu de repente não consegui mais lidar com a ideia de abandoná-lo boiando sozinho no rio Harlem com todo aquele lixo e os destroços e a espuma e o cheiro de urina e a bagunça e a merda e as coisas apodrecendo. Me joguei na água, subi no carro e balancei minha cabeça dizendo que não quando meu pai disse que ia me trazer de volta para a margem.

— Eu falei que não estava com vontade de andar de carro hoje.

— Ah, amorinha, você disse que queria passar todas as noites desta semana com a gente. Você disse que queria ver a cidade à noite — minha mãe disse.

— Não me obrigue a nadar — eu disse, antes de pular de volta para a água e nadar para longe do carro que ia afundando. Olhei para o meu pai, que nadava para me alcançar. — Não me obrigue a nadar para longe de você.

— Não vou, minha maçã azeda — meu pai disse. — Não vou te obrigar a fazer nada que você não queira.

— Não me obrigue a ir — eu disse quando meu pai me colocou em suas costas.

— Segure bem firme em mim, azedinha — meu pai disse, nadando comigo em direção à minha mãe.

— Não me obrigue a ir, pai. Não me obrigue a ir — eu disse, olhando para a minha mãe, que estava chorando e estendendo os braços para mim. Deixei que ela me levantasse mesmo que eu fosse grande demais e ela fosse magra demais, porque eu sabia quão breves esses momentos sempre foram e sempre seriam, e, se ainda havia uma oportunidade de estar nos braços da minha mãe, eu a agarraria, eu sempre agarraria.

— É temporário — ela disse, passando a mão no meu cabelo molhado. — É temporário, sempre foi para ser temporário.

— Não é temporário — eu disse. — Vocês disseram que sempre ficaríamos juntos. Vocês disseram que não iam desistir de mim.

— Não vamos, minha uvinha azeda — meu pai disse. — Você sempre vai ser nossa querida. Nossa Christina.

— Isso não é suficiente — eu disse. — Quero ficar aqui. Não pode ser assim. Não me mandem embora.

— Não desistimos de você — minha mãe disse. — É só por um tempo. Vai ser o mais rápido possível. Sempre foi para ser pelo menor tempo possível.

Senti que ela tremia e me senti amolecendo, pensando que era impressionante que bem naquela noite, entre todas as noites, minha mãe e meu pai e eu tínhamos ficado amontoados prometendo uns aos outros coisas que nunca seriam reais.

— Cuidem da gente — eu disse, sacudindo o punho em direção ao céu, onde um avião ia passando. — Olhem por nós — eu disse para as pessoas dentro do avião, que talvez tenham me visto, porque por um momento tudo ficou branco e, quando as cores do mundo voltaram, eu estava de novo nas costas do meu pai, minha mãe andava alguns metros atrás e, quando nos alcançou, pedi para o meu pai me colocar no chão e me deixar ficar em pé ali por um tempo. A gente ficou lá, sem fazer nenhum movimento. O que eu não daria para saber exatamente o que pensaram naquela hora, a seriedade dos nossos pensamentos subitamente parecendo mesquinha porque notamos que o carro tinha voltado à superfície, boiando no Harlem como um monstro que tínhamos criado, e sabíamos que só um esforço colossal seria capaz de empurrá-lo de volta para o fundo do rio.

O vazio o vazio o vazio

Embora o Jason fosse o segundo menino mais baixinho que eu conhecia e seu apelido fosse Camarãozinho ou às vezes Camarones, queria que ele fosse meu namorado mesmo assim, e essa foi a coisa mais fácil do mundo de conseguir. Tudo que precisei fazer foi absolutamente nada, porque eu vivia, respirava e exalava doses esmagadoras, perturbadoras, torturantes, arrebatadoras e impressionantes de beleza. Eu era a menina mais bonita do quarto ano. Meu cabelo era preto, comprido e liso e nunca ficava embaraçado. De manhã, antes de a nossa professora, a sra. Silver, gritar para irmos para nossos lugares, as outras meninas da sala, que eram mais altas e mais encorpadas e já estavam desenvolvendo peito e bunda, passavam os dedos pelo meu cabelo e davam gritinhos e diziam que queriam ser eu, que queriam ter o meu cabelo, ter pernas e braços magros como os meus, e às vezes, só por educação, eu dizia que não ligaria se tivesse o cabelo embaraçado e bagunçado e pernas e braços meio grossos.

Minhas roupas eram compradas em bazares de produtos apreendidos e do tamanho das mulheres adultas que ficavam fuçando aqueles cestos de um e cinco dólares. Minha amada e habilidosa mãe passava horas remendando e adaptando os vestidos e saias para o meu tamanho, e por isso eu era não apenas a mais agraciada de todas as meninas no quesito beleza física, mas também me tornei a aluna mais bem-vestida da história de todos os quartos anos. Eu nunca brincava de pega-pega, a não ser que fosse para oferecer aos meninos uma bela visão da minha bunda quando minha saia levantava, o que sempre acontecia quando eu corria porque, de acordo com meus colegas, eu corria igual a uma "psicopata demente" com a bunda bem empinada e balançando as mãos em todas as direções.

Eu saía correndo sem parar e sempre acabava precisando pedir para os meninos desistirem de correr atrás de mim, principalmente no recreio, quando todo mundo que era considerado alguém participava do jogo Menino Pega Menina, no qual os meninos perseguiam as meninas seguindo regras simples: um menino que gostava de você corria atrás de você e te xingava, e aí você precisava xingar ele também e, se o menino gostasse muito, muito mesmo de você e não tivesse medo de mostrar, aí ele fazia alguma coisa bem absurda, tipo cuspir no lugar onde você ia sentar e dizer "você devia sentar aqui" e, se você concordasse, ele explodiria de tanto rir e diria "não acredito que você sentou aí" e quando isso acontecia você basicamente tinha ganhado o jogo, porque essa era a prova mais clara de que ele queria sua bunda e você ia dar.

Lá pra fevereiro, no quarto ano, eu estava namorando o Jason. Ele me empurrou durante uma partida de Menino Pega Menina.

Eu disse:

— Você não pode sair me empurrando.

E ele disse:

— Bom, acabei de te empurrar.

Aí eu disse:

— Ei, o que é isso na sua camiseta?

A ideia era que ele olhasse para baixo e eu conseguisse lhe dar uns tapas desde o queixo até o nariz, mas ele não caiu nessa, então fui obrigada a dizer:

— Bom, acabei de te dizer que tem uma coisa estranha na sua camiseta, você não vai olhar?

E foi aí que ele deixou escapar:

— Quer ir ao baile comigo?

Fomos juntos ao baile de inverno Neve por Todo Lado e eu dancei tipo alguém que vai ter que arrancar as pernas na manhã seguinte e só tem aquela noite para mostrar ao mundo do que suas pernas são capazes, e um tal de Qixiang veio e disse "nossa, como você consegue mexer o pé tão rápido?", e eu disse "genética!". A Minhee Kim, a fofoqueira da turma, viu o Qixiang todo derretido por mim e foi tagarelar com o Jason.

— Olha, o Qixiang tá dando em cima da sua namorada. Vocês dois deviam brigar.

O Jason me procurou e disse:

— Pensei que você fosse minha namorada. Agora todo mundo acha que preciso brigar com o Qixiang.

E eu disse:

— Bem, não vi você levantando a mão quando a sra. Silver disse "quem é pacifista levanta a mão", então...

Então no quarto ano, poucas semanas antes do Dia dos Namorados, o Jason era meu namorado fazia uma semana e já estava disposto a lutar por mim. Sinceramente, eu não ficaria surpresa se ele também estivesse disposto a matar ou quem sabe ir para o espaço pegar uma estrela cadente e trazê-la até mim só para ganhar meu coração; tudo era possível quando um menino estava apaixonado desse jeito. Minha melhor amiga, Francine, que jogava softbol como uma profissional, me contou que a Yun Hee

Song e a Lata Pargal andavam falando para todo mundo na nossa sala que o Jason já tinha melado a cueca.

— Você sabe o que isso quer dizer — ela disse, movendo aqueles seus cílios para cima de mim como um cachorrinho tarado, que era o que ela estava destinada (e, de certa forma, já tinha começado) a ser.

— Não. O quê?

— Agora a gente só precisa esperar você ficar menstruada e ele superpode te engravidar.

Que bom, pensei, enquanto visões dos talk shows vespertinos pipocavam no meu cérebro. Eu tinha passado o verão antes de começar o quarto ano com o meu irmão Eddie e nossa prima Frangie, que era quase Francine de nome mas não de espírito, e na verdade ela nem era minha prima, mas eu era obrigada a chamá-la de prima porque minha mãe disse que essa era a coisa mais educada a fazer por uma menina de nove anos cujo pai tinha assassinado a mãe havia menos de um ano por causa de sua mesquinhez fatal, literalmente fatal, minha mãe dizia pelo telefone todos os dias a qualquer pessoa que já não estivesse de saco cheio de ouvir essa história, porque ele tinha se recusado a pagar por uma cirurgia que removeria o tumor maligno do útero de sua esposa a tempo de salvar sua vida. Ele tinha deixado a mulher e a filha confinadas o ano anterior inteiro, ninguém entrava na casa e só Deus sabe quanto aquela mulher deve ter sofrido naquele lugar horrível e isolado onde ninguém tinha permissão para vê-la, minha mãe repetia um milhão de vezes nas conversas, se contorcendo e balançando a cabeça como se a pessoa para quem ela contava tudo isso pelo telefone pudesse vê-la, pudesse ver que ela estava visivelmente abalada e tomada pela culpa por toda essa situação, pudesse ver como sua compaixão a fazia sofrer tanto pelos outros.

E era isso mesmo, ela estava sempre acolhendo os necessitados: nossa casa nunca foi só nossa casa, era também um lugar de passagem para pessoas que precisavam. Éramos donos do primeiro hotel do mundo que cobrava zero dólar por noite e colocávamos gente de qualquer naipe para dentro. Podia ser que aparecesse uma jovem família de imigrantes recém-chegados de um pequeno vilarejo em Hunan (e nesse caso todos cheiravam tão mal que precisei enfiar bolotas de algodão nas narinas para não acabar desmaiando na minha própria casa e, quando tomavam seu banho mensal, sempre deixavam um rastro de nhaca na banheira). Ou então poderia vir uma jovem taiwanesa que minha mãe conheceu no supermercado e que tinha todo tipo de tiques estranhos no rosto, mas não podíamos esboçar nenhuma reação porque minha mãe disse que essa mulher viveu uma vida tão traumática que você não conseguiria nem imaginar, e eu disse bem, eu consigo imaginar qualquer coisa, então não conta, e minha mãe disse ah, mas nesse caso você não imagina, ninguém imagina, e eu disse mas então como isso pode ser mesmo verdade se ninguém consegue nem *imaginar*?, e minha mãe disse chega desse papo e ai se eu pegar você encarando essa mulher.

Antes de acolhermos a Frangie, o pior foi quando o ex-colega de escola do meu pai, de Xangai, trouxe a esposa e a filha, Christina, que tinha uma cara tão jururu e chorosa que me fez pensar que fazer dez anos seria a coisa mais melancólica da minha vida. Eles ficaram em casa por quase seis meses, até que minha mãe finalmente disse que não era adequado trazer mulheres à nossa casa, com crianças pequenas e impressionáveis por perto, e o Eddie deu risada e me disse o que ela acha que a gente vê por lá todo dia?, e eu perguntei onde?, e ele disse lá, fazendo um gesto para o lado de fora, onde naquele exato momento nossa vizinha Sally mostrava sua cascavel de estimação para o namorado, o mesmo que uma semana antes tinha lhe dado um tapa tão forte na boca que a fez cambalear para trás até cair de bunda no meio da rua. Ela ficou lá estatelada toda zonza e o namorado entrou no carro e foi dar uma volta. Assisti a tudo da janela da sala e contei baixinho até cinquenta antes de sair para ajudá-la a se levantar e tentei não olhar para o sangue entre seus dentes quando ela sorriu e me agradeceu.

Mas, para concluir, minha mãe disse que só existia uma atitude correta a ser tomada por uma família com tanta sorte como a nossa, uma família que se amava tanto como a gente, e a atitude correta era acolher a Frangie como parte da família, e era por isso que eu devia chamá-la de prima, às vezes até de irmã, e era por isso que ela jantava com a gente e dormia muito na nossa casa, me arrancando da minha própria cama e me fazendo dormir no chão para que ela pudesse vivenciar um "lar acolhedor e feliz". Eu tinha vontade de torcer o pescoço da minha mãe e dizer OI, e a sua filha *de verdade*? E o lar acolhedor e feliz que era dela e você, por falta de consideração, negou a ela e deu a uma completa desconhecida com um nome estranho? Esperavam que eu sentisse pena da Frangie só porque a mãe dela morreu (e daí) e o pai dela passou três meses na clínica psiquiátrica (fazer o quê), onde consigo imaginá-lo parecido com a fantasia que inventei no terceiro ano para o Baile dos Monstros quando convenci minha mãe e o Eddie a me embrulharem inteira com gaze. Eu estava dançando naquela minha velocidade turbo de costume quando a gaze toda começou a se soltar e de repente fiquei lá de pé só de calcinha com os meus peitinhos de caroço e todo mundo ficou me olhando de boca aberta.

Mentira, isso só aconteceu no meu sonho na noite antes do baile, na vida real a gaze balançou junto com os meus braços e as minhas pernas de um jeito incrível, as luzes do ginásio esportivo me seguiram por todo o canto e com certeza fui a estrela asteroide-cometa-sol-galáxia-universo-anéis-de-Saturno-nona-maravilha-do-mundo-que-nunca-vai-se-apagar cadente e brilhosa da noite. Só que no dia seguinte, na escola, a Minhee e a Yun Hee ficaram falando sobre quem dançou com quem e quem ficou esfregando a bunda no coiso de quem, e eu passei por elas e disse "só sei que a minha bunda precisa de fééééérias", e a Minhee olhou para mim com aquela expressão de tédio dela que me fazia sentir que nunca fui interessante na vida, e a Yun Hee perguntou como assim?, você nem foi, e aí percebi que, mesmo com todas as luzes e todos os passinhos que eu sabia, mesmo com meu brilho e deslumbramento naturais, eu ainda precisaria me esforçar mais para chamar atenção, então eu disse "é porque eu estava na casa da minha prima podre de rica experimentando joias feitas com pérolas do mar, sua tosca", e a Minhee ficou tipo "ai, o que deu em você?", e eu fiquei tipo "ai, o que deu em você?", e esse era o primeiro sinal de derrota, o fato de que o máximo que você conseguia fazer naquele momento era repetir as palavras da outra pessoa.

E de qualquer forma eu não tinha primos de sangue na América e nunca tinha encostado uma pérola de verdade no pescoço, embora minha mãe tivesse várias falsas no porta-joias e dissesse que um dia todas seriam minhas, mas era muito mais provável que ela acabasse dando todas as joias dela para pessoas que mal conhecia — Frangies da vida, de quem ela tinha mais pena do que tinha dos próprios filhos, e esse talvez fosse o motivo para ela sempre tentar me convencer a chamar a Frangie de prima, mas eu tive uma ideia que parecia ainda mais generosa que isso e que consistia em dar à Frangie mil dólares do dinheiro do meu pai para que ela parasse de importunar minha família, e não era como se meu pai tivesse dinheiro sobrando porque minha mãe nunca parecia muito preocupada com dinheiro, e eu também não, e uma vez minha mãe disse "nossa família é tão rica" e o resto dessa frase foi "de amor no coração", mas mesmo assim essa me parecia a melhor coisa a fazer.

Minha mãe disse que eu tinha que parar de pensar de forma materialista, e eu disse não sei do que você tá falando, e ela disse para de responder torto pra sua MÃE-zinha, e eu disse para você de responder torto pra sua FILHI-nha, e ela disse eusousuamãeentendeu?, tudo num fôlego só, como se ele soprasse um dente-de-leão completamente consciente de como era fácil destruí-lo. Ela ficou repetindo eu sou sua mãe, entendeu? Sou sua mãe, entendeu?, sem me deixar dizer uma palavra e cobrindo os ouvidos com as mãos para me mostrar que não podia me ouvir mesmo que eu conseguisse reunir meus pensamentos bem rápido e, no fim, porque senti que minha cabeça ia explodir, eu gritei o mais alto que deu:

PAAAAAAAAAAAAARRRRRRRRRRRRRRRRRRRRRRRRRAAAAAAAAAAAAAAAA!

Minha mãe olhou para mim com desgosto e disse tá louca? Ficou louca? Tá possuída para berrar desse jeito? Quer saber, Lucy? Eu sou sua mãe e você é minha filha, então você vai fazer tudo o que eu digo, e se eu digo que você tem que ser boazinha com a sua prima Frangie você vai ser boazinha e, se você falar nos mil dólares de novo, vou cortar seu cabelo curto igual ao do seu irmão e vou raspar os pelos compridos da sua nuca e vai demorar cinco anos para o seu cabelo crescer de novo e, se você tentar fugir, vou amarrar suas mãos e te deixar careca.

Foi no longo verão antes do quarto ano começar que a Frangie ficou sendo minha "prima", e que meu irmão cozinhava dumplings congelados que meus pais deixavam no freezer para o almoço ou esquentava pizza congelada no micro-ondas para a gente ou, às vezes, se estivesse muito bem-humorado, fritava um omelete ou fazia lámen e quebrava um ovo por cima quando o caldo fervia, e que a Frangie e eu víamos uns programas em que duas de cada três palavras eram "sua pi de pi pi pi, eu vou te pi pi no seu pi-dor de pi-ceta, você merece uma pi pi tão pi-pi-uda que eu vou pi pi você tão pi pi e não venha pi-indo com esse seu pi pi para tentar me impedir de pi pi essa sua pi pi toda e pi-pi--pi-pi-pi essa sua cabeça inútil. Então vá se pi pi e chupa meu pi pi como pi pi devia, sua piranha pi pi-uda".

Ficávamos o dia todo vendo isso jogadas no sofá ou às vezes meio caídas no chão, às vezes completamente no chão, às vezes as duas deitadas formando desenhos tipo a letra T ou a letra L ou a letra V ou a letra A sem a linha do meio ou a letra O, pena que a Frangie tinha a flexibilidade de um pedaço de pau e eu tinha vértebras de peixe e se quisesse conseguia até me transformar numa onda senoidal.

A primeira coisa que eu disse para a Francine, minha melhor amiga no mundo inteiro, já no quarto ano quando a escola começou de novo foi "ei, eu vou pi pi, pi pi pi pi pi-ar pi pi você".

— O que é isso? — ela me perguntou.

— Um monte de palavrão! — eu disse, orgulhosa de finalmente saber de alguma coisa antes que a Francine.

— Pi-pi não é palavrão.

— Claro que *é*. É palavrão.

— Você tá doida pra caralho! — Francine disse. — Viu? Isso é palavrão.

Não consegui entender como a Francine já sabia falar palavrão enquanto eu ainda imitava o barulho que usavam para tapar os palavrões. Queria saber quais programas de TV ela assistia que eu não tinha no meu aparelho de TV a cabo. Aquilo me deixou de mau humor e, andando de volta para casa com a Frangie, eu disse que talvez ela não devesse voltar para minha casa hoje porque talvez me desse vontade de jogar um pouco de veneno no refrigerante dela quando estivesse distraída, e era melhor ela não desafiar a sorte e voltar para sua casa de verdade e deixar de ser um pedacinho podre de peso morto na minha casa, minha única casa que, por culpa dela, nem parecia mais minha casa, e por culpa dela eu me sentia uma intrusa maluca na minha própria casa, então vai embora logo.

A Frangie ficou me olhando com aqueles olhos fundos que nunca piscavam, com uma cara de quem estava machucada, ainda que ela fosse igual a mim e se ela tinha se machucado eu também tinha me machucado, e ninguém tinha o direito de parecer mais machucado que o outro, porque a simpatia que uma pessoa machucada que tem cara de machucada desperta é muito maior do que aquela pessoa machucada que não parece machucada, e isso não é nem um pouco justo. Parei no meio da rua, cruzei os braços e disse para a Frangie:

— Sabe, nem todo mundo tem pena de você.

Ela sorriu um pouco, mas foi tudo bem triste, e aí correu em direção à casa do pai dela, onde ela quase nunca morava porque ele era tão irresponsável e fora da casinha que uma vez a Frangie me contou que o pai deixava que ela bebesse cerveja e que quando ela bebia ficava supercansada e acabava dormindo no chão. Esperei até não conseguir mais ver o macacão e a mochila roxa para continuar andando para casa.

Quando cheguei em casa fiquei arrumando briga com o Eddie, dizendo que eu precisava fazer um desenho da bunda dele na parede do quarto para a minha aula de ciências porque precisávamos criar uma hipótese que desse para testar e eu queria testar a hipótese de que, se eu fizesse um desenho da bunda do meu irmão na parede do quarto dele, a bunda real desapareceria. Eddie ficava muito bravo toda vez que eu corria em direção à parede com uma caneta e num determinado momento ele me empurrou com tanta força que eu pensei que tinha deslocado meu ombro. É claro que ele não ligava para o fato de que era seis anos mais velho que eu porque ele não era do tipo de pessoa que moveria nem que fosse um dedo por sua irmãzinha que só tinha nove anos de prática de briga enquanto ele tinha quinze anos de experiência adquirida a duras penas. Ele me derrubou no tapete e puxou minhas orelhas com força e disse que não ia soltar enquanto eu não dissesse "me desculpe por ser uma pirralha insuportável, nunca mais vou te incomodar", o que me deixou com tanta raiva que juntei uma bola bem grande de cuspe e mandei direto na cara dele. Ela aterrissou bem no meio dos seus olhos e enquanto ele limpava eu fugi, corri para o meu quarto e tranquei a porta.

Quando minha mãe voltou do trabalho, perguntou como tinha sido meu primeiro dia de escola e eu contei que tinha sido tudo bem, mas que o Eddie tinha me feito chorar e agora eu ia ter que ir para a escola com os olhos inchados, que não iam combinar nadinha com a saia pink que eu tinha escolhido e as meias soquete de rendinha e os sapatos boneca de verniz que eu tinha usado em casa o verão inteiro para me preparar para usá-los fora de casa o outono inteiro.

— Querida, você não devia brigar com o seu irmão. Ele anda muito estressado. Alunos do ensino médio têm muita tarefa de escola. Você devia deixá-lo se concentrar nas tarefas e devia fazer a sua tarefa e ajudar a Frangie com a dela quando terminar a sua.

— Como vou fazer minha tarefa com o Eddie me enchendo o saco? E a Frangie está sempre aqui e nunca sai e eu não gosto quando ela invade a minha privacidade.

— Aqui também é a casa da Frangie. Ela precisa ficar aqui até o pai dela melhorar e você não devia fazê-la se sentir indesejada. Quando o pai dela foi buscá-la?

— Não foi. Ela foi para casa por conta própria.

— Lucy.

— Quê? Se você me desse o seu carro eu podia levar a Frangie para casa — eu disse, fingindo que colocava a patinha no braço da minha mãe como se fosse um gato e sorrindo sem mostrar os dentes do jeito que treinei milhares de vezes na frente do espelho.

— Lucy.

— Mãe, por que o pai não pode contratar aquela TV a cabo boa? A Francine tem centenas de programas a mais. Não é justo.

— Tudo não é justo para você, menininha reclamona.

— Mas não é mesmo.

— Lucy, você sabe que seu pai está muito ocupado. Ele tem estudado para as provas para conseguir um emprego melhor para que a gente se mude para uma casa maior, lembra? Por acaso você já viu seu pai dormindo? Não, não viu, porque ele fica fora de casa a noite toda entregando comida para que a gente consiga manter essa casa e tenha coisa boa para comer.

— E daí?

— *E daí?* — minha mãe disse, e eu me arrependi imediatamente de ter dito aquilo. Ela tinha esse jeito de me olhar que me fazia sentir que eu precisava pedir desculpa por ser sua filha, que não era justo que ela precisasse me amar até mesmo quando eu insistia em ser idiota e mesmo estando constantemente frustrada diante da minha incapacidade de compreender o óbvio. Desculpa, eu dizia o tempo todo na minha cabeça, mas nunca na vida real, igual à minha mãe, que também nunca me dizia desculpa na vida real, e eu não fazia ideia se ela também me pedia desculpa em pensamento e se percebia que tinha o poder de me machucar e de me decepcionar tanto quanto eu a decepcionava, e de fazer com que eu me sentisse tão sozinha que às vezes chegava a não me reconhecer no espelho e nas fotos.

— Então você ia gostar de passar a noite acordada cruzando a cidade de bicicleta? Ia gostar de voltar da escola e ir para outra escola e voltar dessa escola e ir para mais uma outra escola?

Eu concordei com a cabeça, esquecendo que devia balançá-la de um lado para o outro, passei o tempo todo me desculpando furiosamente na minha cabeça, desculpa, mãe, desculpa, desculpa, desculpa, desculpa, desculpa, desculpa, desculpa, desculpa, desculpa, desculpa, desculpadesculpadesculpa, desculpa de novo, desculpa de novo, me desculpa, me desculpa, me desculpa de novo, agora me desculpa de novo, me desculpa, desculpa, me desculpa, desculpa mesmo, desculpa por tudo isso, me desculpa, por favor, me desculpa, me desculpa, mãe, me desculpa, me desculpa, mãe, me desculpa, me desculpa, me desculpa para sempre, me desculpa eternamente, me desculpa sempre, me desculpa por tudo.

— Claro. É claro que você ia dizer que sim. Você acha engraçado, mas seu pai está se matando por nós e tudo o que você faz é reclamar. Lucy. Lucy! Tá me ouvindo?

Na minha cabeça eu apenas dizia me desculpa por cima do primeiro desculpa, desculpa por tudo isso e também me desculpa por tudo que veio antes.

— Deixa pra lá. Não posso me aborrecer com você agora.

E o quarto ano foi assim. Tentei planar pelo céu como uma águia, tentei atravessar aquele céu tão grande e alcançar o reino das possibilidades infinitas, da compaixão infinita e da compreensão, mas era impossível — eu sempre me espatifava e acabava com traumatismo craniano. Minha mãe fazia com que eu me sentisse estabanada quando achava que estava sendo graciosa, fazia com que eu sentisse que meus erros eram incorrigíveis, seus ataques repentinos de impaciência faziam com que eu me sentisse pequena e lenta como uma tartaruga, tipo no dia em que sonhei que eu era uma gigante que cutucava as janelas dos arranha-céus e aí de repente o Hortelino Troca-Letras aparecia e me dava um tiro no joelho e eu começava a encolher até ficar do tamanho de uma tartaruga do tamanho de um dedal, e de repente eu era uma tartaruga do tamanho de uma pedrinha, e de repente eu era uma tartaruga do tamanho de um ponto final, e quando acordei não conseguia deixar de ver tartarugas por todo lado, na pequena marca de nascença marrom no lábio superior do meu irmão, nos buracos dos lóbulos das orelhas da minha mãe antes de ela enfiar seus brincos tão amados, aqueles que pareciam verdadeiros mesmo sendo de plástico como todos os outros brincos que ela tinha, na ponta da caneta esferográfica que meu pai usava para assinar minha autorização para os passeios da escola para que eu fosse com a minha sala ver ossos de dinossauro no Museu de História Nacional — meu dia ficou infestado de tartarugas.

Felizmente eu não era uma tartaruga, nem chegava perto e, mesmo que também não fosse exatamente uma águia, ainda assim conseguia esticar os braços e olhar para o céu. Com certeza existia algum lugar seguro, um lugar em que aquilo que você pensava que você era correspondia ao jeito como os outros te tratavam, onde havia perdão em abundância, um perdão que nunca se esgotaria e, até onde eu sabia, o primeiro passo para chegar nesse lugar era ter um menino ao seu lado que amasse você e só você. Nas primeiras duas semanas, o Jason foi o namorado perfeito. Quando nossa professora sra. Silver nos pediu para descrever o que gostávamos no sexo oposto, o Jason levantou a mão e disse "eu adoro quando elas são bonitas", e todo mundo virou e me olhou, a menina bonita. É, eu tive sorte. Fui escolhida. Só tinha um problema — toda aquela história de melar a cueca me fez ter vontade de aprender a dirigir um ônibus só para jogá-lo em cima do Jason e incapacitar seu pênis, mas de preferência deixar que saísse vivo, embora um namorado morto provavelmente desse à minha mãe um motivo para faltar ao trabalho e passar alguns dias comigo em casa. Como, eu me perguntava, a Francine sabia dessa tal cueca melada e como ela sabia que era isso que era necessário para um menino engravidar uma menina? De jeito nenhum ela tinha aprendido isso na aula de educação sexual obrigatória que começamos a ter na segunda metade do ano, algo que era para ser um castigo mas que recebemos como um presente. Afinal de contas, nunca tínhamos ouvido falar de outros alunos do quarto ano que tivessem educação sexual, e a maioria dos nossos pais, quando ficaram sabendo, revelaram que *nunca* tinham aprendido *nadinha* sobre sexo na época da escola.

No dia em que anunciaram que meninos e meninas seriam separados durante uma hora toda semana para aprender sobre S-E-X-O, a gente simplesmente pirou. A Minhee reuniu todas as meninas no recreio e ficou apontando o dedo para todas nós, "quem já fez *aquilo*?", a Francine levantou a mão de brincadeira e eu a abaixei com um tapa.

— Não mente — eu disse. Ela me olhou com o mesmo sorriso do dia em que falei palavrão errado e isso me deixou incomodada.

Eu estava ansiosa de verdade para aprender alguma coisa, mas nos primeiros dias tudo o que acabamos fazendo foi sentar em círculo e olhar uns diagramas dos vários estágios de desenvolvimento do corpo das meninas, corpos sem peito nenhum, com apenas um carocinho, com bolas redondas enormes, e depois não sei como entramos numa longa conversa sobre que tipo de toque era apropriado e qual não era apropriado. Para mim aquilo tudo era tão desconhecido como viver numa casa sem a Frangie. Todos os toques me pareciam maravilhosos e o pouco que eu tinha experimentado na minha vida tinha sido especial demais para simplesmente encaixar nas categorias "desejado" e "indesejado". E se o que gente desejasse fosse ser mais tocada? Tive vontade de perguntar, mas não perguntei.

Em geral, o quarto ano não era considerado o período certo

para aprender educação sexual, mesmo que fosse uma *pré*-educação sexual, mas uma mulher com as pontas do cabelo loiras e arrepiadas que usava broches grandes espalhados pelo blazer nos informou que numa certa assembleia fomos classificados como escola de alto risco e algumas medidas precisavam ser estabelecidas. Ela falava de um jeito mal-humorado, como se fôssemos crianças péssimas, horríveis, e usava a expressão "de risco" várias vezes sem revelar mais detalhes. Que risco a gente corria?

Depois que falei sobre a assembleia para a minha mãe, ela começou a implicar com a ausência de alunos brancos na minha escola. Estou correndo risco?, eu perguntei. É um sinal, ela disse, e saiu correndo para ligar para alguém que devia precisar mais do que eu que ela terminasse o raciocínio. Mais da metade das crianças na nossa escola eram negras ou espanholas, mas o Eddie me corrigia toda vez que eu falava isso em casa:

— Não é espanhola, é hispânica. E esse nem é o termo adequado, porque elas são de muitas culturas diferentes de países diferentes.

— Tá, e você é his-túpido.

— Esquece — o Eddie disse. — Não dá para explicar nada para você.

Mas depois fui ao quarto dele e bati na porta com muita delicadeza e abri só um pouco e enfiei minha cabeça no vão e perguntei:

— Então a Francine é o quê, se o pai dela é his-pânico e a mãe dela é negra?

— Dá para dizer que ela é mestiça.

— Ah, tá — eu disse. — Isso é de alto risco?

— Sai fora — ele disse, e uma vez na vida não fiz um escândalo nem fiquei socando a porta depois que ele a fechou na minha cara. Mas eu ainda não tinha entendido qual era o risco. Será que era só uma questão de obesidade e fast-food? Quase todo mundo na minha turma, menos eu e uma menina bem franzina e quieta chamada Mande que eu sempre esquecia que existia, tinha mais peito e bunda que a minha própria mãe. São os hormônios que eles injetam na batatinha frita e no Cheetos, meu pai disse. Meu Deus, minha mãe exclamava, até no Cheetos?

Às vezes, quando a escola dispensava a gente, vários homens passavam e faziam fiu-fiu para os grupos de meninas que ficavam perambulando na entrada. "Que bundão, *mami*", uma vez um pedreiro gritou para a Francine quando ela estava de costas para ele, e eu apontei para ele e disse "tá falando comigo?", e ele disse "não, com a sua amiga do bundão", e eu disse para a Francine "como as pessoas podem ser tão grossas?", mas a Francine nem ligou. "Eles são todos desse jeito", ela disse.

— É — eu disse, fingindo que sabia.

Durante nossa hora semanal de educação sexual, o sr. Kosecki levava os meninos para a quadra e mostrava sabe-se lá o que para eles, enquanto nós ficávamos na sala com a sra. Silver. Ela nos fazia dar as mãos no começo de cada aula e dizer em coro: "O que acontece nesta sala fica nesta sala".

Aí ela trazia a caixa de perguntas que ela tinha enfeitado com glitter e estrelas douradas para começar as atividades. A ideia era que a gente depositasse na caixa perguntas anônimas sobre sexo e sobre ser uma mulher/menina, e no começo ninguém aderiu, mas depois da terceira aula as perguntas começaram a chegar. Alguém queria saber por que um dos seus peitos era maior que o outro e imediatamente todas nós viramos e olhamos para a Fanpin Hsieh. Outra menina queria saber se era possível ficar viciada no cheiro da própria vagina do mesmo jeito que as crianças do primeiro ano começam a comer a própria caca de nariz e ficam viciadas. Outra pessoa queria saber por que tinha se esfregado no sofá depois de assistir a uma fita VHS de *O amante de Lady Chatterley* que os pais tinham deixado pela casa.

Na semana seguinte, outra pessoa disse que também foi ver a fita de *O amante de Lady Chatterley* dos pais e se esfregou no colchão, e ela também queria saber o que era "se esfregar". Na semana seguinte, mais quatro meninas da nossa turma tinham visto *O amante de Lady Chatterley* e se esfregado no sofá, e a sra. Silver pegou a caixa de perguntas e fingiu que ia jogar pela janela, mas depois colocou-a de volta na mesa.

— Se vocês não vão levar essa atividade a sério, a gente pode passar o tempo fazendo ditado.

Eu e a Francine apelidamos a aula de "educação domesticada" desde que foi feito o primeiro desenho de vagina, que parecia uma boneca Polly Pocket de luxo cortada ao meio, e no fim das contas, se quiséssemos ver uma vagina, não era mais fácil olharmos as nossas? A Francine olhava a minha e eu olhava a dela o tempo inteiro. Já tinha começado a nascer pelo na dela — pelinhos pretos cacheados que ficavam em volta daquela parte do meio.

A Francine vinha à minha casa uma ou duas vezes por semana sem contar para a mãe e o pai, mas nenhum deles se importava. Deixavam que ela fizesse qualquer coisa e não ligavam para o horário da volta, não ligavam se ela fizesse o caminho de casa de olhos vendados ou com os cadarços dos dois tênis amarrados um no outro: desde que não precisassem ir buscá-la, estavam satisfeitos. Eu tinha inveja da Francine e ela sabia. Quando ela me visitava, nos trancávamos no meu quarto e colávamos um aviso na porta que dizia SE VOCÊ PARECE UM MACACO PELUDO E SE O SEU NOME RIMA COM SDKGLADEIGTONACBHDZZANGIE, NÃO ENTRE. A coisa do macaco tinha sido ideia da Francine, o "Sdkgladeigtonacbhdzzangie" era ideia minha.

Eu gostava de abrir e fechar os lábios da vagina dela, fingindo que era um lábio normal de uma boca com bigode.

— Bom dia, turma — eu dizia com a minha voz de ventríloqua-de-vagina e ia manobrando os lábios da vagina dela para que parecessem lábios falantes. — Hoje, vamos falar de menstruação.

Francine adorava minhas piadas e eu adorava as dela. Eu não tinha nem um pelo sequer na minha vagina, mas no quarto ano comecei a perceber uma secreção que aparecia uma ou duas vezes por dia.

— Acho que fiz xixi na calça de novo — eu disse para a Francine.

— Eca — ela disse. — Mas você não consegue segurar?

— Mas, olha, não é xixi.

Mostrei minha calcinha para a Francine, a crosta endurecida de fluido amarelo, e nós duas cheiramos aquilo e fingimos um desmaio. Às vezes, a Francine enfiava o dedo indicador na minha vagina e gritava o tempo todo que o dedo dela estivesse lá dentro.

— Ai, meu Deus — ela gritava. — Ai, meu Deus, ai, meu Deus, ai, meu Deus, ai, meu Deus, ai, meu Deus, ai, meu Deus do céu.

— Para de gritar, Francine.

— É que tem um pantanal lá dentro — ela me dizia.

— E daí? Na sua tem uma tundra congelada.

A Francine só enfiava o dedo na minha vagina para depois poder me provocar quando eu esquecesse que tínhamos passado a tarde inteira fuçando a vagina uma da outra, porque quando eu menos esperava ela de repente colocava os dedos na frente do meu nariz.

— Cheira isso — ela dizia. — Cheira, cheira, cheira.

Eu sempre dizia de jeito nenhum. "Só se você também cheirar a sua." Às vezes eu enfiava o dedo na vagina dela e ela enfiava o dedo na minha, e depois cheirávamos meio com medo os nossos dedos melecados e cada uma agarrava a outra por trás para oferecer uma cafungada bem completa. Eu achava que o cheiro da minha vagina lembrava um pouco o cheiro do meu pé quando usava sandália no verão, mas também lembrava a anchova frita que os meus pais comiam com mingau de café da manhã.

— É melhor você se lavar direitinho para o Jason — a Francine me disse. — Ou ele pode te dar um fora.

— Grande coisa. Vou dar um fora nele antes.

Toda vez que a Francine ou qualquer pessoa falava no Jason, eu sentia um frio horrível na barriga, tinha a impressão de que ainda tinha tanta coisa que eu precisava aprender, e cada coisa nova que eu descobria me lembrava de quanto eu ainda precisava correr para alcançar o resto das pessoas. Eu queria ser *especial*, mas às vezes não sabia se era de fato alguém *especial* ou *especial*, e, embora a palavra fosse a mesma, a primeira podia te colocar em posição de destaque e gerar profunda admiração e inveja, e a outra faria de você uma pessoa para sempre condenada ao fracasso e digna de pena. Por ser a primeira menina do quarto ano a ter namorado eu era *especial* ou eu era *tããããão especial* a ponto de ter um namorado tarado que se melecava todo durante a noite? Quanto mais eu pensava nisso, menos certeza eu tinha. Não fazia nem um mês de namoro e eu já queria dar um pé na bunda dele. Que tipo de gente tinha "sonho molhado" no quarto ano? Passei a noite toda acordada brincando de uni-duni-tê só para não acabar dormindo e ter um sonho normal e *seco*.

Eu queria levar uma vida sem sonhos no plano inconsciente e cheia de sonhos no plano consciente. Além disso, eu odiava ter pesadelo. Eu odiava o fato de que, mesmo que você tivesse a sorte de nunca ter que passar por nada terrível durante sua vida inteira e mesmo que todas as coisas que você quisesse estivessem ao seu alcance e mesmo que você fosse a menina mais sortuda do mundo, a menina que todas as meninas queriam ser e de que todos os meninos gostavam e que todos os adultos achavam charmosa e meiga e cheia de potencial, mesmo que tudo desse certo e não houvesse nenhuma chance de você ir para o mau caminho, mesmo assim você precisava lidar com os pesadelos, sempre invadindo tudo quando você dormia, embora todo o sentido de dormir fosse poder pular as próximas oito horas para que você pudesse voltar a viver sua vida ridiculamente boa para a qual não veria a hora de voltar na manhã seguinte se não fossem esses pesadelos horríveis que faziam com que seu corpo parecesse desconectado de si mesmo, como se você tivesse flutuado até o céu e estivesse olhando para si lá de cima, para todo mundo que secretamente sentia pena de você, que ria de você e amarrava flores no seu cabelo não para que ficasse linda, mas porque sabia que você era extremamente alérgica e queria que você espirrasse e sofresse o dia todo e, acima de tudo, você odiava seus sonhos porque te faziam pensar que a visão de si mesma que você via quando era forçada a ver você mesma do jeito que as outras pessoas te viam era a versão verdadeira de você, uma menininha confusa que queria que alguém prestasse atenção em você, que ensinasse como era ser uma pessoa porque, na verdade, se você olhasse de verdade de verdade mesmo por um tempo, se você não desviasse o olhar de verdade de verdade, veria que você não era só uma menininha confusa desesperada por um pouco de atenção, mas uma criança correndo perigo real de se tornar alguém que ninguém ia querer conhecer e, pior ainda, o que você mais temia era o dia em que ninguém mais ouviria seu pedido de socorro, o dia para o qual talvez você caminhasse a vida toda, porque sempre houve alguma coisa que dava a entender que você não precisava de nenhuma ajuda, e era por isso que sua mãe te lembrava tantas vezes de todas as pessoas mais necessitadas e mais merecedoras que você que havia no mundo, e era por isso que seu pai era essa pessoa que você só via alguns minutos por dia, o que, como sua mãe nunca deixava de relembrar, era sempre por sua causa e por causa do seu irmão, e você devia se sentir grata, mas é que a sensação era de crescer sem pai e isso era aterrorizante — tudo isso era, principalmente o momento em que tudo aparecia em flashes na sua frente nesses sonhos em que você chorava e, não importava quanto tempo ou quão intensamente você chorasse, ninguém ouvia, ninguém vinha. Você se sentia vulnerável, porque não importava quantas vezes sua mãe dissesse que os sonhos não são reais, você não conseguia esquecer o que via e sentia. Não tinha descanso e não tinha saída. Tinha uma versão de você que era egoísta demais e tinha outra que não era egoísta o suficiente, e você passava o tempo todo acordando e alternando de uma a outra, e era por isso que não tinha certeza se estava olhando para si mesma de cima ou de baixo e qual delas era você de verdade e qual era sonho. Não havia nada a dizer. Não dava para pedir desculpa, eu repetia na minha cabeça. Desculpa, desculpa, desculpa, desculpa, desculpa, desculpa, desculpa, desculpa. Cambaleei pela casa dizendo "desculpa" até trombar na porta do meu irmão.

Me ajuda, eu balbuciei, e ele me olhou como se eu fosse uma teia de aranha que estava prestes a ser destruída só com um movimento dos dedos dele.

— Oi? O que você tá fazendo aí? Tá retardada de novo?

Saí do transe e recorri à clássica repetição.

— Só se for você, o retardado.

— Eu sempre soube que a mãe e o pai cometeram um erro quando insistiram para você sair da educação especial.

Quando o Eddie começava a me atingir e a Francine não estava por perto, eu em geral me arrastava até a sala, onde a Frangie ficava sentada bebendo refrigerante e vendo TV, às vezes sem de fato ver nada porque ela era estranha nesse nível, e pedia sua ajuda para arquitetar um plano para me vingar do Eddie.

— Frangie, me ajuda a bater no Eddie — eu disse, depois que o Eddie inventou a mentira sobre a minha saída da educação especial.

— Tenho uma ideia — ela disse. — E se você comprar e depois treinar um lobo para ele comer o Eddie de almoço?

— Onde vou arranjar dinheiro, sua besta? — eu disse à Frangie. — Besta — eu disse de novo. — Eu só queria que você não fosse tão besta. E até parece que o lobo ia querer comer o Eddie. É tipo colocar vômito na frente do lobo. O lobo não ia querer.

— Eu queria ser uma água-viva — a Frangie me disse, cutucando o fecho do seu macacão de veludo.

— Para quê?

— Porque ia ser fácil queimar as pessoas.

— Caramba — eu disse, balançando a cabeça e olhando para a Frangie. Aí refleti um pouco. — Pensando bem, eu também. — Dei um tapinha na cabeça dela do jeito que o meu pai às vezes fazia quando voltava para casa a tempo de me colocar na cama. — Vamos procurar um graveto e cutucar a bunda do Eddie até ele comprar bala pra gente. Topa?

Alguns dias depois de todo mundo descobrir sobre a cueca melada do Jason, fui à escola e a Francine não estava lá. Senti falta dela e fiquei com tontura e senti que ia gorfar, então pedi para o Jason andar comigo depois da escola.

— Vou te mostrar minha coleção de moedas — eu disse quando chegamos na frente de casa, embora as únicas moedas que eu colecionasse fossem aquelas de chocolate que implorava para minha mãe comprar no supermercado.

Quando entramos em casa, gritei "deixem o meu namorado em paz e eu em paz" para qualquer um que estivesse por perto e agarrei o Jason e o puxei para o meu quarto.

— Coloca dentro de mim — eu disse, só para fazer um teste.

— Quê?

— Deixa pra lá — eu disse. — Na verdade nem posso convidar ninguém para vir aqui, só a Frangie. Você não precisa voltar para casa?

— Sim, mas foi você que me chamou.

Olhamos para tudo que tinha no meu quarto, exceto um para o outro.

— Me fala de novo o que você mais gosta em mim.

— Ahm?

— Sua coisa preferida em mim.

— Acho que é você ser minha namorada.

— Não — eu disse. — A outra coisa.

— Que outra coisa?

— Se eu falar não conta.

— Tudo tem que contar?

— Dã.

Ficamos sentados em silêncio.

— É meio que a mesma coisa — eu disse.

— O quê?

— Ter namorado e não ter namorado. Na verdade acho que é pior agora.

— Grossa.

— O.k. — eu disse. — Será que não dá pra você sair fora? Dar um perdido? Deixar quieto? Me deixar em paz? Até nunca mais? Tchau, tchau, cara de pau?

— Você não fala nada com nada e é mandona — Jason disse.

— Você parece que é idiota e é mesmo idiota.

Depois que ele saiu, fechei a porta da frente e suspirei. De repente quis que minha mãe chegasse para que eu pudesse contar para ela que chamei um menino em casa, mesmo sabendo que ela já estava sobrecarregada com muita coisa e que o nível de atenção que poderia dedicar a uma coisa dessas provavelmente seria muito baixo e no fim isso só ia deixá-la irritada, e irritação não contava como atenção. E, embora minha mãe tentasse me dizer o que fazer, a verdade é que ela raramente voltava para casa antes das sete da noite e não dava tempo de ela descobrir o que eu tinha feito enquanto esteve fora, principalmente porque ela muitas vezes continuava trabalhando depois de chegar em casa, porque as pessoas às vezes pagavam para que ela desse um jeito em suas roupas feias. Ela tinha uma máquina de costurar velha que achamos no Exército da Salvação e que funcionava até que bem, mas às vezes a agulha quebrava no dedo dela, e aí eram dias e dias em que minha mãe ficava apertando seu dedo inchado e machucado, choramingando que a vida ainda ia matá-la, e eu a seguia por todo lado e soprava beijinhos no dedo dela, e isso a deixava irritada porque minha respiração era muito quente, e o ar quente, segundo ela, só piorava tudo. Então era melhor deixá-la sozinha, embora isso significasse que eu também ficaria sozinha e sentiria saudade dela sem falar nada, porque falar a deixava estressada. Será que àquela altura a gente não tinha noção de que eu e o meu irmão e todas as pessoas que recebíamos em casa já estariam mortas se minha mãe, e só minha mãe, não carregasse nossos problemas nas costas? Puxa, obrigada...? Eu dizia de vez em quando para mostrar que eu meio que entendia, mas isso só a deixava com mais raiva, e aí eu percebia que não adiantava nada, e isso me assustava porque mostrava que eu de fato *era* parente da Frangie, uma pessoa que piorava tudo, uma pessoa tão desamparada que sugava a energia e a vida das pessoas que tomavam conta de mim, e de jeito nenhum eu seria uma Frangie, de jeito nenhum eu seria uma encostada na minha própria casa para minha própria família, de jeito nenhum minha mãe ia acabar desejando que eu nunca tivesse nascido do jeito que eu desejava que a Frangie nunca tivesse nascido. Eu prometi que nunca seria mais um dos focos de caridade da minha família.

Meus pais me prometeram que tudo ia mudar quando meu pai terminasse o curso e pegasse o diploma de administração, e isso não ia demorar porque meu pai era um super-humano que quebrava recordes mundiais em atividades que não tinham recorde, tipo fazer um curso de administração ao mesmo tempo que trabalhar mais de quarenta horas por semana entregando comida chinesa para um restaurante vinte e quatro horas que o contratou por ele ser uma MÁQUINA que andava de bicicleta como se fosse motocicleta e atingia um tempo recorde na hora de entregar o frango do General Tsao para pessoas que moravam no Upper East Side e provavelmente nem sabiam que nunca existiu um General Tsao na China. Ha, ha, ha, eu disse quando meu pai me contou tudo isso, embora eu também não soubesse. Nos filmes que eu via na TV os entregadores do delivery de comida chinesa traziam caixas e mais caixas de arroz frito e rolinho primavera e guioza frito para homens que viviam de roupão rodeados por lindas mulheres com peitos que dava vontade de usar de prateleira. E nesses filmes eles eram sempre dentuços e começavam as frases com "eu gosta" ou "eu não gosta" e tinham a voz aguda e tropeçavam por aí e, mesmo que eu fosse do tipo que dava risada de qualquer coisa, eu nunca ria disso.

Então as coisas iam mudar, e eu só precisava esperar... junto com a Frangie e o tonto do meu irmão. Na nossa casa, às vezes a Frangie ficava falando sozinha na sala. Uma vez ela colocou o sutiã de bojo da minha mãe e roupas e maquiagem e me pediu para enfiar umas meias na sua calcinha para ela ter bunda de atriz pornô ("o que é atriz pornô?", eu perguntei, e a Frangie sorriu como quem sabia de tudo, então lhe dei um tapa na boca e disse “essa cara não combina com você”), e aí ela saiu de casa daquele jeito e ficou desfilando pelo centro com um rosto de menina de dez anos e uma bunda e um peito de mulher de vinte. Ela era tipo uma puta com a aparência mais perturbadora do mundo.

Meu irmão era um desperdício ainda maior que a Frangie. Tinha arranjado uma namorada não muito depois de eu começar a namorar o Jason — uma menina que já tinha cara de mulher, parecia que já podia ser mãe de alguém — e os dois ficavam no quarto dele quase todas as tardes. Ele colocava uma bandeira na porta quando estava com ela.

— É para você saber que não pode me incomodar quando isso estiver na minha porta. Sacou? — ele disse, apontando para a bandeira.

— Essa casa nunca vai ser só nossa? — eu choraminguei.

Ele me ignorou.

— Ouviu o que eu acabei de dizer? Você não entra quando isso estiver aqui. Entendido?

Fiz que sim com a cabeça.

— É sério, Lucy. Se entrar aqui você morre, porra.

Eu disse:

— Entra no meu quarto e eu te mato também, seu bosta.

— Nunca nem pensei em fazer isso — ele disse, antes de bater a porta e ficar horas e horas lá dentro com a nova namorada que tinha peitos do tamanho do Kansas. Não, do Centro-Oeste inteiro, não, de todo o continente da América do Norte, não, da Via Láctea inteira. Os peitos dela eram de outro mundo. Literalmente. Todo mundo que eu conhecia vivia num planeta diferente do meu, e eu era a última pessoa na Terra, vivia tropeçando por aí sem motivação maior, e talvez ficasse assim para sempre. Não era justo que eu precisasse ser eu pelo resto da vida enquanto as outras pessoas podiam ser as outras pessoas.

Coloquei os dedos na minha vagina, fui enfiando bem fundo até sentir dor e depois tirei e passei eles na porta do Eddie.

— Fica tranquilo, Eddie — eu disse, com a boca grudada na porta. — Mesmo se você não entrar no meu quarto, eu vou te matar mesmo assim, seu bosta.

Voltei para o meu quarto, tranquei a porta, me joguei no tapete, coloquei os dedos na vagina e esperei minha mãe chegar em casa.

No dia seguinte, a Francine apareceu na escola de maquiagem e eu disse "você tá com cara de idiota" antes mesmo de ela sentar na cadeira.

Na aula de artes, a Francine me contou que, se você tem peitão grande, você goza no mesmo segundo em que o seu namorado enfia em você.

— Não ligo pra isso — eu disse.

— Pra quê? — ela perguntou.

— Gozar.

— Eca — ela disse. Às vezes deixávamos a outra enojada só de falar.

— Mas ele já fez? — ela cochichou no meu ouvido.

— Já, total.

— O quê? — ela berrou.

Nossa professora de artes, a sra. Feducci, veio até nossa mesa.

— Francine, quer ir para a sala do diretor pela segunda vez hoje?

— Não — ela disse, a cabeça abaixada.

— Foi o que pensei — a sra. Feducci disse, e aí virou de costas para ajudar a Susanna Lopez com seu origami de papel.

A Francine mostrou a língua para a sra. Feducci e eu abafei a risada na manga da camiseta. Começamos a mandar bilhetes.

[Francine] PQ vcs não fizeram ainda

[Eu] OCUPADA e tal

[Francine] SEI

[Eu] isso! você disse que sabe!

[Francine] certezaaaa que não rolou

[Eu] não, você disse SEI

[Francine] ahm, não rolou

[Eu] beleza

[Francine] HAHA! te peguei!

[Eu] mas eu pedi pra ele

[Francine] e?

[Eu] ele não sabe como faz

[Francine] vou te ajudar a ensinar pra ele

[Eu] ok

[Francine] ok

[Eu] mas a Frangie vai estar em casa

[Francine] eca

[Eu] minha mãe disse que ela precisa ficar lá

[Francine] ela sempre fica lá?

[Eu] para todo sempre

[Francine] não é justo

[Eu] conta uma novidade

Depois da aula, o céu ficou escuro e eu não sabia se o dia tinha virado noite ou se a noite tinha virado dia, aí decidi que o dia tinha virado noite tipo nos meus pesadelos que me faziam acreditar que eu vivia num mundo sem dia e, sob ameaça de tempestade, a Francine, a Frangie e eu corremos para casa de mãos dadas, a Frangie no meio como se fosse nossa filha. Falei para o Jason cronometrar dez minutos e só começar a ir na direção da minha casa depois do alarme, porque tínhamos preparado uma surpresa para ele e porque a Frangie ficava estranha perto de meninos e nós tínhamos que levá-la para casa antes. O único menino com quem vi a Frangie falando foi o Eddie.

Quando a campainha tocou, o Eddie abriu a porta.

— Quem é você, maluco? — ele disse, medindo o Jason, que estava com um casacão verde com estampa de folha e vinha carregando sua mochila de rodinhas e sua jaqueta de preta.

— Sai daí — eu disse, descendo as escadas correndo. — É o meu amigo da escola.

— Você quer dizer namorado — a Francine gritou, alguns metros atrás de mim.

Meu irmão olhou para mim e olhou para o Jason e caiu na risada.

— Qual é a graça? — eu perguntei e virei para o Jason. — Vem cá, Jason, ignora ele. Ele precisa ir num médico de cabeça.

— Você tem namorado? — meu irmão me perguntou.

— Tenho, e daí?

— Você ao menos sabe o que é um namorado? É óbvio que não sabe — ele disse, balançando a cabeça. — Olha, não tenho nenhum interesse em você e nos seus amiguinhos estranhos.

Ele foi para a cozinha esquentar umas pizzas congeladas para ele e a namorada, e Francine e eu levamos Jason para o meu quarto, onde a Frangie estava esperando.

Quando chegamos, dez minutos antes, mandamos a Frangie deitar na minha cama e tiramos sua roupa. Enfiei tudo no armário enquanto a Francine amarrava a Frangie na cama com os lenços da minha mãe.

— Finalmente vamos deixar você brincar com a gente — a Francine disse. — Tá feliz? Você não vai mais precisar esperar lá fora.

A Frangie não disse nada. Pelo que eu conhecia dela talvez ela estivesse imaginando que era uma água-viva. Quando vi a força com que a Francine tinha amarrado os lenços nos pulsos da Frangie, falei para ela ir com calma.

— Não tô sentindo nada — a Frangie disse.

— Sério? — eu disse, analisando os nós que a Francine tinha feito e afrouxando um deles um pouquinho.

— É disso que vocês brincam aqui? — a Frangie perguntou.

— Isso — a Francine disse. — Todo santo dia, e agora você vai poder brincar.

Quando trouxemos o Jason para o quarto, ele imediatamente virou de costas e foi em direção à maçaneta da porta, mas eu e a Francine chegamos mais rápido. Bloqueamos a saída com os nossos corpos — eu encostada na porta com os braços abertos como se fossem asas e a Francine na minha frente com a mesma postura.

— Camarones — a Francine disse, sorrindo. — Você não tá com medo, né?

— Não — o Jason disse. — Claro que não.

— Por que sua cara tá toda vermelha, então? — eu disse.

— Camarãozinho, você sabe que tem vontade. Se não fosse isso, por que teria melado a cueca?

— É, ué — eu disse. — Por quê, hein?

O Jason se encolheu.

— Isso é fofoca.

— Sei não — a Francine disse. — Não te falaram na educação sexual que não precisa ter vergonha?

— É — eu disse, me sentindo o eco da Francine. — Não te falaram?

— Acho que sim.

A Francine juntou as mãos em posição de oração, e eu fiz a mesma coisa.

— Por favor, Jason — a Francine disse. — Promete que não vai tentar fugir, ou a gente vai contar pra todo mundo que você tem medo de fazer.

— Fazer o quê?

— Fala que você promete — a Francine disse.

— Por favor, Jason, só promete.

— Tá bom — ele disse.

— Fala que você promete — a Francine disse.

— Tá — o Jason disse.

— Fala "eu prometo" — a Francine insistiu.

— Ele disse que tudo bem — a Frangie disse. O som da voz dela me assustou.

— Isso é meio idiota — eu disse.

— Você diz isso pra tudo — a Frangie disse da cama.

Botei a cabeça por cima do ombro da Francine e olhei para ela. Ela tinha se soltado daquele único lenço que eu afrouxei e tinha colocado a mão na barriga. Me perguntei como seria se minha mãe morresse igual à mãe da Frangie, se meu pai fosse inapto igual ao pai da Frangie, se o Eddie se mudasse para morar com a namorada. Aonde eu iria depois da aula? Quem ia tomar conta de mim? Senti uma profunda decepção comigo mesma; quando olhava para a Frangie na minha cama, só conseguia imaginar eu mesma. Por um instante senti que ia vomitar, mas aí a Francine voltou ao comando e as coisas começaram a acontecer bem rápido.

— Senta — a Francine levou o Jason à minha cadeira. — E você — ela disse para mim —, ajoelha de frente para ele.

Fiquei de joelhos e abri o zíper da calça dele.

— Põe pra fora. Ele é seu namorado.

Não consegui achar logo de cara. Nem tinha certeza do que estava procurando.

— Argh — a Francine disse, se ajoelhando ao meu lado. — Vou precisar fazer tudo sozinha?

— Ei — o Jason disse, dando um tapa na mão dela e fechando o zíper da calça. — Quem disse que você podia colocar a mão?

Fiquei em pé e percebi que tudo que era novidade para mim já era carne de vaca para a Francine. A breve visão que tive do pinto do Jason foi mais insignificante do que chocante. Era uma coisinha murcha, e não consegui nem imaginar que aquilo fosse capaz de todas as coisas que tínhamos discutido na educação sexual.

— *Eu* sou a namorada dele, Francine.

— Então faça a sua parte — ela aproximou a cabeça da minha. — Vou pra casa.

O Jason começou a se levantar, mas sem muito esforço a Francine imobilizou seus braços bizarramente musculosos de tanto jogar softbol todo fim de semana. Ela balançou a cabeça com aquele olhar que já tinha funcionado comigo. Era um olhar que dizia só eu sei o que vai acontecer agora.

— Ainda não — ela disse, e depois olhou para mim. — A gente tem que deixar duro. É fácil. Você só tem que colocar a boca ou esfregar desse jeito.

Ela se ajoelhou de novo e passou os dedos pelo zíper da calça dele. Lá fora o dia estava quase um breu total. Os relâmpagos tinham parado, mas eu sabia o que vinha pela frente.

— Não vou fazer isso.

— Que porra é essa? Primeiro você diz que tá a fim, depois diz que ele também tá a fim, aí ele diz que não tá a fim e agora você também diz que não. O que vocês têm na cabeça? — Ela revirou os olhos e, antes que qualquer um de nós esboçasse uma reação, abriu o zíper, agarrou o pênis dele e colocou aquela coisinha molenga inteira na boca.

— Hmmm — ela disse.

— Francine — eu disse, sentindo nojo.

— Hmmm hmmm hmm.

— Francine — eu gritei. — Não. Para com isso!

Tentei agarrá-la pelo ombro e empurrá-la para longe, mas ela era muito, muito forte. Ela afastou a boca do pênis do Jason, que parecia menor do que nunca mas não era mais uma coisa da qual eu conseguiria rir — agora ele era parte do meu pesadelo. Novamente de pé, ela conseguiu segurar meus pulsos com uma mão e cobrir minha boca com a outra. Agora os relâmpagos tinham começado, e a chuva também.

— Shhh — ela disse. — Quer que o seu irmão escute?

Ouvi os passos do meu irmão na escada, e cada um deles emanava vibrações direto para o meu coração.

— Lucy, será que você e os seus amigos podem parar de gritar? Fico puto da vida e, de verdade, não posso mais me irritar. Você consegue entender que estou tentando estudar? Com minha namorada de verdade? Percebe que as outras pessoas têm uma vida de verdade? Olha, essa é a última vez que vou pedir para vocês calarem a boca. Daqui pra frente, você não existe mais. Não me incomoda que eu não te incomodo e todo mundo fica feliz.

Mas eu existo, falei para ele em pensamento. Estou aqui, Eddie. "E se eu precisar que você saiba que estou aqui?", eu disse com a voz mais baixa possível.

— Tá na hora — a Francine disse. — Jason, sobe na cama.

Ela tinha me explicado naquele dia que a gente precisava fazer isso, e só tinha um jeito de fazer, e precisava ser assim porque o Jason precisava aprender o jeito certo para que nossa primeira vez fosse perfeita, e tinha cobaia melhor que a Frangie? Eu precisava me guardar para quando o Jason fosse mais experiente, porque aí ia ser bom de verdade. Ela também me disse que eu precisava prestar muita atenção, porque nem todo mundo nasce sabendo fazer sexo — ela com certeza não tinha nascido, e eu provavelmente também não —, tinha gente que precisava treinar muito, tipo como se fosse matemática, tipo aquelas equações que a Francine e eu errávamos toda vez, então era por isso que tudo era como era.

O Jason subiu na minha cama e uma das suas pernas tremia sem parar. A Francine abaixou as calças dele, que ficaram emboladas na altura do joelho.

— Por que você usa calça tão justa, Camarones? Você não é gayzão, né?

Ele ficou tentando montar na região dos joelhos da Frangie, e a Francine disse que ele precisava subir um pouco mais para chegar perto da vagina. A Frangie ficou mirando o teto com seus olhos fundos. Fiquei esperando ela piscar, emitir algum som, dizer que queria ir para casa, mas ela ficou lá deitada, com uma mão amarrada na cabeceira da minha cama.

— Frangie — eu disse. — Frangie, minha mãe disse que você pode ficar para o jantar.

— Jason — a Francine disse. — Chega mais perto, seu retardado.

— Frangie — eu disse. — Ainda quero ser uma água-viva com você.

— Mais perto. Ainda tá muito longe.

— Frangie — eu disse. — Guardei um refrigerante pra você. Vou fazer o Eddie colocar seu nome nele pra eu não esquecer e beber sem querer.

— Isso. — A Francine se inclinou do lado da cama e agarrou o pênis do Jason, todo nojento e brilhante por causa da saliva dela, mas ainda bem pequeno e mole. — Agora você abre — a Francine disse para mim. — Faz como a gente costuma fazer.

— Frangie — eu disse, colocando os dedos nos lábios da vagina dela e os separando com o dedão e o indicador. — Frangie, minha mãe disse que vai levar a gente ao shopping esse fim de semana.

— Merda, por que não tá funcionando? — a Francine disse, parecendo genuinamente preocupada pela primeira vez no dia todo. Ela mordeu as pontinhas dos dedos. — Talvez o seu namorado seja gayzão.

— Frangie — eu disse. — Precisa de alguma coisa? Quer aquele refrigerante? Salgadinho?

— Olha a cara do Jason. Olha isso, Lucy. Parece que ele tá precisando fazer cocô.

— Frangie, fecha o olho — eu disse, tentando empurrar as pálpebras dela com a mão, mas chegavam a estar duras de tão abertas, tipo a tampa de uma lata de sardinha. — Frangie, por favor. Por favor, fecha o olho.

No andar de baixo, meu irmão cantava junto com o rádio, salpicando grãos de pimenta no dedo e lambendo-o enquanto as pizzas giravam no micro-ondas; lá fora, minha mãe contava para alguém que tinha acolhido a Frangie como se fosse sua filha e não, não deixava que ela se sentisse inferior aos seus filhos de sangue; em algum lugar mais longe ainda, meu pai pedalava por Manhattan inteira em sua bicicleta com uma sacola de plástico pendurada na cara, ultrapassando as luzes dos semáforos como se ele fosse a própria luz, aceitando moedas de vinte e cinco centavos de gorjeta, forçando um sorriso depois de cada entrega; e, quanto a mim, eu esperava aquele primeiro estrondo de trovão, o momento em que poderia me desconectar de mim mesma de novo, em que poderia pairar naquele espaço acima da realidade para onde às vezes eu viajava e onde eu podia me ver como de fato era, só que dessa vez, em vez disso, eu ia deixar rolar, não ia tentar lutar, ia me permitir observar o que estava acontecendo de verdade ali embaixo.

As mães antes das nossas

JULHO DE 1966

As escolas estavam fechadas sem previsão de retorno havia um mês quando a chuva começou e as crianças de Xangai passaram a sair em turmas para brincar. O primeiro mês sem escola e sem responsabilidade tinha espalhado uma energia fúnebre pelas ruas. Quase ninguém mais falava de poesia, a não ser cifrada como outro tipo de poesia. Era perigoso demonstrar carinho pelos lagos e os salgueiros no verão, tão fetichizados pelos velhos mestres; agora ou as coisas serviam à revolução ou eram um ato de sabotagem. A beleza era uma distração, uma indulgência, e tudo que a possuía, todos os seus veículos, deviam ser queimados. "Queima! Tudo!", as crianças gritavam, jogando fósforos acesos em todas as coisas que viam naquele mês de junho quente e seco.

A súbita inversão de poder — os mais novos e mais precipitados agora eram as autoridades, aqueles que puniam e decidiam quem era bom e quem era ruim — tornou algumas crianças despóticas, outras, deslumbradas, e outras tão assustadas que acabaram se escondendo, ainda que mais cedo ou mais tarde todo mundo precisasse se mostrar. A turma que gostava de quebrar a porra toda e a turma que sempre tinha alguma parte do corpo quebrada formavam os grupos que marchavam pelas ruas pra cima e pra baixo, carregando garrafas de vidro debaixo do braço para jogar em qualquer mulher que ainda usasse o cabelo solto ou comprido (aquilo era pura *decadência dos porcos burgueses*!) ou qualquer um que tivesse pinta de intelectual, e aí tanto fazia se era alguém que estivesse com os olhos um pouco apertados por ter supostamente lido livros demais ou uma pessoa que estivesse com os olhos relaxados demais e portanto tivesse poupado sua vida inteira do serviço pesado.

Qualquer um podia ser taxado de contrarrevolucionário, qualquer um podia ser obrigado a se arrastar feito um cachorro pelas ruas até os joelhos e as palmas das mãos ficarem em carne viva, chegando a expor a cartilagem. Rápido, rápido, rápido, as crianças berravam. Chega, chega, os adultos imploravam. Dali mais um mês, alguns dos meninos estariam acusando os próprios pais por causa de coisas tão insignificantes como uma expressão facial — se a mãe de um *quase* esboçasse um sorriso ao ouvir uma história sobre Mao tropeçando na escada, se o pai de outro numa noite dissesse de brincadeira *seria bom dormir de barriga cheia pra variar* —, qualquer coisa era errada e toda fofoca estava sujeita a se transformar em alegações sérias sobre não-sei-quem que não vestia a camisa da luta. Os filhos que estivessem dispostos a entregar os próprios pais eram recompensados, subiam de classe rapidamente. Todo mundo sabia que o jeito mais rápido de chegar ao topo era ser alguém que ninguém queria contrariar. Alguns dos meninos começaram a usar os velhos uniformes verdes do exército que antes pertenciam aos pais e que estavam salpicados de buracos de traça, perfumados de mofo e que ficavam comicamente largos. Os mais severos memorizavam todos os aforismos do livrinho vermelho de Mao e saíam por aí citando falas como "uma revolução não é um jantar de gala ou um ensaio ou um desenho ou um bordado; não pode ser tão refinada, tão tranquila e suave, tão comedida, gentil, cortês, moderada e magnânima. Uma revolução é uma insurreição, um ato de violência pelo qual uma classe tira outra do poder" a qualquer mínimo sinal de transgressão, como uma pessoa que lambesse os beiços ao passar por uma barraca vendendo caldo de soja quente em sacos plásticos por quatro centavos cada porção. Esse desejo por um pequeno prazer no meio da tarde na verdade demonstrava o desejo daquela pessoa por um banquete, e um banquete não significava nada além de desperdício e individualismo, algo oposto à resistência à ganância burguesa e à imundície capitalista. Os mais severos arranjavam retalhos de seda vermelha, gravavam as palavras 红卫兵 e usavam de braçadeira. Os menos severos desenhavam um escroto monstruoso pendurado debaixo de um pênis minúsculo ou uma mulher com peitos enormes esguichando gotas bem gordas de leite na própria boca. Eles se agrupavam por comunidade, e Nanchang tinha conquistado a reputação de comunidade mais cruel e mais criativa de todas. Não havia prejuízo pequeno demais nem rancor mesquinho demais que essas crianças não vingassem com toda sua energia que, em outro mundo, em outro tempo, teriam usado para brincar com palhaços ou andar de pônei.

Um dia antes do começo da chuva, crianças da comunidade Nanchang tinham amarrado a professora Liu num tronco de álamo ainda marcado de anos antes quando o povo tinha se agrupado em volta da árvore e arrancado pedaços dela para comer. Um dos meninos que a professora Liu castigava com mais frequência repuxava a boca dela por causa das vezes em que ela havia lhe dado reguadas na boca pelas respostas erradas aos problemas de matemática, o que rendeu a ele o apelido de "Tique" (embora os amigos mais próximos soubessem que seu próprio pai o espancava com muito mais brutalidade que a professora Liu e era muito mais provável que seu tique na boca tivesse vindo da vez em que o pai o amarrou numa cadeira e atirou pedras na sua cara por horas a fio até uma finalmente arrancar seu dente da frente), e ele tinha dado a ideia de escrever 2 + 2 = 5 com um caco de vidro em seu braço, bem ciente de que não havia insulto maior do que marcá-la com um erro aritmético. Ela dava as provas mais difíceis entre os professores da escola, às vezes fazendo pré-testes sobre capítulos que só ia ensinar aos alunos meses depois. Dava réguas aos bons alunos e os fazia baterem nos ruins. Não permitia que parassem até que as réguas ficassem ensanguentadas ou partidas ao meio. Uma vez, tinha dado dez réguas à menina mais delicada da sala e a instruído a espancar o Tique até que as réguas virassem abre aspas "um monte de pedacinhos de madeira" fecha aspas.

Assim que deram o comunicado de que no início de junho todas as escolas seriam fechadas imediatamente e os alunos se dedicariam à revolução, o Tique começou a reunir provas contra a professora Liu. Ela é uma vagabunda subversiva, o Tique disse aos colegas de classe. Ela limpa a boceta com fotos do Grande Mao arrancadas do jornal. O pai dela tinha terras, sabia dessa? E ainda por cima se recusou a sair. Precisou ser removido, é por isso que ela não tem família por perto, porque todos eram direitistas e simpatizantes do capitalismo. Ao raiar do dia, o Tique reuniu os colegas mais parrudos e abrutalhados para arrombar a casa dela e destruir tudo que tivesse dentro. Livros folheados a ouro!, o Tique exclamou ao ver sua biblioteca. Passou a língua pelos filamentos dourados, inexplicavelmente atraído por sua beleza, antes de sair do transe e voltar à ação, ordenando aos dois meninos maiores que a arrastassem da cama. Quando enfim conseguiram amarrar a professora Liu à arvore, uma multidão tinha se reunido.

Quando você soma dois mais dois dá o quê?, eles a provocaram, ignorando suas súplicas para ser desamarrada.

Quatro. Dá quatro.

Se você disser quatro de novo... o Tique disse, pegando o dedo mindinho da professora e fazendo um gesto como se fosse arrancá-lo. Alguém que gosta tanto do número quatro devia ter só quatro dedos. Não tenho razão? As crianças aglomeradas traziam pedras nos bolsos e bexigas cheias que planejavam esvaziar diretamente nos cortes abertos no braço da professora Liu.

Olha como ela é gorda, um menino comentou. Deve ter escondido ovos e carne enquanto o resto de nós tinha que comer a merda da nossa própria bunda.

Lixo burguês. Fala. Fala que você é um lixo burguês. Fala que você sempre foi uma bosta de uma semente revisionista contrarrevolucionária e merece ficar cega de tanto apanhar. Ela repetiu aquilo entre soluços, mas o Tique continuou enojado com um certo brilho de vaidade que ainda via nos olhos dela. Ele encorajou alguns dos meninos a abrirem sua boca à força enquanto outros se revezavam tentando mijar dentro. Os mais inventivos discutiam em que galhos deveriam subir para conseguir posicionar a bunda no melhor ângulo possível para servir à professora um pouco da bosta que sua criação burguesa a havia poupado de comer enquanto o resto das pessoas vivia no meio dos ratos do esgoto. A professora Liu teve uma vida boa. Dava para notar pela altura: só gente que vinha de gerações de famílias bem alimentadas conseguia crescer tanto. Sua pele branca era a prova de que tinha vindo de uma geração de pensadores mimados que nunca tinham precisado trabalhar debaixo do sol desde o primeiro até o último raio. Alguns dos meninos falavam em fazer um ensopado com seus ossos. Nem vamos precisar temperar muito!, gritavam. Cálcio para o povo! Lá pelo fim da tarde, as crianças ficaram entediadas e famintas, tinham cagado e mijado tudo que podiam. Era só o começo. O Tique disse aos outros, antes de se dispersarem, que fossem para casa e jantassem — farinha frita num resto de óleo requentado. Os mais afortunados tinham uns grãos de sal para salpicar na farinha frita, e os mais sortudos de todos tinham uma gota ou duas de shoyu.

Na manhã seguinte choveu e o tempo ficou mais fresco pela primeira vez em semanas, lavando a poeira e os cacos de vidro espalhados pelas ruas. As crianças foram ao delírio. Deixaram as garrafas no chão e ficaram peladas nas ruas. Gostou, né, diziam umas às outras, apontando para as pequenas partes íntimas e flexionando os músculos que ainda nem tinham.

Meu tio não estava na rua; estava dentro de casa. Morava num apartamento modesto no final da comunidade Nanchang com a minha mãe e os meus avós. Ao contrário das crianças que corriam por aí em grupos e ficavam fora de casa pelo tempo que lhes desse na telha, meu tio vinha de uma família que tinha condições de comer ovos mais de uma vez ao ano (ele e a minha mãe comiam uma vez no Ano-Novo e uma vez no aniversário de cada um, algo raríssimo que precisava ficar em segredo). Só tinha usado fósforo uma vez na vida e não tinha dado muito certo, ele acabou queimando os cachinhos que um dia cobriram sua nuca. Quando saía de casa, ia sozinho e fazia poucas alianças. Se ele não fosse tão comicamente desproporcional — sua enorme cabeça de melancia se equilibrava num corpo de palito —, os hooligans da comunidade Nanchang já teriam acusado sua família de abuso, mas, pelo contrário, eram gentis com ele, o tratavam como entretenimento pessoal. Cabeção, Cabeção, eles gritavam, você vai ser o nosso guarda-chuva?

Estou só andando um pouquinho, ele respondia, acenando cordialmente.

Quando sua mãe disse que ele precisava passar mais tempo dentro de casa, persuadindo-o com a lenda de um vilarejo em que os habitantes trancavam as crianças em caixas de aço para impedi-las de crescer, como exemplo do que ela poderia fazer se quisesse, ele ficou horrorizado e declarou sua intenção de liberar todas as crianças daquelas caixas.

É só uma história, a mãe disse. Não é de verdade. É invenção. É só para te distrair. Você não precisa ser o herói de meia dúzia de crianças que nunca nem existiram.

Por que alguém pensou nisso?, meu tio perguntou. Por que tiveram essa ideia?

Por quê, por quê, por quê, minha avó disse. Você desperdiça meu tempo com essas perguntas. Vai fazer alguma coisa e aí alguém pode te perguntar por que você a fez.

Meu tio prometeu a si mesmo que nunca deixaria que o colocassem numa jaula. Ele seria livre, seria livre para sempre, esticaria seus longos membros com muito gosto e muito prazer, andaria ereto para chegar mais perto do céu e sentiria até o infinitésimo crescimento de seu corpo acontecendo em tempo real. No dia em que as chuvas de junho começaram, ele saiu para sua caminhada diária pelo bairro e passou pela árvore na qual a professora Liu ainda estava amarrada, e o cheiro de sangue e de mijo estava impregnado no ar apesar da chuva. Ele se aproximou dela como se fosse uma obra no museu, dando pequenos passinhos em direção ao corpo inconsciente.

Você não devia estar aqui, ele murmurou. Antes que pudesse desamarrá-la, alguns meninos nus liderados pelo Tique alcançaram meu tio, fizeram um círculo em volta dele e da árvore e da professora Liu, deram as mãos uns aos outros e cantaram:

Chuva, chuva, você faz a gente
Querer um guarda-chuva.

Com um guarda-chuva
Ninguém se molha!

Chuva, chuva, você faz a gente
Querer que as meninas fiquem
Molhadas também.

Mas olha! Lá vem o Chunguang,
Com a cabeça bem grande,
Quem precisa de guarda-chuva
Quando o cabeção te protege?

Mas a sua mãe tá molhada,
Ela tá molhada desde sempre.
Por isso a gente sabe
Que ela é vagabunda!

FEVEREIRO-MARÇO DE 1996

— Vagabunda? — eu disse em chinês. — Que é isso?

— Não — minha mãe disse. — Você ouviu errado. Eu disse "por isso a gente sabe da beleza da vida".

— Ah. Tá bem.

Minha mãe cantou a música do Cabeção obsessivamente naqueles meses em que nos preparávamos para a chegada do meu tio. Ele viria morar conosco por alguns meses antes de começar a faculdade em Knoxville, na Universidade do Tennessee.

— O que ele vai fazer no Tennessee? — perguntei para a minha mãe.

— Pasta de dente com gosto de Sprite — meu irmão Sammy se intrometeu.

— Aham, tá. Com certeza.

— Pode perguntar você mesma quando ele chegar.

Eu tinha sete anos e estava voltando a me interessar pelo meu tio. Na véspera do Ano-Novo chinês, minha mãe começou a cantar na mesa enquanto comíamos peixe, em chinês a palavra "peixe" também significa sorte, por isso comer peixe no momento em que o ano velho se torna o novo significa que você terá sorte a cada ano novo. Cinco minutos depois que começamos a comer, meu pai inclinou a cadeira para trás e engasgou.

— *Lá vem o Chunguang* — minha mãe cantava, com os olhos virados para o teto.

— Será que a gente ajuda o papai? — eu disse, olhando para o Sammy.

Não me mexi, já que quase toda vez que eu tinha a intenção de fazer alguma coisa acabava fazendo o contrário, e meu irmão, que era bom em tudo que uma pessoa pode querer ser boa, até em coisas que nós da espécie humana ainda sequer concebemos, correu em direção ao meu pai e lhe deu um soco nas costas.

— *Com a cabeça bem grande.*

— Mãe, por favor, ajuda! — meu irmão disse.

— A cabeça do papai vai explodir — eu disse.

Nossa mãe continuou cantando como se nada estivesse acontecendo. Meu irmão tentou aplicar no meu pai a manobra de Heimlich, que eu também tinha aprendido na escola, mas a técnica só funcionava com coisas maiores, como um pedação de carne, e não com um resto de espinha de peixe. Meu pai empurrou meu irmão, pegou um pouco de vinagre negro no armário, bebeu quatro goles enormes, limpou a boca e disse:

— Estou ótimo. O vinagre levou tudo embora. Agora, chega de peixe por hoje. Precisamos guardar um pouco de sorte para o ano que vem.

Ele sorriu em minha direção e eu cobri o rosto, fingindo que chorava por achar que meu pai merecia mais que aquilo, mas só fingindo, afinal a única pessoa que conseguia me fazer chorar era a minha mãe, que sabia muito bem disso e nunca perdia qualquer oportunidade.

Mais tarde, meu irmão veio ao meu quarto e me disse:

— A mãe não gosta do pai tanto assim e quer morar só com a gente. Foi por isso que ela não fez nada quando ele engasgou. Eles estão tentando não brigar o tempo todo porque nosso tio está chegando, então você precisa se comportar e me ajudar a cuidar do pai.

— Como você sabe que a mamãe odeia o papai? — eu disse.

— Annie. Não falei que era ódio.

— Mas agora eu sei que ela não gosta dele, e quem disse que preciso te ajudar?

— Só estou tentando conversar com você.

Fiquei muito irritada com ele naquele momento. Não entendia por que meu irmão tinha que ser tão maduro aos treze anos. O certo não seria ele ser mais bruto e rude? Ficar constrangido com aquelas espinhas na cara? Descontrolado por causa dos hormônios à flor da pele e querendo agarrar qualquer menina à vista só para ser rejeitado sem dó nem piedade, o que acabaria destruindo sua autoestima e, como reação ao seu amor-próprio estilhaçado, ele não deveria se voltar contra mim e descontar toda sua frustração na irmã mais nova, em vez de ser essa pessoa que entrava no meu quarto e se recusava a falar comigo como se eu fosse um bebê e, em vez disso, me levava a sério e se importava comigo e me deixava sem graça com sua maturidade inabalável? E isso tudo lhe dava permissão para permanecer em paz com o mundo enquanto eu ainda estava muito longe disso, torcendo para que os próximos anos passassem bem rápido e acabassem logo para que eu pudesse mostrar a todo mundo que eu também chegaria lá, seria uma pessoa equilibrada e tão absurdamente estável que me tornaria uma maravilha a ser discutida e estudada, talvez eu seria até mantida numa caixa de vidro decorada com ouro dentro de um museu que cobrasse uma entrada exorbitante de quem quisessem me ver, eu seria a atração principal pela qual as pessoas cruzavam o país.

— Não vou ficar do seu lado.

— Não tem nenhum lado.

— Todo mundo fica do lado de alguém.

Meu irmão chegou mais perto e se sentou na cama ao meu lado. Começou a fazer uma trança no meu cabelo.

— Para. Não quero que você faça isso.

Mas ele continuou, porque sabia que se saía bem nisso e sabia que eu gostava que mexessem no meu cabelo, que aquilo me deixava azul-piscina igual à minha cor preferida de giz de cera, e esse sentimento me fazia perder o medo dos pesadelos que eu já sabia que teria. Minha mãe foi a pessoa que ensinou o meu irmão a trançar cabelo para que ela não precisasse fazê-lo quando ficava deprimida ou estressada ou neurótica ou com pressa ou cansada demais para mover um dedo ou quando só queria ficar sozinha, e precisávamos compreender, senão era porque não a amávamos. Precisávamos compreender tudo, não que tivéssemos alguma outra opção nas horas em que ela de repente se levantava, pegava o casaco e gritava ao mesmo tempo que saía pela porta da frente:

— Podem ir se acostumando com a comida nojenta do seu pai, porque vocês não vão mais me ver.

Às vezes eu cobria os olhos para não vê-la indo embora, mas nunca conseguia fazer isso por muito tempo. Quando abria os olhos de novo, era sempre a mesma coisa — lá estava meu pai de gravata segurando um livro de programação de computadores que pretendia ler no trem a caminho do trabalho, e lá estava meu irmão deixando o cereal ficar molenga com a cabeça baixa para que ninguém visse se seus olhos estavam úmidos ou secos, e lá estava o instante em que tínhamos enlouquecido minha mãe pela primeira vez, o instante em que ela tinha começado a puxar os próprios cabelos e ameaçado arrancar todos os fios e jogá-los no chão nos nossos pés, um instante que evitávamos o dia inteiro, como se andássemos em círculos com as pontas dos pés desviando de cacos de vidro, até ela voltar tarde da noite, quando a escuridão ao redor da minha casa era bem diferente da escuridão que tinha entrado sem ninguém se dar conta.

Na escola, durante o recreio, tentei cantar a música para as minhas amigas Sarah e Alexi porque queria que elas soubessem como meu tio era cheio de vida e como eu tinha sorte por ele vir morar conosco. Fiquei ao lado delas, junto da amarelinha, e cantei em inglês:

Chuva, chuva, vai embora,
A cabeça do meu tio cresceu agora.
Minha mãe ficou molhada agora,
A gente também se molhou para valer.
Cadê o Cabeção para secar a gente agora?

— Ou seja, a cabeça do meu tio é grande assim — eu disse a elas. — Haha, dá vontade de dar risada.

— Então dá risada — a Sarah disse.

— Vamos dar risada juntas — eu sugeri.

— Não rola — a Sarah disse.

— Acho que não — a Alexi disse.

Ficamos ali remexendo a areia com os sapatos sem motivo nenhum.

— Como uma cabeça ia proteger alguém da chuva? — a Sarah perguntou.

A Alexi também não tinha entendido.

— Pois é, né? Eu tenho cabeça e me molho mesmo assim.

— Mas a mãe ficou molhada e a cabeça é grande. É maior que um guarda-chuva.

— Eca — a Alexi disse.

— Não, valeu — a Sarah disse.

— Gente, é tão engraçado. Dei muita risada. Até saiu lágrima do meu olho.

— Eu não — a Sarah disse. — Não tô querendo rir nem um pouquinho.

— Nem eu. Viu? — a Alexi puxou os cantos da boca para forçar um sorriso, depois tirou as mãos da boca e as deixou cair ao longo do corpo. O sorriso desapareceu no mesmo segundo. — Minha boca não quer rir.

Depois disso, tentei dizer para a minha mãe que eu não queria escutar tantas histórias sobre o meu tio, mas ela insistiu que no fundo do meu coração eu queria, e eu repeti não, não quero de verdade, vou saber mais sobre ele quando ele chegar, e ela ficou dizendo não, mas no fundo no fundo você quer saber tudo sobre ele, e eu disse não, não quero, e ela disse mas não, na verdade você quer, e aí eu acabei cedendo, como sempre fazia. Comigo ela sempre conseguia o que queria e, se não conseguisse, chorava. Ninguém gostava de vê-la chorando, mas para mim chegava a ser insuportável. Eu tentava cobrir sua boca, mas ela começava a chorar mais alto ainda. Eu tentava cobrir meus olhos, mas meus ouvidos só ficavam mais sensíveis.

Então deixei que ela falasse sem parar sobre o quanto eu amava meu tio mais do que amava comer Cup Noodles de madrugada, que era o que eu mais gostava de fazer. Na maior parte das vezes esse era um programa de nós três, mas de vez em quando meu irmão Sammy aparecia com a cabeça na porta da cozinha quando ouvia nosso pai pondo água na chaleira e os ruídos da gente rasgando a embalagem de plástico. Era um dos raros momentos em que a sombra que envolvia seu rosto se dissipava, e ele deixava de ser o Sammy "me deixa em paz com meus altos e baixos" que em certas noites me fazia pagar vinte e cinco centavos só para entrar no seu quarto para apontar meu lápis porque ele precisava ficar sozinho por horas, ao contrário de mim e da minha mãe, que precisávamos que precisassem da gente. Eu respeitava seus desejos, porque em outras noites ele vinha ao meu quarto e escondia dois dólares debaixo do meu travesseiro depois que eu tinha perdido um dente porque nossa mãe e nosso pai não sabiam da existência da fada dos dentes.

Ele era caótico desse jeito, por um momento meu herói, no momento seguinte uma ameaça. Mas, quando comíamos Cup Noodles tarde da noite, ele era só meu herói. Me deixava beber o caldo do copo de isopor dele, dizendo que só gostava de comer o macarrão, e pescava todas as cenourinhas e ervilhinhas secas do meu copo, porque eu odiava aquelas coisas — que pessoa que adorava coisas gostosas e odiava coisas horríveis não odiaria aquilo como eu? Era uma espécie de paraíso temporário aquele ato de ficarmos acordados até mais tarde do que era supostamente correto e o fato de sermos uma família em que todos gostavam da companhia uns dos outros. Nunca me senti tão segura e calma quanto me senti nas noites em que minha família se deliciava com macarrão instantâneo, se estufando de sal antes de dormir.

Aparentemente, os prazeres proibidos de comer macarrão tarde da noite não eram nada comparados à companhia celestial do meu tio, cujo rosto e personalidade minha mãe queria que eu relembrasse com precisão e ternura mesmo que eu fosse um bebê de colo quando passei um ano e meio na China com meu tio e o resto da minha família e nunca tenha ouvido falar de ninguém que conseguisse se lembrar de como era ser um bebê, mas minha mãe exigia isso de mim como prova de que eu tinha um coração e portanto eu conseguiria me lembrar das pessoas que me amavam e cuidavam de mim. Quando eu tinha sete meses, meus pais me levaram para Xangai e me deixaram lá até os dois anos. Seu pai vendia guarda-chuvas na rua, minha mãe me contou milhares de vezes, e, quanto mais repetia, mais alto ela falava. Na rua!, ela berrava. Bem no meio da rua! Sabe quem mais fica perambulando pela rua para ganhar dinheiro? Mendigos drogados que dão à luz bebês natimortos em banheiros públicos!

Mas um bebê natimorto é um bebê que sobreviveu ou que morreu?, perguntei para a minha mãe tantas vezes até que desisti de fazê-la me ouvir.

Antes de eu nascer, minha mãe e meu pai e meu irmão moravam num quarto apertado em Washington Heights com outras quatro famílias e pagavam quarenta dólares por mês. Como meu pai, os outros homens do quarto tinham vindo para os Estados Unidos para estudar, tinham conseguido apoio financeiro de pessoas na China que acreditavam neles, tinham ouvido que eram os escolhidos, ou seja, aqueles que tinham conseguido um milagre. Chegaram aos Estados Unidos e juntaram dinheiro para trazer, uma por vez, as mulheres e as crianças, e ano após ano, dois anos, três anos, quatro anos, cada um deles, assim como meu pai, largou os estudos.

Nas festas, meu pai bebia até ficar com a cara vermelha e falava e falava e falava.

— Não era fácil naquela época — ele dizia. — Pensávamos que a educação era a educação. A melhor coisa que você podia ter! E estudar nos Estados Unidos? O que podia ser melhor? Não tínhamos ideia. Uma vez não consegui entrar na minha sala porque não acreditaram que eu fosse estudante. Acharam que eu tinha ido entregar comida chinesa. Eu aparecia em eventos em galerias onde nem todas as minhas posses e todos os meus centavos juntos não dariam o valor de um só brinco pendurado na orelha das convidadas. As pessoas se interessavam por você se você fosse um dissidente que tivesse sido espancado e preso e condenado ao trabalho pesado. Mas mesmo assim era impossível viver de verdade. Eu tinha uma mulher e um filho. E você sabe como a Li Huiling é. Ela dá trabalho por duas esposas.

Dependendo do nível de vermelhidão do rosto do meu pai, o número mudava, aumentando o teor dramático de acordo com sua cor. Ele suspirava e dizia:

— É como lidar com dez pessoas completamente diferentes a cada hora. No nosso primeiro ano nos Estados Unidos, ela chorava toda noite, dizendo coisas que homem nenhum merece escutar. Me deixa morrer, só me deixa morrer, ela me dizia. Mande minhas cinzas para a minha mãe, ela me dizia. Nosso dinheiro estava acabando. Eddie teve uma febre alta quando tinha dezoito meses e pensamos... pensamos que ele não ia sobreviver. Tínhamos dez dólares e mais nada. Fomos ao pronto-socorro e nos perguntaram se tínhamos convênio médico e dissemos que não. Pediram um endereço para mandar a conta, então dei o endereço do meu orientador. Era um homem bom. Recebeu a nota e pagou tudo por conta própria. Nunca perguntei quanto foi. Vergonhoso demais. Eu não podia arcar com os materiais de artes. Revirávamos o lixo nos bairros chiques no dia de coleta, procurando qualquer coisa que desse para comer ou vestir.

Ele falava até começar a tropeçar, e aí uns caras, também com o rosto vermelho, apoiavam os braços deles em seus ombros e o carregavam para a cama ou o sofá e ele dormia imediatamente, às vezes acordava com uma crise de tosse ou vomitando as tripas. O Eddie costumava ser a pessoa que lembrava de deixar um cesto de lixo perto do meu pai quando ele ficava assim. No dia seguinte dessas festas, ele se levantava antes de todos nós para fazer o café da manhã, quieto, sem mostrar nenhum desconforto.

Minha mãe não precisava beber para falar dos velhos tempos. Não precisava falar arrastado nem se apoiar nos convidados. Ela tinha a mim. Eu era seu receptáculo, eu dava espaço para que ela falasse sem parar.

— Consegue imaginar? Nós estávamos entre os melhores e os mais dedicados. Entre as pessoas que conquistavam o primeiro e o segundo lugar em suas áreas de estudo no nível *nacional*. E *todos sem exceção* largaram tudo.

Toda vez que começava a falar assim, ela fazia pausas frequentes para procurar uma reação no meu rosto. Se eu não expressasse uma quantidade satisfatória de preocupação, compaixão, pena ou horror, ela recomeçava a história do começo. Se eu não conseguisse adivinhar a reação certa três vezes seguidas, ficava frustrada e ameaçava nunca mais falar comigo. Se por algum milagre eu fizesse a expressão facial correta, ela continuava.

— Se bem que nenhum deles tinha o potencial que seu pai e eu tínhamos. Seu pai era pintor, você sabe. Ele também fazia esculturas. Muito tempo atrás, ainda na China. Uma noite o vi destruir todas as esculturas com um martelo, em pânico. Eu tinha um tijolo guardado para quando decidisse esmagar minha cabeça. Não se preocupe, esse pensamento nunca durou mais de uma hora. De qualquer forma, usei esse mesmo tijolo para quebrar as esculturas dele em pedacinhos. Jogamos os escombros no rio Huangpu. Será que algum daqueles homens que vieram para os Estados Unidos fez alguma coisa tão incrível que precisou ser destruída? Não, eles eram filisteus. Eram mercenários. Você não acreditaria no que sua mãe era capaz. Sua mãe conheceu um turista alemão do lado de fora do Palácio de Verão em Pequim e ele me disse que eu tinha "visão", que eu falava inglês igual a uma personagem dos livros da Jane Austen. Ele me deu a câmera dele de presente para que eu capturasse o mundo através dos meus olhos. Ele deve ter se apaixonado por mim. A mulher dele não gostou muito quando ele me deu a câmera. Bem, eu aceitei. Eu só tinha vinte e dois anos! Nunca tinha visto uma câmera antes, mas era tipo aquelas pessoas superdotadas. Sabe aquelas que sentam no piano pela primeira vez e começam a tocar Beethoven? Eu era exatamente assim. Fiz um curta-metragem e precisei me esconder. Tinha planos de procurar asilo em algum momento. Sabia que você precisa ser muito bom para chegar a esse ponto? Você basicamente precisa ser um gênio! Então sua mãe era uma gênia. Mas e daí? Que valor isso tinha? Valeu para que o papai e eu pudéssemos ir para os Estados Unidos porque *ele* ganhou uma bolsa de estudos? Para descobrirmos que uma bolsa de estudos era igual a nada? *Nada*. Não existem artistas chineses nos Estados Unidos, sabia disso, Annie? É a mesma coisa que um ser humano dizer que quer voar com falcões. Não dá! Espécie errada. Então seu pai fracassou. Então não tivemos escolha e fracassamos. Então tivemos que viver como bichos, apertados num quarto com cinco colchões no chão. Acordávamos no meio da noite com uma menininha gemendo porque tinha coceira, falando que queria botar fogo nas pernas. Eu estava *grávida de oito meses* e essa tal menina chorava sem parar. Sabe o que eu disse uma vez, quando não aguentava mais? Eu disse "levem essa menina para amputar as pernas!". Ninguém sugeria nenhuma solução! Então eu sugeri. Foi ela quem escolheu seu nome. Sabia disso, Annie? Consegue imaginar a coitada da sua mãe voltando do hospital com você e tendo que ir para aquele quarto com toda aquela gente? Toda aquela gente fracassada. Consegue?

Eu balancei a cabeça. Tinha ouvido essa história tantas vezes.

— O nome da menina era Christina. Disse que eu devia te

dar o nome de Annie. As pernas dela eram cobertas de cascas de ferida. Os pais não faziam nada para controlar a filha. Ela me contou que a pequena órfã Annie era uma grande heroína americana e que eu devia batizar você com o nome da maior personagem feminina da história do cinema americano.

— Achei que você queria arrancar as pernas dela.

— Você não está ouvindo — minha mãe disse. — Meu destino era continuar fazendo filmes, mas nasci na era errada. Sabe o que aconteceu com todas as pessoas importantes com quem eu cresci? Foram para a cadeia. Foram torturadas. Foram condenadas ao trabalho forçado e trabalharam até a morte. Até a morte literalmente. Já viu alguém *literalmente* cair *morto* de *exaustão*? Já viu alguém *morrer de tanto chorar*? Literalmente... *morrer... de tanto... chorar*! Sumiram com essas pessoas. Sabe o que significa quando somem com alguém?

— Que a pessoa morreu.

Ela balançou a cabeça daquele jeito que me deixava sem saber se ela reprovava minha resposta ou reprovava o que tinha acontecido na China.

— Tudo em nome de quê? Para vir para cá em busca de qualidade de vida? Em que mundo viver na miséria com outras quatro famílias num quarto sem ventilação é qualidade de vida? Fiquei constipada — minha mãe continuou — o tempo todo em que você estava na minha barriga porque só tínhamos condições de comer arroz branco sem gosto de nada, sem nenhuma carne ou legumes, só arroz branco puro. Viramos trombadinhas. Íamos no supermercado e abríamos um Cup Noodles e colocávamos os pacotinhos de tempero no bolso. Fazíamos o pacotinho render uma semana inteira, salpicando só um pouquinho no arroz, e era isso. Será que você consegue imaginar? Será?

Eu não conseguia. Eu não estava lá naquele tempo e não conseguia lembrar das partes em que estava.

— Tivemos que gastar todo o dinheiro com vocês. Tínhamos que comer com menos frequência por causa de vocês. Vocês exigiam muito da gente.

— Desculpa — eu disse.

Três meses depois de eu nascer, eles conseguiram juntar dinheiro para sair do "calabouço de peido encruado", como minha mãe tão delicadamente enunciou certa vez, quando sentiu que eu não estava dando o reconhecimento necessário pelo sofrimento que ela suportou para me trazer ao mundo e me manter viva. Na nova casa meus pais comiam ovos crus com frequência porque o fogão estava quebrado e o proprietário do imóvel era um completo pilantra. Minha mãe disse que meu pai era muito complacente, muito masoquista, não reclamava o bastante.

— Esse é o estilo de vida americano! Reclamar! Viu no jornal de ontem? Alguém queimou a língua porque bebeu café pelando no McDonald's e teve a pachorra, a *pachorra*, de processar o McDonald's. Com base em quê? Com base na ideia de que o funcionário do McDonald's deixou de avisar que o café estava quente. Café *é* quente. É *sempre* quente. E essa charlatã conseguiu um milhão de dólares. Sabe o que seu pai ia ganhar? Nada. Ele não ia ganhar nada.

Era verdade que meu pai raramente reclamava, a não ser quando ficava bêbado nas festas, e mesmo assim nunca era com um propósito, não era para prejudicar os outros ou ganhar dinheiro, era só desabafo. Por isso ele falhou na tarefa de armar um barraco por causa do proprietário que nunca cumpriu a promessa de consertar o fogão, e por isso ele não comprou briga quando o proprietário começou a desligar a calefação das oito da manhã às seis da tarde nos dias de semana, porque achava que americanos honestos e trabalhadores deviam estar no trabalho nesses horários, e não, ele não esperava nada menos de um prédio ocupado por asiáticos e famílias negras, e não, ele não ia abrir exceção nenhuma para os gângsteres que usavam as calças tão abaixo da virilha que os pênis ficavam parecendo pistolas escapando do cinto, e sim, também coincidia de os caras que deixavam o pênis para fora igual a uma pistola serem todos negros, mas não, isso não queria dizer que ele era racista com gente negra de jeito nenhum, só não queria ver tantos pênis apontando para ele quando passava em seu próprio prédio, e era só isso mesmo. De acordo com a minha mãe, os meninos negros vendiam drogas e compravam aquecedores portáteis com a grana, entre outras coisas, então não ligavam se o aquecimento ficasse desligado o dia todo, mas meu pai vendia guarda-chuvas, e ia comprar o quê? Mais guarda-chuvas, minha mãe disse com um tom amargo antes que eu pudesse responder.

Ela me disse que eu tinha tido sorte de morar na China naquele período de um ano e meio, os anos difíceis em que ela não sabia se queria viver ou morrer, e eu pensei que talvez, se eu tivesse tido sorte de verdade, teria uma mãe que não tivesse vontade de morrer e, mesmo se tivesse, talvez pudesse guardar essa informação para si mesma, porque talvez, só talvez, se ela guardasse a tristeza para si, a tristeza iria embora sozinha ou pelo menos perderia força, igual a todas as vezes em que guardei minha raiva comigo enquanto esperava que ela notasse que alguma coisa não ia bem e que eu precisava de um abraço, precisava ouvir dela que eu era sua filha querida e que saber que tinha me magoado cortou seu coração. Mas o que geralmente acontecia é que minha mãe não percebia e depois de algumas horas eu esquecia da raiva e ficava contente em colocar seus brincos de pressão no meu cabelo e mostrar a ela a dança que inventei com a Sarah e a Alexi, uma dança maluca que me fazia derrubar todos os brincos, e aí minha mãe e eu nos jogávamos no chão para apostar quem pegava mais brincos. Às vezes ela me deixava ganhar e outras vezes era perversa, arrancando os brincos das minhas mãos, mas o importante era que, se eu conseguia esquecer a raiva, ela conseguia esquecer a tristeza.

As lembranças que eu tinha da China — do meu tio e dos avós com quem eu tinha morado — foram todas doações da minha mãe. Ela me contava tudo, quisesse eu ouvir ou não.

— Todos adoravam você e diziam que você herdou minha personalidade. Não se esqueça de que você competia com os meninos por lá! Você sabe como os chineses são. Meninos isso, meninos aquilo. Mas nossa família é diferente. Meus pais nos criaram de um jeito diferente. Nunca fizeram com que eu sentisse que era menos que seu tio, e sempre senti que minha mãe e meu pai me davam a mesma quantidade de amor que davam ao seu tio, e por isso fiz questão de que você fosse amada mesmo chegando em segundo lugar e mesmo não sendo menino. É isso que torna nossa família especial perto das outras famílias chinesas, e é por isso que a mamãe é diferente com você e o Sammy em comparação a outras mães chinesas. Já notou que as outras mães fazem os filhos irem à escola de chinês todo domingo? A mamãe te obrigou a ir à escola de chinês neste ano? Obrigou? A mamãe *sugeriu* que você fosse à escola de chinês porque não há motivo para uma chinesa não querer aprender chinês. É como se uma lesma quisesse aprender a voar em vez de lesmear por aí igual uma lesma deve fazer. Não é natural, e a mamãe quer que seus filhos façam o que é natural para eles, e é por isso que a mamãe não pressiona você e o Sammy como a Peng a-yi. Sabia que ela obriga os filhos a fazerem aula de violino de manhã, depois escola de chinês, depois aula particular de matemática, depois aula particular de inglês, depois cursinho pré-vestibular, depois aula particular de biologia do nono ano para alunos de sexto ano, depois tênis, depois piano?! É assim que essas mulheres são, e sabe o quê? Não vou sujeitar vocês a isso. Mesmo que essas mulheres pensem que não quero que vocês entrem na faculdade e consigam um bom emprego que pague o suficiente para cuidar da mamãe quando a mamãe ficar cega e se mijar toda cinco vezes por dia, porque quer saber? Essas mulheres estão completamente enganadas. A mamãe na verdade quer todas essas coisas para vocês, mas não vou virar uma dessas mulheres que querem controlar tudo. Não vou! É por isso que a mamãe deixou o papai vir para os Estados Unidos por conta própria e viver por dois anos em bairros perigosos onde o papai corria sérios riscos de morrer antes de ter qualquer chance de dar à mamãe todas as coisas que os papais precisam dar às mamães e todas as coisas que o papai de vocês precisava dar às duas pessoas preferidas da mamãe: você e o Sammy. Só que você ainda não tinha nascido, mas a mamãe já sentia que as duas pessoas que ela estava destinada a amar para todo o sempre na vida não podiam de jeito nenhum ser só Sammy e o seu pai. Ah, com certeza não. Dá para acreditar que o papai queria que a mamãe tivesse você sendo que ele não podia pagar nem para levar a mamãe para jantar fora? Nem um mísero jantar! Sabia que a mamãe só concordou em vir para os Estados Unidos e trazer o Sammy porque o papai era mentiroso? Mentira número um: ele disse que aqui tinha uma casa linda para a gente. Mentira número dois: ele disse que estava ganhando tanto dinheiro que logo ia poder comprar um anel de *diamante* para a mamãe. Mentira número três: ele disse que aqui as pessoas eram livres para fazerem o que quiserem. Ao contrário da China, nos Estados Unidos você poderia ganhar a vida fazendo qualquer coisa. Mentira número quatro: ele disse que íamos adorar os Estados Unidos. Eu poderia continuar falando, mas nossas vidas chegariam ao fim antes de eu terminar de contar todas as mentiras que o papai enfiou goela abaixo da mamãe. O papai é um desvairado. O papai é uma pessoa que a mamãe tolera, mas você e o Sammy são meus amores. Fiquei pensando... quem você ama mais? A mamãe ou o papai? Não precisa responder já, mas é bom você saber que, quando o Chen shu shu perguntar numa festa na frente de todo mundo e todo mundo ficar esperando sua resposta e você não responder nada, a mamãe vai ficar envergonhada e isso pode fazer a mamãe chorar, e foi por isso que a mamãe não te deu aquele refrigerante com gelo na última festa. Juro que não esqueci. Fiquei no banheiro me acabando de chorar porque você me magoou muito quando não respondeu ao Chen shu shu, e é por isso que a mamãe espera que você pense nessa questão agora e invente uma resposta antes de sexta, já que o Chen shu shu vem jantar e vai te perguntar de novo e, se você não responder, vai deixar a mamãe tão triste que não vou conseguir comer nada e aí a mamãe vai ficar tão fraca que mais cedo ou mais tarde vai acabar morrendo e aí você vai ficar sozinha no mundo, só com o papai e o Sammy, mas o papai provavelmente vai ficar tão arrasado com o meu falecimento que não vai nem lembrar de fazer o jantar para você e o Sammy, e aí sabe o que vai acontecer? Eu vou contar. Você vai se arrepender de ter demorado tanto para responder à pergunta sobre quem você ama mais: a mamãe ou o papai?

Ela me fazia ter sono de tanto que falava mesmo quando eu estava totalmente descansada, ela falava até me fazer chorar quando eu não queria mais ouvir história nenhuma sobre sua juventude, sobre o tanto que ela sofreu, sobre ela ter se casado com um homem que só deu continuidade ao seu sofrimento, sobre o fato de que o maior feito do meu irmão em sua vida era tê-la feito sofrer, sobre como ela sofreu quando meu pai a convenceu a me levar de volta para a China para morar com meus avós e meu tio por um tempo até que meus pais conseguissem alguma estabilidade financeira, sobre como ela sofreu quando eu fiquei na China, sobre o dia em que ela sofreu dirigindo sozinha para o aeroporto de Charleston na Carolina do Sul para encontrar minha tia distante Cheng Fang, que aceitou me trazer de volta aos Estados Unidos em sua viagem para Xangai, e que no lounge de chegada do aeroporto a primeira coisa que fiz foi chutar o queixo da minha mãe sem parar e dar cabeçadas nela enquanto ela tentava me pegar no colo. Eu sinceramente não lembro de ter feito nada disso, mas minha mãe insistia que me comportei de forma monstruosa e nunca ia me deixar esquecer como a magoei naquele dia, o dia que ela esperava há um ano e meio, e que um dia eu ainda ia me voltar de novo contra ela. Suas previsões me deixavam embasbacada. Como poderia eu, que ia correndo agarrá-la de manhã assim que acordava, que engatinhava para dormir na cama dela à noite mesmo sabendo que devia dormir sozinha, que só fazia coisas para ela na aula de artes e nunca para o meu pai, nunca para o Sammy, nunca para nenhuma das minhas amigas, que montei uma banca de limonada com a Sarah e a Alexi e gastei minha parte do lucro num frasco de vidro com um grão de arroz dentro que tinha o nome da minha mãe escrito — como uma pessoa tão ridiculamente apaixonada pela minha mãe como eu era poderia se tornar alguém que um dia a abandonaria sem dó nem piedade?

Para a minha mãe, o bem-estar era algo que tinha perdido a validade havia muito tempo, só tinha sacrifício e dor pela frente, então, quando seu humor se elevou tão violentamente com a notícia de que meu tio tinha conseguido o visto, eu fiquei arrebatada.

— Finalmente nossa vida vai começar — minha mãe me disse, depois de ler uma carta do meu tio. Ele chegaria dentro de um mês.

— Mamãe — eu disse, puxando sua mão. — Mamãe, me belisca.

Ela ignorou meu pedido.

— Você vai ver a mamãe como nunca viu.

Naquela noite, eu a vi organizando fotos antigas dela e do

meu tio no tapete da sala com tanto empenho e tanto cuidado que fiquei imaginando que ela era uma aventureira intrépida estudando um mapa. Um dos motivos pelos quais eu a observava com tanta atenção era a vontade de entender como ela acabava naqueles lugares secretos nos quais eu não podia entrar. Como ela chegava lá e por que eu não podia ir junto? Mas não adiantava nada. Ela sempre desaparecia sem aviso prévio e eu precisava convencer a mim mesma de que não era para ser, e que se fosse preciso eu aprenderia a gostar disso também.

AGOSTO DE 1966

O Tique tinha um primo de primeiro grau que todo mundo chamava de Mongo e que tinha sofrido uma desnutrição tão severa quando era bebê que andava mancando o tempo todo e costumava repetir a mesma frase por uma semana inteira. Os outros meninos diziam que ele era tão burro que uma vez se levantou depois de terminar de cagar e ficou andando por aí pelo resto do dia com um resto de cocô pendurado na bunda. Logo depois que os jornais reimprimiram o discurso que Mao tinha feito em Tiananmen, na frente de um milhão de Guardas Vermelhos comovidos, o Mongo caiu na besteira de sair pela comunidade Nanchang dizendo a todos os meninos que estivessem na rua que tinha visto o pai limpando a bunda com a primeira página do *Jiefang Ribao*. No dia seguinte, o pai dele foi cercado por uma quadrilha de meninos e espancado em público por horas a fio. Os meninos, não satisfeitos com a surra, resolveram enfiar um monte de gravetos em seu ânus para que ele nunca mais cagasse no presidente Mao. O Tique foi um dos meninos que continuou trazendo gravetos mesmo quando o entusiasmo da multidão já tinha acabado, e por uns bons dias as crianças da comunidade

Nanchang ouviram a mãe do Mongo chorando bem alto no meio da noite, até que um dia ela também desapareceu.

Você você você você você você você você você entregou entregou entregou entregou entregou entregou ela ela ela ela ela e e e e e e e e e ele ele ele ele ele também também também também também também. O Mongo gaguejou para o Tique, seguindo o primo por quarteirões e mais quarteirões até despencar em frente à entrada do prédio dos meus avós.

Nem, minha avó disse ao meu tio e minha mãe, pensem em sair lá fora. Era um recado direcionado principalmente ao meu tio, que andava olhando pela janela e tinha visto o Mongo arrastando a perna manca e se apoiando com força na perna boa. Se vocês querem morrer, ótimo, mas não vou deixar que arrastem o resto da família para o mesmo lugar.

Pelo resto do mês de agosto meu tio Chunguang não foi visto por mais ninguém, nem pela minha mãe, que tinha ficado bonita recentemente e passou o primeiro ano do ensino médio perambulando pela cidade acompanhada de uma procissão de meninas bem menos atraentes que ela e sendo perseguida por vários meninos apaixonados que juravam que os monumentos ficavam mais imponentes quando ela passava, que as árvores renovavam suas folhas verdejantes quando ela se apoiava, que a neve derretia e se transformava em ouro quando ela pisava, e que pássaros bêbados trombavam nos postes de iluminação e caíam mortos na calçada depois de voar sobre ela (a ideia de que minha mãe podia ser responsável pelo declínio de uma espécie era a que mais a envaidecia).

Não pense que eles não virão atrás de você só por causa do seu rostinho bonito, minha avó disse à minha mãe depois de descobrir o que os Guardas Vermelhos tinham feito com a professora Liu. Não pense que esses delinquentes se recusariam a rasgar essa carinha linda que você tem. Você vai virar carcaça antes de virar modelo.

Ninguém disse nada, minha mãe respondeu protegendo o cabelo comprido num gesto preventivo, algo que àquela altura nenhuma das outras meninas da comunidade ousava ostentar. Naquela noite, minha avó picotou o cabelo da minha mãe com uma faca de cozinha enquanto ela dormia.

— Eu sabia que ela ia fazer isso — minha mãe me disse quando fiquei mais velha e mais sedenta por essas histórias. — Fiquei surpresa com minha própria calma quando acordei na manhã seguinte e vi que ela tinha cortado meu cabelo. Tentei amarrar uma mecha cortada no cabelo que tinha sobrado, mas não deu certo. Foi para o meu bem. Ela tinha razão. A beleza não salvava ninguém.

Meu tio continuava menos convencido dos perigos dos quais minha avó falava. Por que não posso nem dar uma volta na esquina?

Por quê, por quê, por quê, minha avó dizia. Você desperdiça meu tempo com esses porquês. Estou ficando grisalha tentando encontrar um jeito de queimar os últimos livros do seu pai sem ninguém perceber e você fica aí sentado me perguntando por quê?

O Tique e os outros meninos com braçadeiras chegaram batendo à porta dos meus avós alguns dias depois do desaparecimento da mãe do Mongo.

Estamos procurando o nosso guarda-chuva. Onde ele se enfiou?, perguntaram à minha avó. Queremos agradecer, porque ele nos protegeu naqueles dias em que choveu pra caramba.

Ele está na casa do meu pai em Baoshan, minha avó disse às crianças. Estão trabalhando para trazer uma colheita abundante no outono.

O Tique tinha perdido o interesse logo que espiou o apartamento dos meus avós e viu que não havia nem sinal de livros ou obras de arte. Só duas camas e uma tábua de bambu no chão com os lençóis bem arrumadinhos em cima, uma mesa de cozinha rachada e uma cadeira com a perna quebrada. Tá bom, vamos embora, ele disse para os outros meninos. A gente acha algum outro idiota para encher o saco.

Muito acima das crianças perdidas pelas ruas, meu tio estava sentado numa cadeira que tinha encontrado no corredor do prédio e arrastado por quatro lances de escada até o telhado. Pelado dos pés à cabeça, murmurava você não manda em mim, você não manda em mim, você não manda em mim, você não manda, não, e apertava o pênis exposto, que ele temia que ficasse vermelho por causa do sol que o castigava sem piedade, sem consciência.

ABRIL-MAIO DE 1996

No dia em que meu tio chegaria em Nova York, minha família se amontoou no Nissan Sentra 88 prateado do meu pai, e eu agarrava a mão do Sammy toda vez que pensava que tinha ouvido um barulho estranho vindo do motor ou que pensava que tinha visto alguma fumacinha subindo do capô. Imaginava nosso carro pegando fogo e explodindo igual nas fitas de ação que eu via com meu pai nos fins de semana.

— Será que a gente ia sobreviver? — perguntei ao meu pai quando vi o Jean-Claude Van Damme ressurgindo de dentro de um carro em situação de perda total, que tinha capotado por cima de três caminhões, batido numa biblioteca e explodido em chamas depois de derrapar num rastro de óleo.

— Não — ele disse. — Teríamos morrido faz tempo.

Assim que meu pai pegou o tíquete de estacionamento da máquina do aeroporto, minha mãe cobriu o rosto com as mãos.

— Já começou a chorar? — meu irmão perguntou.

— Se você não visse sua irmã há seis anos, também estaria chorando — minha mãe disse entre suspiros.

— Duvido. — Ele arrancou a mão da minha. — Você precisa mesmo fazer isso neste momento?

— Desculpe — eu disse.

— Guarde suas mãos para você.

Depois que estacionamos, meu irmão ficou com remorso e foi comprar uma Sprite e uma Fanta pra mim e minha mãe pra compensar o seu mau humor.

— Não precisa me dar dinheiro.

Ele colocou a lata de Fanta da minha mãe no meio das pernas porque ela não podia beber nada muito gelado. Minha garganta fica parecendo um leão preso num iceberg, ela disse uma vez.

— Continua muito gelada — minha mãe disse quando o Sammy lhe ofereceu seu refrigerante.

— Deixa que eu resolvo. — Peguei a lata da mão do Sammy e enfiei por dentro das calças. — Aqui é sempre quentinho.

Olhei para ele e dei minha piscadinha clássica com-os-dois--olhos que o Sammy dizia que era só uma fechada de olho mais demorada que o normal.

— Que nojo! — minha mãe disse. — Aí quem vai querer beber?

Acabei bebendo os dois refrigerantes e pedindo para o Sammy me levar ao banheiro três vezes. Quando voltamos da terceira ida ao banheiro, as pessoas do voo de Xangai tinham começado a inundar o portão de chegada. Reconheci meu tio imediatamente, embora não fosse exatamente um grande feito mediúnico, já que minha mãe me mostrava fotos dele todos os dias durante horas até que eu tivesse vontade de atacar qualquer pessoa mais vulnerável do que eu mesma. Ele tinha o cabelo armado e frisado, e depois eu soube que era permanente, e era muitos centímetros mais alto que a maioria dos outros chineses no terminal. Eu não consegui parar de olhar para sua boca, sem saber se o que eu via era mesmo o que eu via — que todos os dentes dele eram tortos e tinham raízes pretas. Mais tarde em nossas vidas, quando todos que cuidavam de mim quando eu era criança começaram a se perguntar quem ia cuidar deles, minha mãe me ligou no meio da noite para me contar que o tio Chunguang tinha perdido o último dente em seu aniversário de cinquenta anos, e eu fiquei triste como se ele tivesse também perdido os braços e as pernas, me acabei de chorar, sozinha no meu quarto do alojamento da faculdade, batendo o punho no meu próprio peito até não conseguir mais respirar e me jogando na cama e respirando ofegante lá deitada de barriga para cima, percebendo que minha mãe afinal de contas tinha me atingido. Sua histeria não ia acabar quando ela morresse, porque já tinha sido passada pra mim.

Ele veio primeiro até mim, me pegou no colo e me ergueu o mais alto que seus braços conseguiam. Essa é a primeira memória que tenho de uma vista aérea que enquadrasse tantas pessoas — senti como se fôssemos desconhecidos se encontrando numa sala de estar gigantesca. Ele me colocou no chão e se curvou para ficar da minha altura.

— Lembra de mim?

Concordei timidamente, me permitindo uma mentirinha, algo que antes eu só tinha feito pela minha mãe.

— É bom mesmo — ele disse. — Você me deu um banho de xixi antes de entrar no voo de volta para os Estados Unidos com a tia Cheng Fang.

Todo mundo riu, menos eu. Meu tio deu um tapinha nas costas do meu irmão e depois resolveu puxá-lo para um abraço.

— Sabia que a idade não oficial para consumo de álcool na China é a hora em que der na telha, né?

Meu irmão sorriu, e eu olhei para o meu pai e tentei imaginar a cara do Sammy ficando tão vermelha quanto a dele tinha ficado em todas as festas do ano. Meu tio fez um gesto pedindo para me colocar nos ombros.

— Posso?

Eu fiz que sim com a cabeça.

— *Guoqiang, nihaonihaonihaonihaonihaonihaonihao* — meu tio disse, embalando as mãos do meu pai e chacoalhando-as vigorosamente. — Feliz aniversário de dezoito anos atrasado, irmão!

— Dito por um homem com a energia de um menino — meu pai disse. Tínhamos comemorado seu aniversário de quarenta e quatro anos na semana anterior, com o Chen shu shu e a turma de sempre. Meu presente para o meu pai foi ficar escondida no banheiro na última hora da festa para evitar a pergunta sobre o ranking do meu amor.

Meu tio abraçou minha mãe comigo ainda empoleirada nos seus ombros. Senti meu tênis roçando na clavícula dela. Pela primeira vez na vida ela chorou em silêncio, sem fazer show, sem anunciar que tinha se partido ao meio, sem nos imbuir da responsabilidade de mantê-la em pé, de segurá-la. Agora me constrange dizer isso, mas acho que aquela foi a primeira vez que acreditei que ela estava chorando por algo que merecia mesmo o volume e a intensidade de sempre.

— Não vai acreditar no que a mamãe me fez trazer na mala.

Minha mãe se apoiou nos ombros do Sammy, ainda incapaz de falar.

— Cana-de-açúcar.

Uma nova corrente de lágrimas caiu pelo seu rosto.

— Por acaso — meu tio perguntou ao Sammy — você já viu alguém que fique tão sensível por causa de cana-de-açúcar?

O Sammy balançou a cabeça.

— Prepare-se.

— Ah, já me preparei.

Era lindo ficar lá, em cima de tudo e, quando meu pai sugeriu que fôssemos embora, senti prazer e pânico diante das portas que antes pareciam impossíveis de alcançar e agora se materializavam bem perto de mim. Tive certeza de que estava perto de alguma coisa maravilhosa. Quis subir mais e chegar até ela e cumprimentá-la com um aperto de mão e dizer estou pronta estou pronta estou pronta estou pronta.

De início, pareceu que nada ia mudar. Perto do meu tio eu ficava tímida e o Sammy ficava prestativo. O Sammy lhe mostrou o sistema de transporte público, lhe ensinou a usar cartão em vez de dinheiro trocado, o caminho para o McDonald's mais próximo e o truque de pedir a promoção secreta de dois cheesebúrgueres que era só quarenta e nove centavos mais cara do que a oferta normal. Levou meu tio à biblioteca e lhe mostrou a seleção de livros, fitas cassete e vídeos chineses. Explicou que nas máquinas self-service de refrigerante como da 7-Eleven o melhor era encher o copo só de refrigerante, sem gelo, assim você pegava o dobro de bebida e, quando chegasse em casa e o refrigerante já estivesse quente, era só colocar gelo. Dois pelo preço de um!, ele disse.

Meu pai conseguiu um emprego de delivery de comida chinesa para o meu tio por meio de um velho amigo que ele tinha conhecido naquela época em que vendia guarda-chuvas na rua. Agora o amigo era dono de um restaurante cantonês na rua Bayard, embora fosse de Jinan.

— O pessoal daqui não sabe a diferença? — meu tio perguntou.

Meu pai bufou.

— Essa gente não sabe o que é Japão e o que é China. Você vai ver. Aqui tudo é restaurante do Jardim de Hunan ou da Grande Muralha e nenhum tem nada a ver com nada. Os lao wai só sabem pedir três coisas: frango agridoce, carne com brócolis e macarrão lao mian, mas pronunciam "*low may-en*".

Meu tio ficou curioso.

— Agridoce? Então os lao wai daqui pegaram gosto pelo estilo de Xangai.

— Se é que dá para chamar assim...

— Lembra — minha mãe interrompeu — de quando a mamãe trocou um talo de cana que ela tinha roubado daquela fazenda por tíquetes de ração de farinha?

— Ah, sim, trocou com aquele cara esquisitão que se juntou com a canadense de cabelo comprido que deu aula de inglês na nossa escola por um mês antes de ele desaparecer. Ele não tinha escondido a cana-de-açúcar dentro de uma árvore oca uma vez?

— Acho que depois disseram que era tudo mentira.

— Bem, enfim, lembra como ficamos animados quando chegamos em casa para comer aquelas bolotas de farinha frita e mergulhamos elas num molho de soja vencido todo gosmento? Parecia outra coisa.

— Ah, vá. Você está exagerando.

— Não é exatamente *igual* à outra coisa — meu pai disse —, mas bem que poderia ser. Você tira sorte grande se encontra um pedacinho de carne no meio daquela massaroca frita.

Quando levamos meu tio ao supermercado pela primeira vez, ele começou a gargalhar quando entendeu que os supermercados ali não vendiam comida.

— Cadê a comida? — ele perguntava. — Onde fica a comida nesse estabelecimento de comida?

— É aqui mesmo — eu disse, gesticulando em direção às prateleiras de cereal.

— E aqui — o Sammy disse, apontando para a seção de salgadinhos.

— Aqui só tem caixa — meu tio disse. — E ali só tem saco.

— Vamos levar você até a comida — meu pai disse.

Levamos meu tio ao hortifrúti, que de fato parecia meio triste — verduras murchas e toda sorte de alface recebendo jatos de água gelada.

Normalmente nunca íamos às mercearias americanas; estávamos acostumados a ir aos supermercados chineses em Flushing ou Elmhurst, mas, de vez em quando, na volta do trabalho, meu pai passava no Key Food ou no College Point Boulevard para conferir se a oferta do coentro de três-por-um-dólar ainda estava de pé. Assim que lembrei disso, disse que meu tio não precisava se preocupar porque só fazíamos compras onde os chineses iam. Ele ia ver — havia outros supermercados com seções enormes de verduras que nem nome em inglês tinham, onde você encontrava cabeças de peixe por um dólar e uma sacola de um quilo e meio de osso de porco por dois.

— Então os americanos não comem comida — ele disse, ainda incapaz de se recuperar da ausência de comida nos supermercados.

Meu pai concordou.

— Eles só comem caixa, irmão.

Minha mãe queria fazer uma festa de boas-vindas para o meu tio o quanto antes, mas não deu tempo. Ele demorou algumas semanas para se acostumar ao novo emprego — confundiu chow mein com lo mein várias vezes e precisou fazer hora extra para pagar pelos erros.

— Ninguém vai falar a verdade para esses lao wai? — meu tio reclamou depois de algumas semanas.

— Frango lo mein é a comida preferida da Sarah e rolinhos de ovo, a da Alexi — eu disse.

— Viu? — o Sammy disse. — Tem que adotar o jeito americano de pensar.

— Aquilo não é rolinho de ovo — meu tio disse. — É um rolinho borrachudo de farinha frita com amido de milho e glutamato monossódico.

Quando meu tio finalmente se acostumou com o trabalho, teve um problema com seu visto de estudante e precisou pegar um ônibus até Washington D.C. para resolver as coisas e voltou de lá com uma doença misteriosa que durou dez dias.

— Já entendi o que aconteceu — ele disse. — Aqui é tudo muito higiênico. Não tem germes! Se um dia eu voltar para Xangai serei um homem morto.

— Não entendi — eu disse.

— A China é imunda — o Sammy traduziu. — Se bem que você deve ser imune porque estava lá quando era bebê.

— Não entendi — eu disse.

— Ninguém entende. Apenas aceite e bola pra frente.

— Seu *qing jiu jiu* vai explicar tudo, Annie — meu tio prometeu, usando uma palavra que eu não conhecia, e quando não entendia uma palavra eu imaginava um buraco no lugar onde a palavra deveria estar.

O Sammy era quem mais dava atenção aos meus surtos de esvaziamento, mas nem sempre estava a fim de fazer alguma coisa para me ajudar. Meu tio, por outro lado, era parecido com a minha mãe em sua capacidade de falar por horas a fio e também não tinha necessidade de ficar sozinho como o Sammy, mas, ao contrário da minha mãe, quando meu tio falava longamente, eu não me sentia sufocada.

— Sabe, em Xangai você tinha tios até demais.

— Não lembro de nenhum.

— Nem o papai — meu pai brincou. — E eles são meus irmãos!

— Bem, e eu não podia aceitar ser só mais um tio. Eu queria ser seu melhor tio, o tio que você mais adora. Aí eu perguntei "sou só mais um *jiu jiu* ou sou seu *qing jiu jiu*?", e você disse *qing jiu jiu*. E foi assim que você me chamou dali em diante. "*Qing*" significa uma coisa que você gosta de coração. Você concordou que eu era o tio mais querido de todos os seus tios e aí eu virei o *qing jiu jiu*.

Num acontecimento sem precedentes, minha mãe, mesmo não estando envolvida, ficou eufórica ao ouvir essa história sobre meus tempos em Xangai, e o que era mais absurdo ainda era que aquela era uma história em que eu amava outra pessoa mais do que a amava.

— É por isso que precisamos fazer uma festa. Para o *qing jiu jiu* — ela disse.

— O aniversário da minha sobrinha favorita está chegando?

— Dez de maio — meu irmão confirmou.

— Bem, então a festa deve ser para a Annie — meu tio disse.

Minha mãe ficou estranhamente animada para celebrar o meu aniversário e nem tentou roubar a cena.

— Oito bolos! Oito presentes! Oito vestidos de aniversário diferentes!

— Oito dias de Annie — meu tio disse.

— Posso ficar com oito dias só para mim? Esse vai ser meu presente para você — o Sammy disse, já exausto da nossa companhia. — Ou pelo menos oito horas.

— Oito dias e meu bebê não vai mais ser bebê — meu pai disse. — Passa rápido demais.

— No caso dela talvez demore um pouco mais — o Sammy disse.

— Não tem problema nenhum em continuar pequena — meu tio disse. — Desde que seja o que a Annie quer.

— Posso escolher? — perguntei. Nunca tinha tido opção antes.

— É a sua vida, mocinha — meu tio disse.

— Olha o que acontece quando você é grande — minha mãe disse, apontando para a cabeça do meu tio.

— Oi? — o Sammy disse.

— É verdade — meu tio explicou. — Eu tinha uma cabeça enorme desde o útero.

— Você conhece essa história — minha mãe me disse, apesar de eu não saber. — Sua avó não conseguia expeli-lo nos momentos finais do parto. Não foi brincadeira.

— Sua mãe saiu e chamou o cara que estava limpando o sangue do chão daquele hospital rural. Ela o levou até sua avó pensando que ele poderia ajudar.

— A mamãe gritava. Gritava de verdade, sabe? Pedindo que Deus lhe desse forças.

— E xingando nosso pai — meu tio completou. — Ela não deixou barato.

— A mamãe dizia coisas do tipo "se você chegar perto de mim de novo para fazer outro desses, eu corto o seu fora".

— Foi aí que sua mãe saiu e chamou aquele cara que era basicamente o chefe da limpeza e voltou dizendo "atenção! Eu trouxe ajuda". Mas não esqueça que isso aconteceu lá atrás. Não havia médicos especialistas na zona rural. Só meia dúzia de adolescentes que tinham feito um mês de treinamento para poder fazer todos aqueles partos. Era normal que as crianças...

— E as mães...

— Morressem no parto.

— Então, a essa altura, seu tio estava com metade do corpo para fora, mas ao contrário do que deveria. A cabeça ainda estava presa dentro da sua avó. Faltava mais ou menos um minuto para que ele sufocasse e acabasse natimorto.

Morto, eu compreendi, natimorto é morto.

— O cara chegou e não perdeu a calma. Instruiu seu avô a segurar sua avó pelos ombros. Ele falou algo do tipo "está segurando bem?".

— E aí ele agarrou as perninhas do seu tio e puxou de uma vez. O parto do seu tio foi feito por um faxineiro camponês — minha mãe disse, rindo.

— É por isso que as crianças te chamavam de Cabeção? — eu perguntei.

— Bem, isso veio depois — meu tio disse.

Na manhã da festa, todos tinham tarefas a fazer menos eu, porque eu era pequena demais para ser útil e porque era a convidada de honra, então meu trabalho foi ficar sentada recebendo amor, só que todo mundo acabou ficando ocupado demais pra me dar atenção. Meu pai foi marinar a carne e misturar uns pacotes de Cup Noodles para fazer uma panela monstro de lámen.

Minha mãe foi costurar meu vestido de festa, que eu tinha prendido na porta na semana anterior e aberto um buraco que ia do corpete à saia. Quando mostrei aquilo à minha mãe, ela ficou furiosa comigo por vários dias e quase me obrigou a ir pelada na minha própria festa.

O Sammy ficou assando cupcakes e preparando nove tipos de cobertura e mostrando para o nosso tio o funcionamento do forno.

— Não tem desses na China?

— Não — meu tio disse. — Bem, a não ser que você considere aquelas fornalhas improvisadas que teoricamente produziam aço.

Meu pai soltou um suspiro. Eu já tinha visto ele dando risada dessas fornalhas numa festa no começo daquele ano.

— Lembra quando nos falaram para jogar todos os acessórios de cozinha lá dentro? Diziam que era assim que se fazia na Inglaterra. Quem ia se foder ali? Nós mesmos, aparentemente.

Fiquei entediada de tanto esperar o começo da festa. Demorou horas para que alguém resolvesse prestar atenção em mim. Mexi nos meus presentes e brinquei com os laços dos embrulhos até um deles cair. Levei-o para a cozinha e perguntei para os meus pais se podia abrir aquele antes que os convidados chegassem, mas minha mãe disse que eu seria ingrata se fizesse isso. O plano era que os presentes fossem abertos um por um na frente de todos os convidados.

— A festa é pra você ou pra Annie? — meu pai perguntou, abrindo uma cerveja.

— Que pergunta é essa? — Ela jogou meu vestido na mesa de jantar, que também fazia o papel de mesa de canto da nossa sala de estar, já que a sala de jantar também era sala de estar e também temporariamente o quarto do meu tio. — É claro que é para nossa filha. É aniversário dela, oras, por que não desejaríamos ter a festa mais memorável e luxuosa do mundo? Por qual outro motivo eu estaria costurando esse vestido e furando meu próprio dedo com a agulha? Olha isso! — Ela levantou a mão. — Consegue ver quantas vezes minha pele foi perfurada? Preciso de óculos. Por quê? Porque estou forçando a merda da vista a vida inteira desde que te conheci. Forçando a vista toda vez que costuro. Lendo livros à luz de vela igual a uma pobretona e agora os meus olhos estão destruídos e não podemos me pagar uma consulta.

— Calma — o Sammy resmungou. — Ninguém gosta de verdade dessa parte de desembrulhar o presente.

— Ninguém gosta? — Minha mãe tinha ficado enfurecida. — Todo mundo ama! Eu vou embora das festas mais cedo quando pulam essa parte. É uma festa de aniversário. Pedimos a todos que trouxessem presentes. Mais de um, se pudessem. E foi tudo em cima da hora. Foi isso que dissemos aos convidados e agora, uma hora antes do horário da festa, de repente todo mundo quer deixar isso pra lá? Onde foi parar tudo que decidimos na semana passada, quando resolvemos fazer uma festa? Onde vocês todos estavam quando saí comprando presentes para a Annie e depois escondi tudo debaixo da cama e acordei antes de todo mundo para embrulhar cada um com todo o cuidado para fazer surpresa? Não. Não! Não vou tolerar que fiquem me olhando como se eu fosse a pessoa que não tem bom senso. Não olhem para mim como se tivessem medo do que *eu* vou fazer. Sou eu que estou com medo do que pessoas como vocês são capazes. — Minha mãe segurava meu vestido como se fosse rasgá-lo ao meio.

— Só um segundo — meu tio disse, se aproximando da minha mãe do jeito que os policiais na TV se aproximam de um criminoso extremamente perigoso que está apontando uma arma na cabeça de um cidadão inocente, mas nesse caso, os cidadãos éramos nós; todos nós éramos reféns dos ataques da minha mãe. — Toda essa conversa sobre presente me fez lembrar que ainda não dei o presente que a mamãe mandou para você. É a coisa mais pesada da minha mala e ela passou dias pensando em como ia proteger tudo com meias e camisetas para que o pacote chegasse aqui inteiro.

Eles foram para o quarto do meu tio, que na verdade era um cantinho da sala de estar separado por uma cortina. Meu pai tinha comprado todos os materiais e ferramentas necessários para construir uma parede temporária para o meu tio, mas minha mãe ficou dizendo que estava ficando com medo, acusando meu pai de querer enterrar meu tio vivo como naquela história da adega, e meu pai respondia exausto que era ela quem dizia estar preocupada com a privacidade do irmão e que, de qualquer forma, naquela história eles usavam tijolos e ela era para ser lida como uma alegoria. Minha mãe acusou meu pai de estar sendo condescendente com ela, então ele cedeu e se dedicou à instalação de uma cortina no lugar da parede, o que deixou minha mãe ainda mais furiosa, porque ela disse que uma cortina não oferecia privacidade nenhuma! Então eles voltaram à parede, que minha mãe dizia que não só a deixava com medo como também já tinha trombado nela no meio da noite e quase quebrado o nariz, então voltaram à cortina, mas minha mãe odiou a cor da cortina que meu pai trouxe da loja, disse que a fazia lembrar de seus vômitos quando estava grávida de mim, então voltaram à parede, depois à cortina, depois à parede, depois à cortina de novo, até que meu pai finalmente explodiu e disse que, se ela não parasse, ele a deixaria. Minha mãe nunca foi de se intimidar, muito menos com meu pai, então ela correu para o quarto para juntar suas coisas e disse aos berros que ele não ousaria ir embora porque era um covarde e quem é que tinha lhe dado comida e roupa naquela época em que quase foi expulso da escola? Quem é que o tinha sustentado quando ele mal conseguia ficar em pé? Quem é que tinha ficado ao lado dele quando ele não conseguiu a bolsa de estudos para o segundo ano, e ainda tomando conta de nada menos que de seu filho bebê! Quem? Ela gritava. Diga quem ou você nunca mais vai me ver.

Quem, meu pai disse por fim, depois de matar meia garrafa de Johnnie Walker Red.

Daquela vez ela sumiu por três dias. Na sua ausência, não comemos Cup Noodles. O Sammy queria que comêssemos para magoar minha mãe a distância, numa espécie de vingança, mas eu disse que devíamos esperar. Precisávamos honrá-la mesmo que ela não fizesse o mesmo por nós. Quando ela finalmente voltou, esperava que meu pai e o Sammy me fizessem uma homenagem, me dissessem você conseguiu, Annie, você a trouxe de volta. Ela estaria perdida sem você. Mas isso nunca aconceu. Eles esqueceram da minha atitude madura diante do episódio do macarrão, quando minha mãe reapareceu com uma cortina de que ela gostava — branco neve, ela disse, a única cortina possível. Eles tinham esquecido que minha mãe se importava com os detalhes, eu também. Dentro de alguns dias todos nós tínhamos esquecido, porque tudo isso era picuinha, uma atrás da outra, todas sempre iguais, uma cicatriz a mais que ia clareando e depois virava só mais uma marca que a gente carregava.

Meu tio levou minha mãe para dentro da divisória feita com a cortina cor branco neve e os dois ficaram lá por um tempo. Quando saíram, ela veio segurando um microfone.

— Sua mãe vai cantar para você, Annie. Ela é uma cantora muito talentosa, sabia disso?

— Nem me fale... — meu pai começou a dizer.

— Ele me deu um karaokê! — Minha mãe desenrolou o fio e agachou para segurar o microfone perto de mim, como se fosse minha vez de dizer alguma coisa.

— Obrigada, *jiu jiu*.

— *Qing jiu jiu* — ele me corrigiu.

— Obrigada, *qing jiu jiu*, por comprar o microfone para a mamãe.

— Dois microfones! — Ele mostrou o outro, que estava escondendo nas costas. — Para os duetos. Sabia que sua mãe e seu pai fizeram um dueto lindo na noite do casamento deles? Sua mãe... ela não é uma cantorazinha qualquer. Ela era a cantora mais talentosa de Xangai. Os produtores literalmente derrubavam nossa porta para tentar assinar um contrato com ela. Queriam transformá-la na Shirley Temple chinesa. Diziam que A-Ling tinha o pacote completo, beleza e talento.

— Sua avó não deixou. Disse que era negócio sujo. Eram todos mentirosos e pilantras, ela dizia, e eu não ia entregar você a esses leões. Ela me disse a vida toda que eu era horrorosa. Algo terrível de olhar, e eu seria destruída se fosse na onda daqueles produtores. Estavam armando para que eu fosse humilhada publicamente. Bem, eu só tinha dez anos! Eu não queria passar por uma humilhação pública, e como eu ia adivinhar que era bonita? A pessoa em quem eu mais confiava me dizia todos os dias que eu devia cobrir o rosto para não assustar as pessoas na rua.

— Sua mãe era estonteante. Quer dizer, ainda é, mas ela era uma verdadeira arrasa-quarteirão quando jovem. E tinha uma voz de rouxinol. Mas foi bom a mamãe ter afastado você daqueles produtores. Você não teria conhecido o Guoqiang e não seria mãe do Sammy e da Annie, minhas duas pessoas preferidas.

Minha mãe se levantou e aproximou o microfone dos lábios e falou sussurrando devagar.

— Sim. Foi. Ótimo. No. Fim. Das. Contas.

AGOSTO DE 1966

A controvérsia começou quando minha avó anunciou que alguém ficaria na casa deles por alguns dias. Um ar de mistério envolvia a situação. Meu avô até voltou de Baoshan só por um dia e passou o tempo todo mexendo em documentos e fazendo reuniões com várias pessoas que minha mãe e meu tio nunca tinham visto, conversando de forma preocupada, fazendo os preparativos para "mandá-la para o norte" e, depois, perto do anoitecer, ele já tinha ido embora. Minha avó decidiu que a pessoa que seria nossa hóspede dormiria na cama do meu tio, já que era a mais resistente, e meu tio dormiria no chão. Ela lavou e botou os lençóis no sol e colocou uma ameixa seca embrulhada para presente sobre o travesseiro. Por que também não ganhamos presente?, meu tio perguntou.

Você está vivo, não está? Quer presente melhor que esse?

Todo mundo que eu conheço está vivo, meu tio reclamou.

E mesmo assim, minha avó disse, você quer mais presentes.

Finalmente, no meio da noite, sem nem ouvir de fato uma batida na madeira, minha avó saiu da cama, abriu a porta e puxou para dentro, com um gesto rápido, a mulher que estava na entrada da casa. Sua cabeça era totalmente raspada e ela usava um casaquinho esfarrapado por cima de uma blusa também cheia de rasgos e buracos, ainda que a temperatura daquele dia tivesse chegado perto dos quarenta graus e a noite não estivesse tão mais fresca. Ela começou a chorar imediatamente, afundada nos braços da minha avó.

Não precisa disso, minha avó disse. Já foi tudo resolvido. Deixe para chorar quando tiver motivo pior.

É a professora Liu, meu tio cochichou para a minha mãe. Com certeza é ela.

Não, não pode ser. Pensei que ela tinha se suicidado.

Tarde da noite, quando todo mundo já tinha dormido, minha avó ouviu um grito e pulou da cama para ir até a professora Liu.

Tudo bem, tudo bem, ela disse. Ninguém vai te encontrar. Pode ficar tranquila. Mas a questão da professora era outra: meu tio tinha passado os últimos seis meses montando uma casa de caquinha de nariz na parede para a qual olhava todas as noites de sua cama, e o que a professora Liu viu quando acordou de seus sonhos intranquilos foi o ranho seco do meu tio em formato de sobrado estilo espanhol e brilhando sob a luz das lâmpadas que vinha da rua.

Na manhã seguinte, minha avó veio para cima dele e o mandou destruir sua criação, catota por catota, até não sobrar mais nenhuma.

Não era para tanto, meu tio disse, olhando feio para sua professora, que comia mingau embrulhada num cobertor. E, além disso, ele continuou, eu salvei a vida dela e ela nunca nem me agradeceu.

Não, minha avó disse.

Sim, fui eu — eu a desamarrei.

Não, minha avó repetiu, e lhe deu um tapa na bochecha. Vocês nem se conhecem.

Ela está aqui em casa. Estou olhando na cara dela. Como você diz que não sei quem é essa pessoa?

Não sabemos quem ela é. Ela não vai mais estar aqui hoje à noite. Entendeu? Você não a conhece. Ela nunca esteve aqui e não quero mais ouvir nem um pio sobre isso.

Meu tio colocou a mão na bochecha em que ela havia batido. Como eu te odeio, ele disse à minha avó.

E eu não ligo, ela respondeu, indo à cozinha para pegar um pano molhado e passar nas manchas oleosas que continuavam na parede, a única evidência de que certa vez uma casa feita de ranho tinha sido construída ali, e seu criador não podia ter sentido mais orgulho.

MAIO DE 1996

Nas primeiras duas horas da minha festa de aniversário, fiquei do lado do meu tio. Assim que minha mãe o puxou para apresentá-lo a um convidado que tinha acabado de voltar de uma viagem a trabalho para o Tennessee, o Chen shu shu veio correndo em minha direção. Eu tinha me recusado a oferecer uma resposta para sua pergunta a noite toda, mas ele não ia desistir.

— Você pode pelo menos dizer se você me ama?

Não respondi.

— Com certeza você *gosta* de mim… Vai, Annie, somos amigos há muito tempo! Quem você prefere: eu ou o seu tio?

— *Qing jiu jiu* — eu disse.

— Certo, agora a gente está evoluindo. Mas e a sua mãe e o seu pai? Quem você ama mais?

— Amo os dois igual.

— Tem que escolher.

— Amo a mamãe e o papai do mesmo jeito — eu disse, tomando o cuidado de mencionar minha mãe em primeiro lugar e só depois o meu pai. Minha mãe era capaz de captar qualquer conversa sobre ela, mesmo estando do outro lado da sala. É bem provável que ela tenha conseguido ouvir todas as vezes que seu nome foi evocado enquanto eu estava em Xangai e ela, em Nova York. Ela deve ter sentido lá do outro lado do mundo que depois de um mês eu parei de chamar o nome dela, e provavelmente nunca me perdoou por isso.

— Esqueceu da sua mãe? — ela me perguntou quando comecei a me apegar a ela de novo depois de passar um ano e meio longe da minha família. — Você ainda lembrava da minha cara? Eles chegaram a te contar que você tinha uma mãe aqui em Nova York ou todo mundo esqueceu da minha existência?

— Eu... eu... eu...

Eu nunca conseguia ir além desses eus e era sempre um desastre, porque minha mãe queria ouvir outra coisa, ela queria que eu fizesse um discurso que neutralizasse aquele que ela tinha criado, então não bastava dizer "não, não esqueci de você, mamãe" sempre que ela mencionasse aquele período. O que ela queria que eu dissesse era: "Não posso nem começar a imaginar a dor que você deve ter sentido ao ser arrancada de mim, tínhamos um laço tão forte e você já tinha passado pelo trauma de se distanciar da sua família para vir aos Estados Unidos para ficar com o papai, que não honrou sequer uma das promessas que tinha feito de forma explícita *e* implícita. E pensar que sua filha única tão querida estava em Xangai, novamente junto da família de que você sentia tanta falta que até ficava louca de tristeza e, ainda por cima, eu não tinha nem consciência de todos os sacrifícios que você precisou fazer para me dar amor e segurança, e pensar que a cada dia que passava eu tinha menos e menos memória de você como minha mãe e como a pessoa mais importante da minha vida, de forma que na volta para os Estados Unidos tudo que eu queria fazer era dar uma cabeçada na sua cara, e essa minha vontade te deixou cicatrizes psíquicas duradouras, e físicas também. É a mais pura verdade que você teve uma das vidas mais injustas e terríveis entre todas as pessoas do mundo, e eu fico muito triste que você tenha passado por isso".

Minha mãe tomava nota de cada mínima coisinha que pudesse magoá-la, por isso eu disse seu nome antes para o Chen shu shu, que continuou com o interrogatório, insatisfeito com a minha resposta.

Meu tio escapou da sua conversa para intervir na nossa.

— Ela ama todo mundo! Não existe menina mais querida que a Annie.

A Xiao Ming a-yi veio e tirou o copo da mão do Chen shu shu.

— Um por hora — ela disse, com um olhar que na verdade dizia "é melhor que seja zero".

— Que vestido lindo! — O Chen shu shu passou a mão pelas bolinhas destacadas da camada de cima da minha saia. — Mostre ao Chen shu shu como você rodopia igual a uma princesa.

— Sabe... — meu tio disse, vindo ao meu resgate mais uma vez. — Uma vez eu usei vestido. Em público.

— Você? — o Chen shu shu batia no próprio joelho de tanto rir. — Não sabia que você desmunhecava.

— Ah, eu faço de tudo um pouco — meu tio disse e piscou para mim, o que podia significar tanto que ele fazia mesmo quanto que na verdade ele nunca fazia, mas não entendi qual era o certo.

— Olha, Li Huiling — o Chen shu shu gritou. — Sabia que seu irmão é travesti?

— Ele já foi — ela disse, sorrindo. — Por um dia. Essa é a história da vez?

— Vou contar uma história — o Chunguang disse, silenciando o burburinho da festa e gesticulando para que as pessoas fizessem um círculo para ouvir. — Eu tinha ciúmes da A-Ling quando era criança. Achava muito injusto que minha irmã pudesse usar vestido *e* saia *e* calça, e eu só pudesse usar calça.

— O Chunguang vivia incomodado com as coisas que eram proibidas para ele. Entrava em brigas horríveis com a nossa mãe porque queria usar vestido também.

— Nossa — o Sammy disse. — Vocês dois são da mesma família, mesmo.

Meu pai ergueu o copo de Johnnie Walker e deu uma batidinha na lata de Coca do Sammy.

— É claro que a nossa mãe achou que eu estava sendo ridículo. Me ignorou e me deixou remoendo aquilo por dias. Naquela época eu chorava. Uma vez ela tricotou uma blusa inteira enquanto eu chorava na frente dela. Ela conseguia se desconectar como se eu fosse um barulho da rua.

Minha mãe balançou a cabeça com entusiasmo.

— Mas então um dia saí da escola mais cedo e revirei as roupas da minha irmã, peguei todos os vestidos mais bonitos e vesti um deles. O mais bonito, claro. Bem, não tão bonito quanto o vestido da Annie, mas chegava perto. Nossa mãe não tinha economizado naquele. Ele tinha manga de seda e aquelas fivelas bonitas em volta da gola.

Todas as mulheres que estavam na festa se entreolharam como se estivessem captando a ideia, balançando a cabeça tipo sim, sim, sim, devia ser um lindo vestido do estilo da época.

— Continue, Chunguang — o Chen shu shu disse, apoiando um dos braços no meu tio. — Fale dos homens que você arranjou usando aquele modelito.

— Tava me achando o máximo, certo? Então saí de casa e fui onde todo mundo estava de bobeira e fiz algo do tipo "olhem pra mim! Olhem pra mim! Quem disse que só menina pode usar vestido?".

Minha mãe já tinha começado a rir lembrando do final que ela conhecia, mas todos nós ainda esperávamos para ouvi-lo.

— Uma multidão foi se formando à minha volta. Todo mundo saiu de dentro de casa para me ver andando por aí de vestido. Ouvi um menino dizendo "o Cabeção Chunguang é menina!" e senti um nó na garganta, porque percebi que tinha feito uma cagada absurda. A aglomeração foi aumentando e as crianças não paravam de gritar "é menina! O Cabeção quer ser menina", e o menino que começou a coisa toda... lembram do Tique? Alguns de vocês devem ter conhecido.

— O pai batia nele até não poder mais — meu pai disse.

— A professora também — a Ling shu shu disse com a boca cheia de bolo. — Seja lá o motivo que ela tinha.

— Não diziam que ele tinha entrado numa briga com um soldado do Exército de Libertação Popular quando ainda estava no ensino fundamental? — a Liu a-yi perguntou da cozinha, onde estava lavando a tigela em que tinha trazido seu delicioso macarrão gelado com cebolinha e tanto alho cru e sementes de pimenta que depois de comer fiquei sentindo durante uma hora que as nuvens da minha cabeça tinham ido embora e tudo tinha ficado claro como o dia.

— Ah, contavam umas histórias assim — meu tio disse, e depois se dirigiu a mim, como se estivéssemos tendo uma conversa particular e todo mundo estivesse tentando espiar. — Annie, você só ia acreditar vendo. Esse cara sempre se metia em confusão. Mesmo criança ele já sabia como deixar as pessoas com medo. Então ele atravessou a multidão e me olhou no olho com o sorriso mais maldoso e torto do mundo e disse "vamos ver se ele é menino ou menina. Só tem um jeito de descobrir". Eu só tinha seis anos nessa época. Não fazia ideia do que ele queria dizer com "só tem um jeito de descobrir", mas minha intuição dizia que coisa boa não era. Comecei a pensar que tinha me dado mal e fiquei escutando na minha cabeça a voz da sua avó: "Precisa querer saber de tudo? Não pode respeitar os limites?". De repente, sua mãe apareceu, do nada! Annie, não é exagero, acredite no seu *qing jiu jiu*, sua mãe tinha um sorriso que derretia até um coração de pedra. Então ela entrou na minha frente e deu um sorriso para o pessoal e disse "ninguém aqui tem senso de humor?", e aí aconteceu a coisa mais estranha do mundo. A multidão meio que foi se desfazendo. As pessoas pararam de gritar e os meninos com pedras na mão jogaram as pedras fora e saíram andando. Até o Tique, que começou a coçar a cabeça e a grunhir que precisava acordar bem cedo no dia seguinte porque tinha um boato de que havia um novo estoque de ovos no centro de distribuição, e a mãe dele queria que ele entrasse na fila às quatro da manhã.

— Isso aconteceu de verdade? — eu perguntei, olhando em direção à minha mãe. — Mamãe? Você salvou o *qing jiu jiu* de verdade?

— O que mais posso dizer? Ele é meu irmão mais novo.

Os convidados ergueram seus copos e fizeram um brinde.

— A todos os meninos que desejam ser meninas! — o Chen shu shu gritou.

— Às meninas lindas que resolvem tudo e se transformam em mulheres lindas! — disse o Wang shu shu, que sempre dava um jeito de sentar perto da minha mãe nas festas quando a noite ficava animada e ele já tinha trocado a Heineken pelo Johnnie

Walker. Às vezes ele anunciava para a festa inteira que meu pai tinha *dado sorte*. Esse cara, o Wang shu shu, falava de forma atropelada, e deve estar fazendo alguma coisa que nenhum dos idiotas aqui ainda descobriu o que é.

Eu sabia que minha mãe estava torcendo para ser o último brinde da noite, mas o brinde do Wang shu shu era muito comprido e confuso e ninguém conseguiu repetir a mensagem.

— Às meninas lindas... — as pessoas disseram, e depois perderam o fio da meada.

— E à Annie! — meu tio completou, erguendo o copo mais alto que todo mundo. — Feliz aniversário para nossa princesa!

Foi a primeira vez que alguém fez um brinde a mim, e eu percebi que todo mundo ergueu o copo, menos a minha mãe. Com certeza não ficaria por isso mesmo. Isso voltaria no futuro em alguma discussão sem relação nenhuma com esse dia, lembrar de como seu momento tinha sido roubado por mim naquela hora seria algo que com certeza a tiraria do sério.

— Tudo bem — minha mãe disse, dando um basta nas palmas e nos votos de aniversário. — Vamos ver se esse aparelho de karaokê funciona.

Meu irmão foi ajudar meu tio a instalar o aparelho, e pegou vários discos a laser, redondos e brilhantes.

— Quem vai primeiro?

— Deveríamos assistir um dueto de marido e mulher — a Liu a-yi sugeriu.

— Boa ideia — o Chen shu shu concordou. — Annie, fique de olho. Depois vou te questionar sobre quem cantou melhor.

O cara não ia desistir. Queria me ver morta.

Meus pais ficaram um tempo debruçados sobre a lista de músicas.

— Uma canção de amor — meu pai disse. — Para duas pessoas que se amam!

— Nunca mais diga isso — minha mãe disse, mas ficou contente. Ela sempre acusava meu pai de ter um problema de desenvolvimento no quesito romantismo. "Não consegue comprar umas flores para a mulher com quem é casado há dezesseis anos? Não pensa em colocar uma música antes do jantar? Nunca ouviu falar de luz de velas? Quando entramos numa loja e digo 'ah, adorei esse vestido, é meu vestido dos sonhos', você não considera tomar uma nota mental e voltar na semana seguinte para comprar o vestido e me fazer uma surpresa? Eu sei, eu sei, eu sei", ela dizia, antes que meu pai pudesse falar qualquer coisa. "Você trabalha, estuda à noite e aos fins de semana para conseguir mais trabalho, você faz tudo para botar comida na mesa. Bem, isso não é nada mais que a obrigação de um homem, então não me venha com essa. Você acha que essa vida ao seu redor é um direito seu, mas você tem que *fazer por merecer*." Meu pai era incapaz de seduzir minha mãe, a não ser quando tinha sorte e conseguia atingir aquele lugar mágico entre a quarta e a quinta dose nas festas e, de repente, ganhava um tipo de força que o fazia obter o respeito da minha mãe, mas sem fazê-la se sentir ameaçada; era nesse momento e só nesse momento que ele lembrava de puxar a cadeira antes de ela se sentar e de fazê-la rodopiar como se fossem dançarinos de salão. Uma vez ele imitou o Gene Kelly no final de uma longa festa cheia de convidados resistentes que não queriam voltar para casa. Ele acompanhou os que restaram até a rua e acenou para eles debaixo do seu guarda-chuva, enquanto se distanciavam em direção ao breu. Ele fechou o guarda-chuva e o rodopiou.

— "*I'm singing in the rain*" — ele cantou, improvisando um sapateado, nos revelando passos de dança que nunca tínhamos visto seu corpo fazer até aquele momento. — Você é minha Debbie Reynolds, só que mais bonita ainda — disse ao fazer uma serenata para minha mãe, se recusando a entrar em casa. — Estou no clima de Hollywood, querida.

O Sammy precisou arrastar meu pai para dentro e tirá-lo daquelas roupas molhadas.

— Vá pegar uma toalha — ele me disse. — E um secador de cabelo, se não quiser que seu pai morra de pneumonia.

Eu sempre desconfiei de que cogitar essa possibilidade — de que meu pai pudesse morrer ridicularizado — tenha sido o ponto alto da noite para minha mãe.

Agora meu pai estava bem menos atraente aos olhos da minha mãe, mas era por isso que a bebida era tão crucial — para que ele pudesse destruir a pilha crescente de dívidas que se formava entre os dois e ficar livre para se divertir pelo menos uma vez na vida.

— Essa música é dedicada à Annie — meu pai falou no microfone quando a música começou. — Feliz aniversário, minha filha querida. Que um dia você possa dar à sua mãe e ao seu pai o prazer de cantar essa música no seu casamento.

— "Lá no alto das árvores os pássaros formam pares" — minha mãe cantou, juntando o indicador e o dedão num gesto delicado, como uma estrela da ópera de Pequim.

— "Águas verdejantes" — meu pai cantou, alcançando minha mãe e acariciando sua bochecha, depois apontando para algum lugar distante. — "Montanhas límpidas revelam pequenos [______]."

Ora eles cantavam olhando um para o outro, ora olhavam para nós ao fim de cada verso. Falavam um chinês que ficava entre o chinês que eu entendia e usava com os meus pais e um chinês que eu só tinha ouvido no baile de Ano-Novo chinês da China Central Television, em que todas as grandes estrelas pop e do cinema e cantoras famosas do passado se reuniam para entreter o país.

— É o nosso Oscar — minha mãe explicou. — Só que é maior que o Oscar e mais interessante em todos os aspectos.

Esse ano, ela tinha tirado o dia de folga do trabalho para assistir ao programa inteiro, desde cedo até a noite, apontando seus favoritos.

— Essa é a minha cantora preferida, ela também, ele também. Ele é o ator de cinema mais talentoso dos últimos vinte anos. Ela é a mais engraçada. Ele é um comentarista de esportes incrível. Mais uma ótima dupla de cantores. Essa pessoa da esquerda, sim, é minha artista preferida.

— Quantos favoritos você tem ao todo? — o Sammy perguntou.

— Todos eles. Adoro todos os artistas maravilhosos do nosso país.

— Caramba. — o Sammy disse — É muito orgulho.

— Muito — minha mãe respondeu.

— "Deste dia em diante, não aceitaremos [_____ _____] sofrimento." — Os olhos da minha mãe ficavam fechados enquanto ela cantava. Ela não precisava ver a letra na tela.

Meu pai, por outro lado, cambaleava cada vez mais perto da TV.

— "Marido e mulher vão juntos para casa."

— "Você trabalha no campo e eu cuido do tecido."

— "Eu trago a água e você floresce a terra.

— [_____ _____] pode ter se partido, poderá [____] vento [____] chuva."

— "Quando marido e mulher se amam, até a dor é doce."

— "Eu e você somos como [____ ___] pássaros."

Minha mãe começou a cantar o último verso, "[_____ _____ _____ _____ _____ _____!]", e meu pai entrou na metade. Não sei dizer se foi porque eu estava tão compenetrada ouvindo a voz dos dois se misturando de forma tão delicada ou porque as palavras eram novas para mim, mas não consegui entender porcaria nenhuma.

— Hao ting! — os convidados comemoraram. — Zai lai yi ge — imploraram. — Fu qi da wan!

— Quem cantou melhor? — o Chen shu shu me perguntou. — Annie, sua mãe não tem um talento natural? Um talento grandioso?

O Wang shu shu concordou vigorosamente, aproveitando a oportunidade para parabenizar minha mãe e encostar nela expressando um prazer demasiadamente óbvio no rosto.

— Estamos diante de uma estrela da vida real!

— Que nada — minha mãe disse, brilhando de alegria. — As notas não estavam corretas. Estou enferrujada, e não vamos nem comentar o ritmo do Guoqiang.

— Presta atenção, Annie — meu tio disse. — Os produtores tentavam derrubar nossa porta. Mas sua avó disse não.

— Ela praticamente me trancou em casa e me fez de prisioneira — minha mãe adicionou.

— Uma pena — o Chen shu shu disse. — Deviam ter chamado você para fazer o filme.

— Bem — meu tio disse. — A A-Ling teria um ano de idade, mas enfim.

— Sammy — eu cochichei no ouvido dele. — Você conseguiu entender?

— Quase nada. Só sei que é uma música velha sobre uma deusa que se apaixona por um mortal.

Meu pai pescou a fala do Sammy.

— Não qualquer mortal! O homem mais honesto e trabalhador do lugar. Ele se vendeu à servidão para pagar a dívida da família. Um dia ele conhece uma mulher sem saber que é a filha mais nova de um grande deus. E sabe o que acontece, filho? Ela não quer mais voltar lá para cima. Para o céu. Não, ela quer descer para o *ren jian*. O mundo humano. Ao que todos estamos condenados. Mas ela não encara dessa forma. Para ela, nosso mundo é uma espécie de paraíso. É aqui que o homem dela está! E ela quer ficar com seu homem. — Ele começou a cantar o verso da mulher. — "*Ni wo hao bi yuan yang niao.*"

— O que é isso?

— Ela diz que eu e você somos como os patos-mandarim.

— Hein? — Sammy disse. — Os patos chineses?

— Patos-mandarim, filho! Eles sempre *andam* juntos. Aonde um vai, o outro vai junto. Desafio você a encontrar um pato-mandarim solitário andando por aí.

— Tudo bem, deixa pra lá — o Sammy disse, mas meu pai já não estava mais ouvindo.

— Não dá! Impossível! Só existem duplas de patos-mandarim. Eles são desse jeito! Quando um pato morre, o outro cai morto logo em seguida.

— É perturbador — minha mãe disse.

— Mas aí essa deusa decide que quer ficar com seu homem. Isso mesmo. Seu homem é tão importante que ela abriria mão da imortalidade, de sua vida no reino dos deuses, só para fazer parte deste mundo aqui, com toda sua miséria e injustiça. Para ser uma de nós. — Ele já estava embaralhando as palavras. Todos os adultos estavam.

Minha mãe parecia estar bem longe dali.

— Essas músicas tradicionais antigas romantizam o amor.

— Mas como o amor seria representado se não fosse com romantismo, oras? — o Chen shu shu contestou. A Xiao Ming a-yi tirou a bebida de sua mão e disse "chega". O Chen shu shu mal notou sua presença.

Minha mãe continuou como se não tivesse ouvido o Chen shu shu.

— Ela abriu mão do paraíso, de seu direito vitalício ao paraíso, por um homem.

— E pelo mundo humano — meu tio acrescentou, sentindo que minha mãe estava prestes a chorar. — Não há mundo melhor que o mundo dos humanos, não é mesmo, pessoal? — Ele ergueu o copo e gritou "ao mundo dos humanos!", e todos gritamos "ao mundo dos humanos! Ao mundo dos humanos! Ao mundo dos humanos!" com ele.

AGOSTO DE 1966

Meu tio ficou puto porque minha avó o obrigou a destruir a casa de ranho. Perguntou para a minha avó se ela ficaria feliz caso ele a mandasse quebrar todas as suas tigelas ou rasgar sua melhor blusa.

Não, não ficaria, ela disse. Simplesmente porque não é seu papel dizer esse tipo de coisa à sua mãe.

Então eu não posso dizer nada? E você pode dizer o que tiver vontade para mim?

Se eu disser para você se curvar aos meus pés e limpar meu sapato com a língua, você precisa obedecer. Se eu disser para você se enfiar na selva e capturar com suas próprias mãos uma serpente que seja capaz de botar ovos de ouro, é melhor que você não apareça antes de me trazer os tais ovos. Se eu disser para você arrancar sua pele para fazer luvas de couro para me aquecer, você deve começar a afiar a faca imediatamente e escolher a parte mais quente do seu corpo. E você, sendo meu filho, não pode sequer me dizer o que devo fazer de jantar numa noite qualquer. Deu pra entender?

Meu tio ficou revoltado de pensar que estava condenado a uma posição tão inferior só porque havia nascido filho da minha avó e seguiria sendo seu filho pelo resto da vida. Ele se enfurecia com a ausência de cerimônia ou de culpa com a qual minha avó saía lhe dando ordens, com a certeza dela de que sua única tarefa como ser humano era obedecê-la, com a invalidação de sua individualidade e de seu arbítrio.

Vou colar tudo de novo, ele disse, depois que a professora Liu se foi. Hoje à noite vou enfiar o dedo no nariz até não poder mais e vou colar tudo de novo. E, se você não deixar, vou contar pra todo mundo que ela veio aqui. Vamos ver se você vai gostar quando destruírem as suas coisas.

Vou tirar cada bolinha de ranho da parede e vou enfiar de volta no seu nariz. Se contar para uma vivalma que ela estava aqui, eu mesma vou enforcar você e vou deixar seu corpo jogado na rua cheio de marcas da minha mão no seu pescoço, assim ninguém vai se atrever a chegar perto desta família.

Não tenho medo de você, meu tio disse. Não sou sua propriedade. Vou fugir. Um dia você vai acordar e eu terei ido embora e você não vai conseguir me encontrar.

Então é assim? Está falando sério, Chuanguang? Vai honrar o que disse? Que não é minha propriedade?

É, isso mesmo, ele disse, fungando alto. Não sou sua propriedade e odeio você e não vou fazer nada do que você manda. Você pensa que pode me maltratar. Não pode. Sou livre. Sou eu mesmo.

Vou perguntar de novo. Você vai honrar o que disse? Que quer se livrar de mim? Que não vai viver amarrado a mim?

Sim, meu tio disse. Já disse que sim, não disse? Eu já disse.

Então me passe essas meias, minha avó disse, apontando para os pés dele. Não vai precisar disso, já que fui eu quem tricotou para você.

Tudo bem, meu tio disse, tirando as meias.

E a camisa e as calças e, pensando bem, toda a sua roupa.

Então meu tio tirou a camisa e as calças e a regata de baixo e ficou em pé só de cueca.

Não fique tímido perto da sua mãe. Se você vai ser livre, não faça isso pela metade. Devolva tudo que lhe dei até hoje e você está livre. Simples assim. Você não é mais meu filho. Não sou mais sua mãe. Não devo nada a você. Você não me deve nada. Vamos. Tira tudo.

Sem problema, meu tio disse. Pode pegar. Essas roupas são um lixo mesmo.

Não fique aí parado como se aqui ainda fosse sua casa. Já que você não é mais meu filho e eu não sou mais sua mãe, você também não mora mais aqui. Ficou claro? Você não pode dizer que não vai mais ouvir sua mãe e ainda se dar ao luxo de comer a comida que eu comprei e preparei e dormir na cama que comprei com o dinheiro que ganhei e se enfiar nos cobertores que eu costurei. Agora, se quer ser livre de verdade, seja livre de verdade. Vá morar lá fora, onde os pombos podem bicar sua cara até a morte quando estiver dormindo e, caso não seja até a sua morte, ao menos vão levar seu pênis e sua bunda e sua boca e seus dedos da mão e do pé e, quando isso acontecer, você não vai voltar para cá. Você vai procurar os outros meninos que não precisam de mãe. Vá e faça o que eles fazem e veja quantos anos você vai ter pela frente. O que posso adiantar é que você nem vai precisar de todos os dedos da mão para fazer essa conta. Mas vá descobrir por si só. Agora você está livre e eu estou livre de você. Não sou mais responsável por você e você não precisa mais me ouvir. Esse é o acordo que você escolheu. Nunca mais vou abrir esta porta para você. Então xô. Sai daqui. Você não é bem-vindo neste lugar. Você não tem nada a ver comigo e eu não tenho nada a ver com você. Esta casa não é mais a sua casa. Saia da minha frente. Adeus.

JUNHO DE 1996

Depois que o karaokê do meu aniversário reacendeu as ambições da minha mãe de ser uma estrela, seu clamor por atenção deixou de me ter como alvo e se alastrou para o mundo todo.

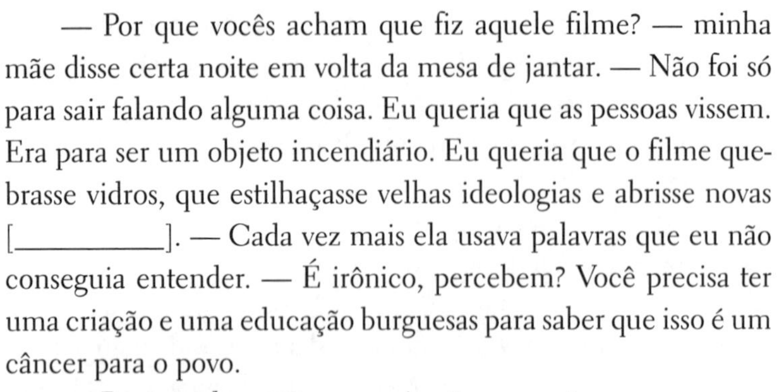

— Por que vocês acham que fiz aquele filme? — minha mãe disse certa noite em volta da mesa de jantar. — Não foi só para sair falando alguma coisa. Eu queria que as pessoas vissem. Era para ser um objeto incendiário. Eu queria que o filme quebrasse vidros, que estilhaçasse velhas ideologias e abrisse novas [__________]. — Cada vez mais ela usava palavras que eu não conseguia entender. — É irônico, percebem? Você precisa ter uma criação e uma educação burguesas para saber que isso é um câncer para o povo.

— Bem, onde está? — meu irmão perguntou.

— O filme? — minha mãe disse.

— É, podemos assistir ou não?

— Não sabemos onde as cópias estão — meu pai disse. — Ou se ainda existem. Tivemos que destruir a fita. Entregamos uma cópia para o Link e ele está em Kuala Lumpur, pelo que soube da última vez. E algumas foram para uns estudantes de cinema noruegueses de que não temos notícia desde Tiananmen.

— As coisas vão de mal a pior. Tudo vai [_______ ________ _______ _______ ______ ________ ________ ________ ________ ________ _______ _______ ________ _______ _______ ______ ______ _______] por lá — meu tio disse. — Vocês vivem aqui há todo esse tempo, então não sabem, mas... — Ele perdeu o fio da meada e se levantou. — Certo. Hora de trabalhar. — Ele continuava trabalhando no turno da noite no restaurante do amigo do meu pai, então acabamos criando o hábito de jantar supercedo nos dias de semana.

— Já vai? — minha mãe perguntou. — Fique para ouvir uma música. Só uma?

Minha mãe passou a começar e terminar os dias cantando uma música, sempre segurando o microfone, quer estivesse ligado, quer não, e fazendo uma serenata para todos nós com as canções de amor de sua cantora favorita, Teresa Teng, a angelical pop star taiwanesa que foi amante de Jackie Chan por um minuto no fim dos anos setenta.

— Comprávamos as fitas pirata — minha mãe disse. — Todo mundo dizia que eu podia me passar por irmã dela.

O Sammy revirou os olhos.

— A irmã mais bonita, né?

— Não — minha mãe disse, pegando todo mundo de surpresa. — Ninguém era mais bonita que a Deng Lijun.

Quando a programação vespertina do CCTV deu a notícia de sua morte no ano anterior, minha mãe deu um grito agudo e deixou o Cup Noodles cair no chão. Eu estava do lado, e espirrou um pouco do caldo no meu pé e me queimou.

— Ai, ai, ai, ai, ai, ai, ai. Mamãe, está pelando.

— Não, não, não. Não pode ser, não pode ser, não pode ser, não pode ser — minha mãe ficou repetindo. Ela bateu a mão no peito e esmagou o copo e os noodles e as ervilhas ainda meio desidratadas e as cenouras e a cebolinha e o milho com o chinelo de dedo. — Foi assassinato. Mataram-na com as próprias mãos. Dá para ver as marcas no pescoço dela.

— Foi um ataque de asma, querida — meu pai disse. — Ela não andava bem de saúde há um tempo.

— Mentira — minha mãe gritou. — Ela foi assassinada. — Depois disso, nossa casa passou semanas ecoando suas músicas como trilha sonora.

— Olhe para a lua — minha mãe me disse na noite em que Teresa morreu. — Ninguém falava sobre a lua com tanta graça e carinho quanto a pequena Deng. O nome dela em inglês era Teresa, e eu queria que o seu nome fosse Teresa, mas seu pai disse que precisávamos adotar ídolos americanos. Que bobagem. Eu devia ter seguido meus impulsos. Daqui para a frente, seu nome é Teresa. Teresa, meu amorzinho, o que acha de amanhã comermos McDonald's de café da manhã?

Não respondi porque não tinha certeza se minha mãe falava comigo ou com sua cantora favorita.

— Oi? Está dormindo? Aonde você foi, Teresa?

— É comigo? — eu perguntei.

— Estou falando com a Teresa — ela surtou, e suas lágrimas escorriam pelas bochechas.

Agora, um ano depois, ela andava cantando mais e chorando menos. E, quando as férias escolares de verão chegaram, meu *qing jiu jiu* tinha mesmo virado *qing*. Aos meus olhos ele era precioso, tão milagroso quanto minha mãe tinha me feito acreditar. Quando não batíamos palmas de forma satisfatória depois de mais uma versão de "Yue Liang Dai Biao Wo De Xin", minha mãe arremessava o microfone do outro lado da sala.

— Vocês aplaudem de pé quando seu pai canta a "Macarena", mas não são capazes de dar à sua mãe meia dúzia de palmas? Que tal um "ótimo"? Que tal um "foi lindo, mãe"? Nada?

Meu tio pegou o microfone, enrolou o fio e o devolveu na gaveta de vidro da nossa estante.

— Mas eles bateram palmas — ele disse. — Seus filhos adoram quando você canta. Nós todos adoramos. Você não pode ficar chateada quando as coisas não acontecem exatamente do jeito que imaginou. Suas emoções fazem mal para eles.

Ele se referia a mim e ao Sammy. Éramos mencionados naquela época. Éramos levados em consideração. Eu me sentia parte da realeza. Nesse período, quando minha mãe entrava num frenesi, num de seus solilóquios sobre os maus-tratos da vida e o destino especialmente cruel que havia sido reservado a ela e apenas a ela, se meu tio estivesse em casa e não na rua entregando comida ou participando de reuniões de língua inglesa na biblioteca pública, ele interrompia sua fala e a relembrava que a mãe deles não apoiaria esse tipo de autocomiseração.

— Se a mãe conseguisse ouvir — ele dizia —, ela viria para Nova York para dar um tapa bem dado nessa boca reclamona.

— Bem, ela não está aqui, não é?

— Ela não está aqui porque está em casa cuidando do nosso pai, o marido dela. Ela dá apoio a ele. Você não gostaria de poder dizer o mesmo?

Minha mãe deixava que ele lhe dissesse essas coisas. Desde que meu tio tinha vindo morar conosco, em março, ela não tinha mais ameaçado ir embora ou arrancar os cabelos ou arrancar as próprias unhas uma a uma e jogá-las na nossa cara para sentirmos ao menos um por cento da dor que ela sentia. Em vez de fazer isso, ela fungava por aí e endireitava as costas como quem se prepara para a guerra e entrava no banheiro por alguns minutos e depois saía secando o rosto molhado. Não pedia desculpas, mas também não falava infinitamente. E nesses dias de uma incômoda calmaria, em que o Sammy e eu nos perguntávamos quanto tempo o autocontrole dela duraria, finalmente fomos tão delicados e carinhosos e cuidadosos com nossa mãe quanto ela havia sido repressora e irracional e cruel com a gente. Fazíamos questão de pedir desculpa toda vez que passávamos correndo por ela e nunca esquecíamos de tirar sua garrafa de Fanta da geladeira para que ela pudesse tomar seu refrigerante quente junto conosco, que sempre tínhamos refrigerante gelado à disposição, já que essa era a preferência da maioria, e, embora ela obviamente gostasse da nossa doação e da nossa atenção, isso não era nada comparado ao deleite arrebatador que ela demonstrava toda vez que a superávamos na arte de culpar nosso pai por toda e qualquer coisa capaz de incomodá-la antes mesmo que ela notasse.

— Não se preocupe, mãe — o Sammy disse logo depois de uma dessas sessões de humilhação. — Nunca vou me envolver com arte quando ficar mais velho. Só um sádico, um sádico egocêntrico, sujeitaria a família a isso.

— É — eu engrossei o coro. — Seria muito injusto com a pessoa que decidiu se casar com ele.

— Nunca, nunca vou me envolver com arte. Seria uma sentença de morte — o Sammy continuou.

— Duas sentenças de morte! — eu disse.

— Bem — o Sammy hesitou —, a não ser que fosse alguém com talento *de verdade*.

— Uma estrela! — eu gritei. — Igual à mamãe.

— É verdade, mãe. Você tem voz de sereia. Não consigo nem imaginar a visão que você devia ter quando estava por trás das câmeras.

— Isso é velharia — minha mãe disse. — Meninos, quero que saibam em primeira mão... A mãe de vocês decidiu virar escritora. É uma atividade muito mais respeitável. Não é algo frívolo como cantar, nem algo decadente como dirigir filmes.

Meu tio ergueu uma sobrancelha.

— O que pretende escrever?

— A história nunca revelada da minha vida — minha mãe disse. — E da sua vida e da vida da nossa mãe e todas as histórias da família que ninguém tem coragem de contar.

— Bem, espero que você não fale mal do coitado do seu irmãozinho — meu tio disse, piscando para mim.

— Nem de mim — eu disse, dando minha piscadinha que era idêntica ao movimento de fechar os olhos e cuja mecânica passei a aperfeiçoar secretamente depois que meu tio disse que aquilo era um charme e que fazia parte da minha personalidade, e por isso era um detalhe que eu devia valorizar e cultivar.

Minha mãe, no entanto, não caiu no charme e não quis prometer nada.

— A arte não se compromete com os sentimentos mesquinhos de seus personagens! A verdade não comporta nenhuma restrição!

Meu pai tirou a cabeça de dentro do livro *Programação em C++*.

— Não lembro de você dizendo isso quando eu estava na pós-graduação.

— E eu não lembro de você fazendo qualquer coisa que fosse desejável por qualquer pessoa aqui em casa ou numa galeria — minha mãe devolveu.

— E esse livro que você resolveu escrever...

— Estará em todas as estantes de todas as bibliotecas e todas as livrarias!

Eu a apoiei:

— E em todas as aulas de todas as escolas. Não é, mamãe?

— Isso mesmo, meu bebê.

— Está escrevendo em chinês ou inglês? — meu irmão perguntou.

— O que você acha?

— Não sei.

Eu sabia que na verdade ele queria responder "chinês, porque seu inglês é capenga", mas sabíamos que ela ficaria chateada. Ninguém no mundo que tivesse um inglês capenga gostaria de ouvir isso. Ele decidiu poupá-la porque ela exigia ser poupada.

— Se pelo menos — minha mãe começou a dizer — um dos meus filhos soubesse ler e escrever em chinês.

— Essa sim é uma atividade respeitável — meu tio disse. — Eu mesmo não sou completamente alfabetizado. Precisa ser muito nerd para encarar aquela decoreba.

— Seu tio está se fazendo de humilde — minha mãe disse. — Não deem bola para ele. Daqui a alguns anos vamos todos chamá-lo de dr. Li.

— Menos, mana. É só um diploma de mestrado.

— Então agora você voltou a achar que pós-graduação é algo legal? — Meu pai tentou entrar na conversa, mas ninguém estava ouvindo.

O Sammy se ofereceu para ser o assistente de pesquisa da

minha mãe, seu historiador e arquivista particular, já que era bom em captar detalhes e um entrevistador nato.

— Vou revirar os documentos da família. Vou gravar a história oral de todas as pessoas que ainda estão vivas.

— Que documentos? Que pessoas? — meu pai perguntou.

— Quero começar a escola de chinês esse verão — eu disse. — Para poder traduzir todos os seus livros, mamãe.

— Minha anjinha fofa — minha mãe disse com os olhos cheios de lágrimas. — Achei que você nunca fosse me pedir isso.

— Ano passado você deu um chilique quando sua mãe sugeriu que você fosse aos domingos na aula — meu pai me lembrou.

— Olhe para os seus filhos — meu tio disse ao meu pai, sempre cumprindo o papel de dar atenção a quem precisasse e fazendo todo o esforço para não aderir à hierarquia que minha mãe pregava. — O que a A-Ling faria sem eles? O que você faria?

Meu pai nos olhou como se fôssemos batatas tentando se passar por laranjas. O jeito com que minha mãe nos manipulava, as promessas que nos obrigava a fazer de forma explícita e implícita se quiséssemos evitar colapsos iminentes e futuros devia deixá-lo com raiva.

— Meu livro vai começar com a história do Cabeção! — minha mãe disse.

— E o que eu acabei de dizer sobre me retratar de forma generosa?

— Vai ser mais que generosa! É arte.

Minha mãe estava radiante e, vendo-a assim, me senti contagiada. Seu eu estava transbordando ali, e eu precisava absorver um pouco.

— A mamãe vai contar a história do *qing jiu jiu*!

Minha mãe agarrou minha mão e começamos a cantar a música do Cabeção.

— Agora parem com isso — meu tio disse, fingindo que não estava gostando.

Até o Sammy começou a cantarolar junto. Minha mãe e eu dançamos em roda em volta do meu tio, como as crianças faziam nos verões em que não havia nada para fazer. Cruzei o olhar com meu pai quando passei por ele e depois desviei os olhos. Ele devia estar se perguntando como e por que tinha ajudado a me criar — e qual parte dele tinha me transmitido, e se eu cuidaria dessa parte com a mesma paciência e atenção que estava cuidando da parte que tinha herdado da minha mãe, que nunca, nunca, jamais dava um descanso.

AGOSTO DE 1966

Minha mãe foi a pessoa que subiu no telhado depois de algumas horas, quando as crianças da comunidade Nanchang, cansadas e famintas e desconfortáveis por terem sido consagradas guardiãs da anarquia, assombradas pelos boatos sobre os lugares aonde iriam no outono e sobre quanto tempo passariam lá, começaram a fazer a viagem de volta para casa, na esperança de que essa fosse a noite em que haveria um pouco de gordura de porco para o jantar. Foi minha mãe que encontrou meu tio, com seu corpinho pelado de menino tremendo sob a luz fraca, seu rosto inchado e longos fios de catarro caindo das narinas até a barriga. Ela foi a pessoa que levou um lençol para que ele se cobrisse e a pessoa que limpou seu nariz com um lenço e o convenceu a descer as escadas. Ela foi a pessoa que o levou até minha avó e disse perdoe-o. Ele está arrependido. Ela lhe trouxe uma tigela de arroz temperado com algumas gotinhas de molho de soja e, como depois ele ainda continuou com fome, ela foi à cozinha e pediu à minha avó com a voz mais doce que tinha você pode colocar um pouco de picles de rabanete na minha tigela? Vou dizer a ele que roubei um pouco. Nós duas sabemos que ele não vai comer se achar que pedi para você. Tudo bem, mãe, ele aprendeu a lição e está morrendo de fome. Lembra do que a gente dizia? Não deixamos ninguém passar fome nesta casa.

Foi minha mãe que o abraçou e disse que existe um tipo de amor no mundo que só sobrevive se ninguém expressá-lo, e por isso ele não devia se preocupar se minha avó nunca fosse ser o tipo de mãe que pega os filhos no colo e diz que são espertos e lindos e talentosos. Ela só repreenderia seus filhos, faria com que se sentissem inferiores, faria com que nunca se sentissem bons o bastante, garantiria que soubessem que o mundo não ia facilitar. Ela não permitiria que outra pessoa fosse melhor que ela na tarefa de fazer os filhos sentirem dor ou medo e, para ela, essa era uma forma de proteção.

É assim que seremos com nossos próprios filhos, minha mãe disse ao meu tio, orgulhosa de ter chegado a esse entendimento. Porque aprenderemos com nossa mãe, que aprendeu com a mãe dela, que aprendeu com a mãe dela, que aprendeu com a mãe dela e todas as mães que vieram antes. É assim que imagino que seremos, minha mãe disse, vendo a boca do meu tio abrir um pouco, permitindo que um fio de baba escapasse — seu ritual noturno antes de pegar no sono.

AGOSTO DE 1996

Minha mãe insistiu em fazer uma festa de despedida para o meu tio antes de sua partida para o Tennessee, onde ele ia começar o mestrado em engenharia química. Meu tio se mostrou relutante, mas todos concordamos que a situação pedia um bota-fora oficial.

Nas semanas que antecederam a viagem, minha mãe tinha regredido e voltado a ter seus colapsos duas vezes por dia.

— Você pode faltar no primeiro mês, não pode?

Mas meu tio não ia cair nesse papo e ignorou todas as tentativas de chantagem da minha mãe.

— Para quê? Continuar entregando comida chinesa? Você não quer de verdade que eu estrague tudo, quer? Você precisa passar por cima dessa primeira camada de sentimento, isso é só uma reação, uma tentativa de driblar seu sofrimento. Lá no fundo você quer que eu vá. Sei que você quer.

Eu também tive dificuldade de aceitar.

— Você vai voltar logo?

— Ele vai voltar para o Natal — meu pai disse. — Já compramos a passagem.

— Por quê por quê por quê por quê por quê por quê? — eu resmunguei, escalando o corpo do meu pai e batendo nas partes ossudas de seu corpo.

— Ele veio aqui para isso. Era o plano dele, minha macaquinha.

Eu tinha oito anos, mas ainda carregava um corpinho magro e desajeitado como o de um macaco, um corpo indefeso e perfeito para ser balançado como um objeto.

— É verdade — meu tio disse. — Faça o favor de continuar pequena e fofa para seu *qing jiu jiu*. Brincadeira, quero que você cresça se esses seus ossos quiserem esticar. Não esqueça: você pode ser o que quiser, tá? — ele continuou, agora olhando para o Sammy. — Você vai precisar ser o homem da casa, porque esse aqui — ele apontou para o meu pai — logo precisa se aposentar. E Sammy: não se engane. Você já virou um homem de bem. Você é cinco vezes o homem que eu era na sua idade.

O Chen shu shu e a Xiao Ming a-yi foram os primeiros a chegar, e no mesmo instante ele e meu pai desafiaram um ao outro a tomar três doses em homenagem ao meu tio. Aí o Chen shu shu me mandou sentar em seu colo e declarou para todo mundo que, se a Xiao Ming a-yi finalmente caísse na real e o abandonasse e ele estivesse solteiro quando eu fizesse dezoito anos, ele se casaria comigo. Meus pais deram risada e colocaram as mãos na barriga, e eu pensei que bom, daqui a dez anos vou me casar com um tarado. As pessoas estavam bebendo rápido, exatamente como o Sammy tinha dito que ia acontecer quando apareceu no meu quarto e disse para eu me preparar.

— Quando os adultos ficam tristes, eles afogam as mágoas com bebida.

— Só não entendo o que o álcool tem de tão bom — eu disse.

— Vamos torcer para que nenhum de nós nunca entenda.

Alguns dos convidados beberam demais e começaram a falar sobre os velhos tempos, e a conversa acabou virando fulano que apanhou e sicrano que perdeu a cabeça.

— Estamos comemorando — meu pai disse, subindo no sofá e interrompendo a conversa sombria. — Todos temos cabeça boa, não temos?

Alguns convidados concordaram e os bêbados ficaram se cutucando, acusando uns aos outros de insanidade.

— Estamos todos aqui, não estamos? — meu pai disse. — Todos chegamos a este país sem um tostão no bolso, não chegamos?

— Pai, me ajuda com o gás hélio? Não está bombeando direito — o Sammy pediu, oferecendo ao meu pai uma saída digna do sofá.

— Alguns aqui estão na pior. Mas não o meu cunhado. Ele... ele... ele...

— Tudo bem, tudo bem — minha mãe interveio. — Já chega.

— Annie — meu pai disse, se jogando de novo no sofá e dando um tapinha na almofada ao lado. — Venha aqui com o papai.

— Está bem.

— O papai está bêbado.

— Eu sei. Quer café?

— Você sabe fazer café?

— O *qing jiu jiu* me ensinou.

— Você é um milagre de filha. De verdade. Dei sorte com você e o Sammy. Vou fazer tudo que estiver ao meu alcance para dar a vocês a vida que não tive. O papai está velho, sabe. Mas, Annie, você ainda é jovem.

— Se sou tão jovem — eu disse —, você ainda não pode ser tão velho. Enquanto eu ainda for pequena, você não pode dizer que é velho.

Meu pai me puxou para tão perto que eu não conseguia respirar. Tentei escapar, mas ele não deixava.

— Só mais um segundo. Deixa o papai te abraçar.

Uma lágrima caiu pelo meu rosto, a primeira de sabe-se lá quantas por ele, e apenas por ele.

O Chen shu shu apareceu e acabou com o nosso abraço para me fazer a tão temida pergunta.

— Lembra do que perguntei na sua festa de aniversário? Você disse que precisava pensar e eu disse que tudo bem, mas vou precisar de uma resposta antes de seu tio ir embora.

Olhei para ele com ódio puro.

— Não.

— Vamos — ele disse. — Você já fugiu por muito tempo. Todo mundo quer saber a resposta. Todos ficamos esperando, e agora você teve muito tempo para refletir. Quem você ama mais? Sua mãe ou seu pai?

Eu balancei a cabeça.

— Tudo bem, tudo bem — meu tio disse. — É melhor deixar pra lá. Ela não quer responder agora.

— É só escolher um! Sei que você já sabe a resposta. Conta para o Chen shu shu. É só cochichar no meu ouvido.

Houve algumas risadas seguidas de silêncio quando minha mãe passou pela porta. Àquela altura da minha vida, o barulho da minha mãe batendo a porta da frente era tão chocante que só devia ser comparável ao barulho de uma chave dando partida no motor do carro ou o barulho da persiana rangendo quando meu pai a abria de manhã ou talvez o barulho do meu irmão arrastando o copo de suco de laranja de um lado para o outro na mesa da cozinha quando ficava ansioso para a prova, mas devia haver um fiapo de esperança em mim e da qual eu não ousava abrir mão que impedia que o barulho da porta batendo se tornasse um barulho familiar, então isso me dava arrepios, como sempre tinha sido e como sempre seria. Não importava o intervalo que separava um ataque do outro, o fim do descanso continuava sendo um choque.

Dessa vez eu corri para fora atrás dela. Ela estava em pé, encostada no nosso Nissan Sentra, cobrindo o rosto com as mãos.

— Você está bem, mamãe? — eu perguntei.

Ela balançou a cabeça e me ergueu e me colocou sentada no capô do carro.

— Ele é um homem horrível — ela disse.

— O papai?

— Não. O Chen shu shu. Odeio que ele te faça essa pergunta idiota em todas as festas na frente de todo mundo. Você não deveria precisar dar uma resposta. Criança nenhuma deveria. Ele é um homem horrível, péssimo. É um bêbado, Annie. Não vou permitir que ele maltrate minha filha.

Meu tio surgiu para nos fazer companhia debaixo das estrelas.

— Tudo certo por aqui?

Minha mãe fez que sim com a cabeça.

— Não suporto aquele cara.

— Quer que eu volte lá e chute a bunda dele até ele voltar para Hunan?

Minha mãe riu e depois caiu no choro.

— É uma pergunta cruel para se fazer a uma criança.

— Ele é um idiota — meu tio disse. — Depois de umas doses ele esquece do próprio nome.

— Por favor, para de chorar — eu disse. — Eu sinto vontade de chorar quando você chora.

— É mesmo? — ela disse, separando meu cabelo em três partes e fazendo uma trança bagunçada, do jeito que ela disse para o Sammy fazer quando eu não conseguia dormir e ela não estava por perto para me acalmar.

Eu nem precisei responder. Já estava chorando.

A porta da frente abriu de novo e dessa vez era o Sammy.

— Sério, gente? O pai começou a falar de Leonardo da Vinci. Daqui a pouco as pessoas vão começar a jogar tomate nele.

— Sammy! — minha mãe disse, e sua voz recuperava aos poucos a vivacidade. — Meu filho mais velho! Meu menino brilhante! Será que entramos lá e salvamos os convidados do seu pai?

— Ahm, sim — ele disse. — Eu diria que a situação é desastrosa.

Minha mãe me levantou do capô do carro.

— Estou muito pesada? — eu perguntei.

— Um pouco — ela disse, mas não me colocou no chão até chegarmos à porta.

— Não gosto de chamar atenção — o Sammy disse.

— Então eu e você podemos entrar pelos fundos — meu tio disse.

— Annie e eu não vemos problema em entrar pela frente. Certo, Annie?

— Certo!

Nós quatro nos dividimos em dois grupos e acabamos no mesmo lugar.

— A festa não acabou! — minha mãe anunciou quando reencontramos os convidados. — O microfone está ligado, Sammy?

Ele foi conferir e mostrou o polegar para minha mãe.

— Pode colocar "He Ri Jun Zai Lai"?

— *Lai lai lai* — o Chen shu shu festejou, sem ter a mínima noção de tudo que havia gerado.

Minha mãe começou a cantar:

— "Lindas flores não vivem por muito tempo."

Meu pai falava aos gritos sobre os cadernos de Da Vinci para Xiao Ming a-yi, que balançava a cabeça educadamente.

Meu tio notou que eu tentava acompanhar a minha mãe mas perdia o fio da meada.

— "Depois que você se for esta noite" — ele disse em inglês. — "Quando vai voltar?"

— Cantem comigo — minha mãe disse. — Pelo meu irmão!

— "*Ren sheng nande ji hui zui.*"

— "*Bu huan gen he dai.*"

Percebi que meu irmão sabia cantar o refrão. Ele tinha prestado atenção o tempo todo, tinha aprendido as palavras que perdi. Os convidados secaram suas bebidas e apontaram para a comida que estava na mesa enquanto minha mãe cantava um dos versos.

Meu tio continuou traduzindo para mim:

— Ela está dizendo que existem poucas oportunidades para ser feliz neste mundo, Annie. Então você precisa agarrar todas. Quando elas aparecem, você agarra.

— E bebe bastante! — o Chen shu shu entrou no meio. — Não precisa se censurar por causa da pequena. É isso que sua mãe está cantando: não espere ficar infeliz para beber! *He wan le zai shuo ba!*

— Venham, venham, venham — minha mãe falou no microfone, chamando meu tio e eu. Ela cantava com uma voz suave de menina. Continuou falando mesmo quando a música voltou. — Venham todos, façam um círculo. Brindem por mim e meu filho gênio Sammy e meu irmãozinho brilhante e minha filha linda e querida. Eles vivem lá no céu e todos nós estamos condenados a viver na terra. Façamos um brinde a eles! Àqueles que escolhem ficar no céu. Um brinde!

— Um brinde! — todos concordaram, erguendo as cervejas e os copos de uísque.

Às vezes ela era uma poeta, minha mãe.

— E eu? — meu pai perguntou, no instante em que a música parou. Todo mundo riu.

— Ao Guoqiang! — as pessoas disseram.

Dessa vez, minha mãe ergueu seu copo de refrigerante de laranja mais alto do que todo mundo e, quando o brinde acabou, deixou o copo de lado, tirou os grampos do cabelo e deixou-o solto. Por um segundo não consegui vê-la — seu rosto estava coberto pela cabeleira volumosa —, mas tive certeza de que não demoraria muito para que ela aparecesse novamente.

— E ao meu *qing jiu jiu*! — eu gritei bem alto.

— Ao *qing jiu jiu*! — todo mundo repetiu, erguendo os copos pela terceira vez.

Meu tio me pegou no colo e o Sammy soltou os balões de gás hélio que ele tinha enchido sozinho, sem a ajuda de ninguém. Ele me ergueu até o teto e cruzei as pernas e abri os braços bem abertos como se eu fosse um avião e os balões vermelhos e azuis e roxos e verdes e prateados que tirava da frente fossem as nuvens se abrindo para mim no momento da minha ascensão ao território desconhecido dos céus.

A evolução do meu irmão

I.

Passávamos quase todas as tardes sozinhos. Numa delas, reviramos o meu quarto à procura de velas. Achamos uma que eu adorei: branca com grãos de café colombiano amontoados em volta da base.

— Come — eu disse.

— Não — meu irmão respondeu, franzindo as sobrancelhas e dando as costas.

— Come, come, come, come, come — eu disse, encurralando meu irmão num canto com a ponta de café da vela apontada para sua boca.

— Para, Jen-naay — ele disse, dando um passo para trás. — Ou vou ativar meu escudo gravitacional e transformar seus ossos em pó.

— Tá bom, tudo bem — eu disse. — Então vamos acender e apagar a vela. Tipo vinte vezes seguidas. Vai ser igual ao nosso aniversário.

— Por que vinte? É muito.

— Tá, então vinte e oito.

— Não. Isso é mais de vinte.

— Tá, tá, tudo bem. Cinquenta e cinco, já que você insiste.

Acendemos a vela na mesa de canto da sala. Falei para ele não chegar perto enquanto riscava o fósforo e encostava no pavio.

— Você primeiro.

Ele agachou no chão, fechou os olhos e se inclinou. Nenhum de nós esperava que sua franja já grande, parte do estilo tigela do seu cabelo, encostasse na chama, encrespasse e mudasse de cor como se ele tivesse feito um permanente loiro horroroso. Se ele fosse mais velho, eu teria dado risada e dito "lindos pentelhos". Mas, em vez de fazer isso, cobri seu rosto com as mãos e arranquei as pontas queimadas. As cinzas desapareceram depois que esfreguei os dedos nos fios. O cheiro parecia de pipoca.

— Não vamos contar para a mamãe.

— Tá, Jenny.

Juntei o resto dos pedacinhos queimados na palma da mão e nós dois comemos tudo sentados no sofá, meu braço envolvia o ombro dele e seus pés balançavam como se fossem macarrão na água fervendo, os nossos olhos estavam fixados no horizonte, como se o filme fosse começar imediatamente.

No verão seguinte, o puxei para dentro do meu quarto e tranquei a porta. Teoricamente, ia ensiná-lo a fazer contas, mas joguei o livro de matemática no chão e coloquei os fones de ouvido na cabeça dele.

— Que bom que você tem um cabeção.

Aumentei o volume. Ele tinha cinco anos e ia começar a pré-escola em três semanas. Eu ia entrar no ensino médio.

— O "casbah" é tipo um palácio bem grande — eu disse.

Quando ele começou a se distrair, eu aumentei o volume mais alguns pontinhos e falei para ele prestar atenção.

— Isso aqui é importante — eu disse. — Quando os meninos do ônibus perguntarem o que você está ouvindo, é só dizer: PUNK ROCK, FILHO DA PUTA! — Dobrei seus dedos, menos o indicador e o mindinho. — E talvez arregalar os olhos. Não, não, na verdade não. Isso é coisa de nerd.

— Quê? — ele gritou. Tirei um dos fones de sua orelha e o segurei pelos ombros.

— Olha pra mim. — Olhamos um para o outro. — Você está ouvindo punk rock, o som mais rock já feito neste mundo extremamente necessitado de rock. Então vê se escuta isso no ônibus e ensina os outros meninos de merda sobre o rock.

— Por quê?

— Agora você é do punk rock.

— Põe cereal com leite para mim? — ele pediu, me entregando os fones de ouvido.

Ele apareceu segurando dois pedaços de presunto e usando um moletom do Mickey Mouse por cima de uma blusa de gola alta que tinha sido minha e que era tão velha e ficava tão esgarçada nele que me lembrou do dálmata do nosso vizinho quando foi castrado e precisou usar um cone de plástico no pescoço. Eu já tinha dito isso da última vez que meu irmão usou a blusa. (Estávamos lá fora jogando gravetos para o dálmata do vizinho e meu irmão me perguntou o que era castrar e eu disse "peraí, vou pegar uma tesoura e já te mostro", o que me rendeu um olhar horrorizado do vizinho e eu fiquei imediatamente constrangida porque sabia que ele tinha me achado detestável e cruel.)

Eu me sentia mal toda vez que via meu irmão usando minhas blusas velhas de gola alta, e toda vez que via minha mãe dando comida para ele. Nossa mãe tinha o costume de moldar a comida no formato de uma tangerina. Ela enchia tanto a boca do meu irmão que depois eu sempre o encontrava no sofá, zonzo, sem conseguir fechar a boca ou engolir. Eu o pegava no colo e o levava para o banheiro para que cuspisse tudo na privada. Ficava com pena dele porque sabia que ele nunca teria um bom relacionamento com a comida, nem agora nem quando fosse mais velho.

— Por favor, pare de dar comida para ele — eu disse uma vez à minha mãe.

— Você só pode estar brincando — ela disse. — Não era você quem me implorava cinco dólares a mais por mês para alimentar os bebês da África?

Eu estava lendo uma revista quando meu irmão apareceu com a boca transbordando de presunto meio mastigado, e, em vez de pegar as duas fatias de presunto e lhe mostrar o jeito correto de comer e em vez de arrumar a gola caída para que não ficasse tão ridícula, eu o ignorei e fingi que só me importava com as combinações de casaco e saia do próximo outono. Ele não queria ir embora, então eu disse "você precisa sair daqui".

— Não — ele disse, enfiando uma fatia de presunto na boca. — Não, não preciso.

Cutuquei o ombro dele.

— Sim, precisa — eu disse, derrubando a outra fatia de presunto de sua mão.

— Ei — ele disse, batendo a cabeça na minha barriga. Começamos a usar os dedos, unhas, travesseiros, revistas. Ele chutou minha perna, e eu acertei bem a bochecha que estava cheia de presunto. Ele abriu a boca e lágrimas gordas caíram pelas suas maçãs do rosto e entraram onde estava o presunto.

— Cospe tudo — eu implorei. Me senti um monstro vendo suas lágrimas encontrarem os pedaços gosmentos de presunto mastigado na boca. — Cospe, por favor.

Ia ser culpa minha quando, anos depois, ele não quisesse levar sanduíches de presunto e queijo para a escola ou quando, mais alguns anos depois, a professora telefonasse para nossa mãe, preocupada porque ele se recusava a comer os sanduíches de presunto que a cantina tinha servido na viagem anual do sétimo ano para Boston. Era culpa minha. Sempre foi culpa minha. Seria culpa minha de novo no futuro; aquilo não tinha fim.

— Por favor — eu murmurei. Mais pedaços de presunto mastigado saíram da sua boca. Ele tentou chupar alguns de volta, respirando meio sem fôlego. Fiz uma concha com as mãos e ofereci para ele. — É só cuspir aqui. — Parecia que a bola de presunto dentro da boca dele estava aumentando com as lágrimas. — Não aguento ver você assim.

Nesse mesmo dia, quando estávamos indo dormir, ensinei ao meu irmão como afastar os lábios para ver as gengivas e, quando ele colocou a lição em prática, encontrei um pedacinho de presunto preso no meio de seus incisivos.

— Posso? — perguntei.

— Por que não? — ele deu um sorriso largo com os dentes à mostra para eu conseguir tirar o pedaço de presunto. Coloquei na boca. O gosto era muito, muito salgado.

Ele teve gagueira temporária e adicionava o som de "mi" ao início de certas palavras. Às vezes, quando me chamava, ele dizia "mi-mi-mi-mi Jenny". Parecia que estava dizendo "minha--minha-minhaaaa Jeneeeeeee". Eu achava legal ser sua propriedade.

— É muito comum — a fonoaudióloga nos disse. — É um tique, é quase a mesma coisa que limpar a garganta antes de falar.

— Significa alguma coisa o fato de que ele costuma gaguejar antes de dizer o meu nome? — eu perguntei, esperançosa.

— Na verdade não — a fonoaudióloga respondeu.

— Que charlatã — eu disse aos meus pais quando chegamos em casa. — Não acredito numa palavra do que ela falou. — Saí de perto deles e encontrei meu irmão andando em círculos na sala de TV, preocupado em manter o mesmo ritmo a cada volta que dava. — Fala de novo.

— O quê? — meu irmão perguntou, ainda andando em círculos, até que entrei na frente dele e bloqueei o caminho.

— Fala "minha Jenneeeeeeee".

— Minha Jenneeeeeeee — ele disse, me empurrando e voltando a andar.

— Não. Fala igual àquele dia. Mi-mi-mi-minha Jennneeee.

— Mi-mi-mi-minha Jenneeee — ele repetiu, completando mais um círculo perfeito.

Não era a mesma coisa. Ele estava crescendo. Ia superar o distúrbio de fala. Dali em diante para ser dele eu precisaria pedir.

Quando tinha quinze anos, passei três semanas na Califórnia estudando filosofia na Universidade de Stanford, ao lado de pessoas que me faziam sentir que eu era parte de uma tribo — a tribo delas, não a minha, mas mesmo assim uma tribo. Por muito tempo tudo que eu quis foi fazer parte de uma família que não fosse a minha. Arranjar uma desculpa para amar menos a minha, uma desculpa para fugir e não ficar tão perto dela o tempo todo.

— Por que — berrei para os nossos pais na semana que voltei — precisamos fazer tudo junto? Por que vocês não vão a sei lá onde sem a gente? — Meu irmão ficou o mais perto de mim que conseguia mas sem me encostar. Eu tinha avisado a ele que, se qualquer parte de seu corpo encostasse em mim, eu a cortaria fora. — Por que sempre ficamos os quatro juntos? Vocês acham mesmo que vou morar aqui para sempre? Talvez *ele* more — eu disse, apontando para o meu irmão —, mas eu não.

— Você devia ter ficado na Califórnia, então — minha mãe disse.

— Se quiser ficar em casa enquanto vamos à loja de materiais de construção, não tem problema — meu pai disse. — Tudo bem. Levamos seu irmão.

— A Jenny não vai? — meu irmão perguntou.

— Se você chegar um centímetro mais perto, juro por Deus... — eu disse.

Nas semanas que antecederam minha ida para Stanford, todo mundo ficou extremamente tenso. Eu estava prestes a experimentar o primeiro gostinho de independência e queria festejar, mas meu entusiasmo já tinha sido derrubado pelo desânimo da minha mãe, as lágrimas do meu irmão e a ausência do meu pai — parecia que ele tinha começado a ficar até mais tarde no trabalho ainda mais do que o normal. Tudo virava discussão — se eu ia levar uma mala ou duas, se eu devia comprar um cartão telefônico agora ou esperar chegar na Califórnia, se eu devia tentar achar volumes usados dos livros solicitados ou comprá-los novos na livraria de Stanford. A única coisa que nunca virou polêmica foi o dinheiro, de que jeito eu tinha convencido meus pais a gastar quase seis meses de salário para me levar à Califórnia e bancar os estudos e a moradia e a alimentação, como é que eu tinha conseguido convencê-los da necessidade de tudo isso eu não sei. Eu não tinha levado em conta que a primeira viagem significativa que os dois tinham feito tinha sido de Xangai para os Estados Unidos, com nada mais do que oito ovos cozidos nos bolsos, cinquenta dólares que foram confiscados na alfândega quando chegaram e uma maleta cheia de cumbucas e panelas e uma vassoura quebrada graças ao medo de não conseguirem encontrar ou pagar por essas coisas nos Estados Unidos. E de qualquer forma essa viagem não os transformou em *turistas*, pelo menos não nos turistas sobre os quais as pessoas que conheci em

Stanford falavam; essa viagem só os transformou em imigrantes, os transformou em alvo de caridade. Tinham se tornado pessoas a serem salvas, a serem socorridas por instituições e indivíduos. Eu não queria ser salva, eu queria ser membro da instituição que fazia a caridade, a filantropa que transpirava generosidade.

A certa altura, nos primeiros anos vivendo em Nova York, eles fizeram amizade com outro casal chinês que os ensinou a revirar o lixo para encontrar alimentos comestíveis. Esse casal estava juntando dinheiro para trazer a filhinha de volta de Xangai, para onde precisaram mandá-la para viver com os avós depois de muito perrengue financeiro.

— Em resumo, eles estavam quebrados — minha mãe disse. — Eram irresponsáveis. Falavam o tempo todo da menininha. Acho que o nome dela era Christina. Toda vez que víamos uma caixa de tangerina ou alguma coisa do tipo, a mãe dizia "nossa Christina só come frutas azedas". Eles eram estranhos. Eram o tipo de pessoa que naquela época a gente não sabia evitar. É só fazer uma comparação. Seu pai não só conseguiu juntar dinheiro com a bolsa de estudos, com a bolsa de estudos!, para comprar a passagem para você para podermos ficar juntos, como ele também conseguiu economizar tanto que pôde comprar um colar com pingente de ouro de presente para mim e um teclado para você, lembra que quando era pequena em Xangai você dizia que queria aprender a tocar piano?

Minha mãe fazia tudo parecer um conto de fadas, e eu preferi não lembrá-la que também ficamos separados por mais de um ano quando eu estava em Xangai e meus pais ficaram em Nova York guardando dinheiro para voltarmos a ficar juntos.

— Mas — minha mãe continuou como se tivesse lido a minha mente — não é igual àquela família, sabe. Eles eram malucos. Tinham tantos problemas. Que tipo de gente não consegue pagar um aluguel depois de seis anos nos Estados Unidos?

Que tipo de gente traz a filha para os Estados Unidos e depois manda de volta por mais um ano? E o que eles faziam para tentar mudar a situação? Procuravam comida no lixão? Vendiam fichas dos cassinos de Atlantic City por um preço inflacionado para os idosos desinformados?

— Por quanto tempo vocês foram amigos? — perguntei para a minha mãe.

— Ah, você sabe como são essas coisas. Nos víamos aqui e ali, e aí eles sumiam e ficávamos sabendo que tinham ido para a Carolina do Norte para morar com o irmão da mulher. Voltavam com algum plano duvidoso para fazer dinheiro e depois desapareciam de novo por umas semanas, e ressurgiam sem tocar no assunto de toda aquela ideia de começar uma firma de aulas particulares ou qualquer outra. Eles eram esse tipo de gente. Que aparece do nada e some e depois volta. Perdemos o contato. Não foi por acaso. Acho que uma hora ou outra o homem arranjou emprego numa empresa e no fim a mulher ficou grávida do segundo filho. Encontramos um amigo em comum uns anos atrás que disse que eles foram morar em Long Island. New Hyde Park, ou seja, conseguiram melhorar de vida. Enfim, não importa. O que importa é a nossa família. Nossa família tem muita sorte mesmo. Tenho você e seu irmão e seu pai e moramos nessa casa maravilhosa, todo dia acordo e sei que tenho muita sorte.

— Vira o disco, mãe — eu disse, revirando os olhos. Em algum lugar confuso da minha cabeça, pelo pouco que eu tinha prestado atenção em tudo aquilo, eu sabia que meus pais também tinham sofrido, também tinham batalhado, e o que quer que tivesse acontecido um ano antes de eu ser trazida aos Estados Unidos tinha alguma coisa a ver com a insistência deles em nunca pedir bebidas nos restaurantes, porque pagar um dólar a mais por uma coisa que podiam comprar no mercado com menos dinheiro ativava algum tipo de trauma que eles carregavam. De verdade. Mas mais impressionante ainda é que nunca proibiram meu irmão e eu de pedirmos bebidas, embora eu raramente pedisse porque... por que mesmo? Porque eu me sentia próxima àquela fase de sofrimento deles e não tinha tanta energia para sonhar? Ou era porque eu não gostava do açucarado enjoativo dos refrigerantes comuns e preferia bebidas mais especiais, como uma limonada fresca ou um refresco de fruta sem gás com retrogosto de chiclete? Eram as bebidas que eu sempre pedia no Sizzler sem titubear, nos tempos em que meu irmão ainda não tinha nascido.

— Peçam também — eu implorava. — Vamos todos pedir refresco de fruta.

Mas eles insistiam na velha fórmula testada e aprovada: meu pai pedia o filé, que nós dividíamos em três, e aí minha mãe se servia do buffet de saladas e eu pedia o refresco de fruta, e nós três comíamos os infinitos pratos que minha mãe trazia — mac & cheese e buffalo wings e frango frito e espaguete e almôndegas e vagem e brócolis e arroz frito e peito de frango assado e às vezes pernas de caranguejo se fôssemos bem rápidos ou ficássemos de olho e camarão e filés de peixe borrachudos enrolados numa camada de molho de manteiga congelado. A gente comia sete ou oito pratos de comida e depois fazia uma pequena pausa ou pulava um pouco para abrir espaço para o segundo round, que era tão longo quanto, mas um pouquinho mais leve, já que a gente encarava mais cinco ou seis pratos de comida. Quando chegava o terceiro round, estávamos moles, com os cintos abertos, e aí era hora da sobremesa. Eu pegava sorvete de baunilha com confeitos coloridos e depois sem confeitos e depois chocolate com M&M's e depois uma dúzia de cookies com gotas de chocolate e um bolo de cada tipo — chocolate, branco, cenoura, red velvet, cookies e creme, simples, merengue, tanto fazia.

Ia tudo para dentro, e depois a gente arrotava as memórias dessa noite por horas e horas. Às vezes acordávamos ainda cheios, com as barrigas arredondadas e a pele esticada tipo a de um tambor. Depois que meu irmão nasceu, paramos de ir ao Sizzler — ele era muito pequeno e nós éramos muito gulosos e muito falidos para cair na tentação de comer fora. Nós três precisávamos primeiro cuidar dele e depois de nós mesmos. Pelo menos era dessa maneira que gostaríamos que os outros nos descrevessem — como um grupo, uma unidade.

Mas agora eu queria minha liberdade. Queria liberdade para ser egoísta e autodestrutiva e perdulária como as meninas brancas da escola em que meus pais se esforçaram tanto para me matricular e, assim que conseguiram, assim que nos mudamos para um bairro sem gente caída pela rua, em que todo mundo tinha a mesma palidez tísica, tudo aquilo me fez querer ficar longe da minha família. Eu invejava as meninas brancas que tinham relacionamentos tão horríveis com os pais que era impossível decepcioná-los. Eu queria pais brancos que não ligassem para onde eu fosse ou o que fizesse, pais que me encorajassem a sair de casa em vez de me chantagear a ser a filha deles para o resto da vida.

Na manhã da minha viagem para a Califórnia, minha mãe ficou repetindo que só saiu de casa quando fez trinta anos e que mesmo assim foi só porque meu pai resolveu imigrar para os Estados Unidos.

— Por muito tempo pensei em não vir.

— Bem, não vou esperar até os trinta anos para sair de casa. Você precisa entender que nossas vidas são diferentes.

No aeroporto, evitei olhar para minha mãe. Era ridículo que ela deixasse sua tristeza tão à mostra e que isso ocupasse o espaço que deveria ser reservado ao meu entusiasmo. Minha família esperou comigo no portão até o último segundo e, ao me levarem à fila de embarque, minha mãe cambaleou, depois ficou paralisada como se tivesse sido esfaqueada e se apoiou no meu pai demonstrando a fraqueza de quem está prestes a morrer.

— Tem certeza de que quer ir? Ainda dá tempo de ficar.

— Não — meu pai disse. — Essa opção não existe. Tudo vai acontecer exatamente como combinamos. Queremos que você se saia bem. Temos orgulho de você, viu? Nos vemos daqui a três semanas.

As lágrimas da minha mãe desencadearam um ataque de choro também no meu irmão, e meu pai precisou segurá-lo para que ele não corresse atrás de mim. Foi estranho passar por eles e depois esperar no fim da fila para embarcar no avião sabendo que estavam me vendo ir embora. Resisti ao impulso de olhar para trás até que só houvesse uma pessoa na minha frente. Quando virei a cabeça vi os três juntos — só meu pai acenava, meu irmão e minha mãe se seguravam nele. Aquela era uma formação familiar que finalmente não me incluía. "Liberdaaaaaaaade", pensei, enquanto o agente escaneava minha passagem, e aí imediatamente entrei em pânico porque percebi que tinha perdido a oportunidade de me despedir. Ouvi meu irmão gritando "quando você volta, Jenny?" e a porta se fechou e quase não pensei neles pelas próximas três semanas. Foi só depois, muito, muito, muito depois, que entendi e aceitei que meus pais tinham pagado para que eu tivesse minha liberdade. Tudo aquilo, eu percebi, precisava ser pago por alguém.

— Você vai andar de Mercedes e eu vou andar de Porsche quando a gente crescer — ele me disse quando estávamos sentados no meio-fio esperando o carrinho do sorvete.

— Eu não sei nem pilotar a merda de uma bicicleta — eu disse, olhando para a rua, esperando para ver se alguma coisa vinha de lá.

* * *

No meu nono aniversário, minha mãe foi levada às pressas para o hospital. Dez horas depois, ela deu à luz meu irmão. Quando ambos tínhamos idade para entender, nossa mãe nos contou que ele tinha nascido às dez e vinte e dois da manhã.

— Quando a Jenny nasceu? — meu irmão perguntou.

— Nove e trinta e oito da noite. Mas isso foi na China — ela nos lembrou. — É uma diferença de doze horas e mais uma hora extra no horário de verão.

— E daí?

— Não — minha mãe insistiu. — Vocês dois estavam destinados a ser gêmeos, mas por algum motivo você — ela apontou para o meu irmão — ficou preso na minha barriga por mais nove anos. Tão sortudos, vocês dois.

Reviramos os olhos.

— O.k.

Quando voltei da Califórnia, estava tão cansada por não dormir durante três semanas seguidas que dois comissários de bordo diferentes precisaram me acordar depois que o avião pousou e taxiou. Continuei dormindo no carro até chegar em casa e, quando entramos na garagem, meu irmão puxou meu braço com força e perguntou se eu ia brincar com ele.

— Agora? Eu ia dormir.

— Mas agora nem é noite — ele disse, com o lábio inferior tremendo.

— Ele esperou três semanas para brincar com você — minha mãe disse.

— Está bem — eu disse. — Vamos jogar Banco Imobiliário. Deixo você ser o carro.

A próxima coisa de que me lembro é que eram quatro da tarde do dia seguinte e eu estava na minha cama.

Chamei minha família e imediatamente minha porta se abriu, o que mostrou que meu irmão tinha ficado esperando do lado de fora.

— O que aconteceu? — eu perguntei.

— No meio do Banco Imobiliário você disse que precisava deitar um minuto e aí você dormiu.

— Por que não me acordou?

— Eu tentei. Joguei água em você. E programei o despertador e coloquei no travesseiro perto da sua orelha. Fiquei respirando bem forte no seu nariz e tentei abrir os seus olhos, mas eles fechavam sozinhos.

— E?

— Você não parava de dormir — ele disse com a voz falhada. — Só deu para brincar cinco minutos.

— Ah — eu disse, esfregando os olhos. — Desculpa. Prometo que vamos brincar hoje à noite depois de eu enviar um e-mail para um amigo, tá?

— E se for agora?

— Acabei de falar que preciso fazer uma coisa antes.

— Está bem, Jenny.

Demorei horas para escrever o e-mail e, quando finalmente terminei, era tarde demais para jogar Banco Imobiliário. Chamei meu irmão para o meu quarto para ficarmos conversando antes de dormir.

— Você sentiu tanta falta assim de mim?

— Chorei todos os dias. Numa das vezes, por três horas e vinte e dois minutos — ele disse, preciso como sempre. — Nem tive tempo de brincar.

— De tanto chorar? Sem chance.

— Tem chance.

— E aquela vez que você me ligou e todos os seus amigos estavam jogando beisebol com você? Daquela vez você não chorou, né?

— Sim.

— Sim, você chorou?

— É.

Eu queria escrever outro e-mail para o menino de camisa cor-de-rosa que me puxou para o quarto dele uma noite quando seu roommate estava comprando sorvete e tirou umas fotos de mim. Eu sentia falta da Califórnia, sentia falta da doçura e da novidade que qualquer menino trazia me dizendo que toda bochecha é feita para ser cor-de-rosa, por isso eu fui feita para este mundo. Mas eu tinha voltado para minha vida de antes. Não podia mais nem fantasiar direito que era interrompida pela imagem do meu irmão chorando sozinho enquanto os amigos corriam no nosso quintal. Como ele conseguia? Como ele conseguia se enfiar em todos os meus pensamentos sempre? Mesmo nas minhas memórias mais íntimas, aquelas que eu não contava para ninguém, mais cedo ou mais tarde ele aparecia, o invasor perpétuo e sua carinha me perguntando se eu queria ficar assistindo o seu jogo de video game de terror para esconder os fantasmas quando eles aparecessem.

Meu irmão queria ligar o PlayStation na minha TV bem na única tarde em que eu tinha convidado uma amiga da escola para ver três filmes em seis horas, então peguei uma das fitas que tinha planejado assistir e arremessei na sala.

— Você sempre faz isso. Preciso passar todos os dias com você. Todo santo dia e toda hora. Não aguento mais.

— E daí? — ele disse. — O que que tem? Posso brincar aqui mesmo assim, porque a mamãe deixou.

— A mamãe deixou porcaria nenhuma. Sai daqui antes que eu te jogue pra fora. — Ele estava sentado no chão e o agarrei pelos tornozelos. Ele arrancou uns fiapos brancos do meu tapete enquanto eu o arrastava para o corredor.

— Aqui você não entra nunca mais — eu berrei, depois de bater a porta contra suas mãos abertas. Um segundo depois, ele estava colocando suas mãozinhas minúsculas por baixo da porta trancada. Peguei meu chinelo e bati nas pontas dos seus dedos como se fossem insetos. Deu para ouvi-lo chorando do outro lado. Seus dedos voltaram a tocar meu tapete. Peguei um copo de água gelada de cima da escrivaninha e joguei nos dedos dele. Ouvi o barulho dos passos da minha mãe subindo as escadas do porão.

Fiz uma ameaça:

— Não vou parar se você não parar.

— Não vou parar primeiro, não vou parar primeiro — ele repetiu. Me joguei perto da porta e procurei uma de suas mãos para fazer carinho nos dedinhos molhados, mas elas tinham sumido. Os passos sumiram. Ouvi minha mãe pegando meu irmão e batendo na minha porta.

— Peça desculpa.

Peguei meu chinelo e comecei a bater nos meus próprios dedos o mais forte que consegui.

— Peça desculpa — minha mãe falou mais alto. — Pode até se matar se quiser, mas primeiro precisa pedir desculpa para o seu irmão.

Peguei o dicionário da estante e joguei no chão.

— Não ouse fazer isso — minha mãe disse, batendo o cotovelo na minha porta.

— É-é, mi-mãe va-vai te-te deixar de castigo mi-mi-mi-mi-minha Jenny.

* * *

— Um dia — eu suspirei — você vai precisar parar de sentir minha falta. — Encostei o queixo no espaço da cabeça dele onde os cabelos faziam um redemoinho. — Tá?

— Por quê? — ele me perguntou.

— Porque você precisa se acostumar. — Uma semana antes nosso pai tinha ido para Cleveland numa viagem de trabalho. — Como é que você não sente falta do papai?

— Ele volta na sexta.

— E daí? Quando vou embora, eu também volto. Por que você sente minha falta e não do papai? — Eu queria arrancar uma resposta dele. — Por que você sente mais falta de mim? Quero uma resposta bem boa, ou não vou parar de perguntar.

— Não sei. Só sinto.

— Então vou continuar perguntando. Por que você sente minha falta e não do papai? Por que sente minha falta e não da mamãe? Por que sente minha falta e não sente de mais ninguém?

— Não sei, Jenny. — Ele tinha começado a chorar, eu balancei a cabeça.

— Não sou uma boa pessoa, né? Um dia você vai precisar se vingar de mim.

— Tá — ele disse, com lágrimas caindo pelo rosto. — Aí você me dá todo o seu dinheiro.

— Combinado.

— Compro uma Mercedes para você com uma parte.

Antes do jantar, passei um pouco do batom da minha mãe na boca. Amora.

— Deixa eu beijar essa bochecha — eu disse. Apertei os lábios e cheguei bem perto dele.

— Você está de batom? — ele me perguntou, virando o pescoço para se afastar. Eu já tinha feito essa pegadinha com ele três vezes na mesma semana.

— Não — eu disse, encostando a boca de leve nas costas da minha mão. — Viu? Sem batom. — Ajoelhei perto do meu irmão e o beijei com força o suficiente para deixar uma marca.

Quando fomos lavar as mãos no banheiro, lembrei dos espelhos e cobri os olhos dele.

— Você é meu robô e eu controlo tudo o que você faz!

— Tá bom, Jenny — ele gritou de volta.

No verão depois de ele terminar o segundo ano, houve um sábado em que ficamos grudados a tarde toda, andando por todos os cômodos da casa de braços dados, o que não era tão fácil porque ele era pequeno e batia na minha cintura. Eu precisava me abaixar muito, tanto que me dava até dor nas costas, mas eu não ligava. Ficamos andando em círculos e cantando "nós! Somos! Melhores! Amigos! Nós! Somos! Melhores! Amigos!" até que nosso pai apareceu depois de pendurar as roupas lavadas no porão e ficou nos olhando, com um cesto vazio de roupa suja apoiado no quadril. Ele balançou a cabeça e riu.

— Vocês são ridículos. Subam aqui, quero mostrar um negócio para os dois palhaços.

Subimos as escadas de braços dados e seguimos nosso pai pelo corredor que dava no meu quarto.

— Estão vendo esse buraco? — ele perguntou, apontando para a porta do meu quarto.

— Sim — a gente disse.

Ele pegou o cesto de roupa e encaixou no buraco da porta. Ainda sobrava bastante espaço.

— Você — ele apontou para o meu irmão — fez esse buraco com um chute porque você — ele apontou para mim — não queria deixá-lo entrar. — Ele ficou nos olhando com os braços cruzados. — Dois minutos depois disso vocês estão correndo pela casa e dizendo que são melhores amigos? Vocês deviam ser bobos da corte.

Ficamos um tempo em silêncio. Depois dissemos:

— E daí?

Continuamos de braços dados pelo resto da tarde, ainda cantando "nós! Somos! Melhores! Amigos! E o papai! É tão! I-di--o-ta!".

No dia em que fizemos uma festa do pijama, uma hora minha mãe entrou no meu quarto — meu irmão estava no chão e eu, na frente do computador — e gritou bem alto:

— Vai dormir ou você nunca mais vai poder dormir no quarto da sua irmã.

Me senti parcialmente responsável porque, se eu não tivesse peidado o refrão inteiro de "Atirei o pau no gato" e feito meu irmão dar tanta risada a ponto da nossa mãe conseguir ouvir através da parede que separava o meu quarto do dela, ele nunca teria levado bronca. Ajoelhei no chão e perguntei se ele estava bem.

— Está com sede? Com fome? — Ele fez que sim com a cabeça. — Já volto — eu disse. — Não dorme.

Voltei com um sanduíche de peito de peru e um copo d'água cheio até a boca. Enquanto ele comia, lembrei da vez em que voltei de um dia ruim na escola e me tranquei no meu quarto e fiquei vendo reprises do *Late Night with Conan O'Brien* por três horas. Quando percebi que não tinha ouvido meu irmão emitir nenhum som durante horas, desci as escadas e o encontrei sentado a poucos centímetros da TV, vendo *Um Maluco no Pedaço* e comendo manteiga de amendoim com uma colherzinha de plástico. "Ah", murmurei quando olhei para dentro do pote de manteiga de amendoim: tinha um buraco bem no meio.

Ainda hoje me pergunto se fiz a coisa certa ao colocar as mãos embaixo de seu queixo para limpar os restos.

Toda vez que eu e o meu irmão começamos a enumerar as nossas mágoas em relação ao outro — quem mais machucou quem —, o meu irmão invariavelmente menciona a vez em que tentei matá-lo.

— Você tentou me matar. Lembra?

— Quê? Nunca tentei te matar. Que loucura. — Mas ele jura que tentei, que uma vez pedi para ele levar o prato de pizza para o andar de baixo e ele não levou, então o esmaguei no chão e encostei uma faca na sua garganta.

— Deve ter sido uma faquinha de manteiga. Não dá nem pra cortar papel com uma dessas.

— Não. A ponta era afiada. Você ia me matar com uma faca de verdade.

E ele tinha razão. Aquele dia fiquei muito brava porque tinha feito pizza de micro-ondas de almoço para ele e cortei a pizza em doze quadradinhos perfeitos, já que ele era tão difícil para comer e só aceitava comida que já viesse cortada em pedaços pequenos o suficiente para que ele conseguisse mastigar e engolir imediatamente, e, depois de todo esse meu esforço, ele não demonstrou nenhum sinal de gratidão e se recusou a comer. Falei que, se não fosse comer, ele precisava guardar o prato intacto de comida na geladeira, mas ele também se recusou, então peguei a faca que tinha usado para cortar a pizza e segurei perto do rosto dele.

— Você merece morrer. Às vezes você me faz ter vontade de te matar. Talvez dessa vez eu te mate.

Foi um ato de desespero. Eu devia ter dito a ele nunca vou te machucar. Botaria fogo em qualquer árvore que tivesse qualquer galho que um dia poderia cair na sua cabeça, cortaria os braços da primeira criança que tentasse te dar um soco, cobriria os buracos da nossa rua que sempre te fazem tropeçar, entraria nos seus pesadelos e mataria os monstros que te perseguem para você nunca mais sentir medo. Mas que direito eu tinha? Quando eu ia entender de vez? Que *eu* era a pessoa de quem ele precisava ser protegido?

Uma vez, durante um cochilo ao seu lado na cama dos meus pais numa das muitas tardes em que ficávamos sozinhos, sonhei que estávamos lutando em lados opostos numa guerra civil. Quando a guerra acabou, ajoelhei perto do corpo do meu irmão e o desmembrei em quatro pedaços. Era minha responsabilidade lhe garantir um funeral decente, mas eu só tinha duas mãos e não conseguia decidir que partes dele eu devia levar comigo e enterrar e que partes eu devia deixar para trás.

Certo inverno, depois de voltar da faculdade, saí de casa no escuro, cruzei o playground e segui uma estradinha estreita que dava num morro. Esqueci meus óculos e fiquei um tempo sentada no gramado, olhando para a cidade lá embaixo, aquela onde eu tinha passado minha adolescência, a cidade para onde minha família tinha se mudado não muito depois do nascimento do meu irmão. Os postes de luz pareciam ter o tamanho de tangerinas, estavam embaçados e alaranjados. O que eu queria era alguém que viesse me procurar, alguém que se preocupasse comigo, que dois adultos falassem sobre mim entre eles. Queria que todo mundo que eu conhecia e todo mundo que eu um dia conheceria pensasse em mim, e pensasse em mim como se eu fosse o último picolé da Terra, e oh não!, antes que qualquer pessoa me comesse eu já teria derretido inteira! O que eu queria era alguém que se jogasse no chão e lambesse a água açucarada e vermelha de mimimimmimimimim se espalhando e escorrendo pelo asfalto. Eu tinha medo do mundo em que minha existência não importava quase nada. De um mundo em que eu nunca nem existi. Talvez esse fosse o mundo para onde eu ia. Talvez esse fosse o mundo que eu merecia.

Depois de um mês de pré-escola, meu irmão ainda não conseguia escrever seu nome numa folha de papel, e sua professora, sra. Notice, ficou preocupada e o mandou para casa com um bilhete.

— Um bilhete da sra. Notice — eu disse, saltitando pela sala, no momento mais alegre daquele dia. Ele sorriu quando rasguei o bilhete em quatro pedaços, mas agarrou a manga da minha blusa quando coloquei um deles na boca. — Você vai morrer.

— Não vou.

Nos dedicamos às letras do nome dele por um bom tempo. Ele insistia em escrever o "J" na base da página e o "o" no outro canto da direita.

— As letras precisam ficar juntas, retardado — eu disse.

— Cu.

— O quê? — Olhei para ele em choque. — O que você disse?

— Pênis.

Eu estava exausta. Me sentia prestes a cair num sono profundo e agitado.

— Vamos lá para fora jogar bola. — Tirei a caneta da mão dele e joguei do outro lado da sala.

Saímos naquele calor arrastado de setembro. Joguei a bola

para o alto e nenhum de nós conseguiu pegar no ar. Então meu irmão buscou a bola e arremessou na árvore. Ela ficou presa lá em cima.

— Você é bom nisso. Nunca vi uma bola chegar tão alto.

— Eu sei — ele disse.

Eu quis abraçá-lo e beijar sua bochecha até machucá-lo, mas sabia que ele estava crescendo. Ele ia reclamar, um dia ia parar de agarrar minhas pernas com os braços só porque era baixinho ou de segurar meu dedo mindinho com a mão inteira quando eu o buscasse na escola ou de subir na minha cama engatinhando com a cara e o cabelo molhados, ia parar de dizer "dói ficar longe de você" antes de ir para a casa do amiguinho ou "senti sua falta o dia todo" quando voltasse, porque ele ia envelhecer, e eu ia envelhecer mais ainda. Talvez perdêssemos o contato, ele desenvolveria uma personalidade que eu não reconheceria, nós dois teríamos nossas famílias, nossos próprios filhos, e chegaria um momento em que, quando pensássemos em "família", pensaríamos nas famílias que formamos, não naquela de onde viemos. Desse momento em diante, eu me referiria a ele como "seu tio" e ele se referiria a mim principalmente como "sua tia" e nossos filhos demorariam um tempo para sequer entender que antes de tudo nós éramos irmãos e, mais do que isso, nossos filhos, como nós dois, provavelmente não pensariam muito sobre a época em que ainda não tinham nascido, uma época em que ele era meu irmão e eu era a irmã dele e, juntos, éramos os filhos dos nossos pais.

II.

No ano em que me mudei para a Califórnia para ir à faculdade, falávamos por telefone toda semana. Era difícil entender o que ele dizia no meio de tanto choro. Depois passamos a falar a cada duas semanas e, lá pelo terceiro ano, nossa mãe precisava obrigá-lo a ficar no telefone comigo por pelo menos cinco minutos por mês.

— Você sente minha falta? — eu perguntava durante os nossos cinco minutos.

— Um pouco, mas às vezes esqueço de você.

— Eu nunca esqueceria de você.

— Quer falar com a mãe?

Eu tinha notícias dele pela minha mãe. Na semana passada, ela havia me contado por telefone, ele tinha comido uma moeda.

— Coisa de louco — ela disse.

— Me deixa falar com ele — eu disse.

— Peraí, preciso ver se tenho dinheiro na carteira.

— Por quê?

— Eu e seu pai começamos a dar uns trocados para ele falar com você.

— Porra, que maravilha.

Quando tinha cinco anos, ele me contou que tinha colocado o dedo na garganta e tinha vomitado um pouco sem querer.

— Mas engoli quase tudo de novo — ele tinha dito na época.

— Mas você só fez isso uma vez, né?

— Também fiz outras vezes.

— Quantas outras vezes? Duas? Três?

— Cinquenta ou sessenta.

— Puta merda. Não consigo entender. Você não gosta de ver seu corpo no espelho, alguma coisa assim?

— Só queria ver o que acontecia se enfiasse o dedo lá.

— Você sabe o que acontece. Você vomita, desenvolve um transtorno alimentar e depois você morre.

— Dá pra morrer disso?

— De causar o próprio vômito todo dia? Ah, com certeza.

— Não, de enfiar o dedo na garganta. E se você morrer logo depois de fazer isso?

— O que deu em você? Para de enfiar o dedo na garganta, cara.

— Saca só — eu contei para os meus amigos na escola no dia seguinte. — Meu irmão de cinco anos tem um transtorno alimentar. Como isso é possível?

Quando meu irmão estava começando o terceiro ano e eu estava começando o ensino médio, nossos avós vieram morar conosco em Nova York por seis meses e trouxeram da China uma raquete elétrica de matar mosquito que tinha vindo com uma etiqueta com uma caveira e uns ossos cruzados e umas letras bem grandes dizendo: "CUIDADO! PROVÁVEL ELETROCUTO".

— O que é essa bobeira de eletrocuto? — meu irmão me perguntou.

— Ah, escreveram errado. Isso quer dizer que você pode ser eletrocutado se colocar a mão na raquete ligada. Então não coloque a mão, tá?

— Nunca — nossa mãe disse, enfiando a cabeça dentro do quarto do meu irmão. — Nunca nunca nunca nunca nunca nunca nunca coloquem a mão.

— Tá bom, tá bom — eu e meu irmão dissemos. — Deu para entender. Será que você pode ir embora?

Mas meu irmão ficou obcecado pela raquete. Fazia bolinhas de papel e encostava as extremidades na raquete.

— Eu vi faíscas — ele me falou.

— Sério, para com essa obsessão. Deixa pra lá, tá?

Mas ele não conseguia. Ele queria colocar o dedo na raquete. Disse que seu amigo Harrisson encostou a boca na raquete e precisou usar um curativo durante um mês. Todos os pais que conhecíamos estavam telefonando para seus respectivos pais na China para pedir que parassem de trazer raquetes elétricas.

— Você quer que seus netos continuem tendo boca ou não? — um dia ouvi minha mãe perguntando para a minha avó na cozinha.

— Coloquei a mão — meu irmão me contou na mesma semana em que seu amigo Harrisson tinha queimado a boca.

— Ah, meu Deus. Por quê?

— Foi só por um segundo, pra ver o que acontecia. Por algum motivo meu cérebro está me dizendo para fazer de novo. O que acontece se eu encostar a boca?

Tirei as pilhas da raquete e joguei num monte de madeira no nosso quintal. No ano seguinte fui embora para a faculdade e, na minha ausência prolongada, meu irmão achou a raquete elétrica escondida atrás de uma mala no porão. Ele pediu que meus pais se livrassem daquilo para sempre, mas eles deram risada e me telefonaram e disseram "seu irmão ainda é nosso bebezinho lindo. Ele só quer chamar atenção, sabe?", ao que respondi "por favor. Então preste atenção nele. Por favor", ao que minha mãe respondeu "é claro que estou prestando atenção. Você acha que eu só o ignoro?", e minha resposta foi "por que você sempre me liga quando estou tentando estudar? Cada minuto que passo falando com você é um ponto a menos na minha prova da semana que vem".

Vários anos depois de o meu irmão ter tentado queimar a boca com uma raquete elétrica de matar mosquito e muitos anos depois de eu acidentalmente ter queimado o cabelo do meu irmão com uma vela, descobri que ele às vezes acendia uma vela e ficava passando o dedo indicador pela chama. Às vezes encostava uma faca na própria garganta e a movia na direção dos cabelos que nasciam na nuca e depois a trazia de volta à garganta, usando cada vez mais força e se desafiando a tirar sangue. Girava seu chaveiro bem perto da boca para que a chave arranhasse seus lábios. Enfiava a chave no fundo da garganta até engasgar e depois a tirava de uma vez.

— Só queria ver o que acontecia — ele me disse no telefone, pela milésima vez. — Eu ficava pensando "e se eu engolisse a chave?". "E se a faca me cortasse?"

— E se — eu disse. — E se você começar a pensar no que aconteceria se você pulasse da ponte? E se você começar a pensar no que aconteceria se apontasse uma arma na cabeça? E se você morrer tentando entender o que acontece? E aí? Aí você morreu.

Depois que meu irmão comeu a moeda, ele ligou para o emprego da minha mãe e contou que tinha comido uma coisa que não devia e que estava com a barriga estranha e queria ir para o hospital. Ela correu para casa, cortou caminho pela rodovia e levou meu irmão para o pronto-socorro, onde, atrás de uma cortina parcialmente fechada, um médico com olho de vidro enfiou o dedo na bunda do meu irmão e disse:

— Tem fezes acumuladas aí. Fora isso está tudo normal. Mas me diga uma coisa. Você tem treze anos. As crianças que fazem esse tipo de coisa, que comem moedinhas e casca de árvore e brinquedos do McLanche Feliz... pode pensar em qualquer objeto que eu já vi todos. As crianças que fazem essas coisas têm quatro ou cinco anos. Você tem treze. Ainda não aprendeu?

— Você se sentiu mal? — perguntei para o meu irmão no telefone depois que minha mãe o chantageou com uma nota de vinte.

— Não — ele disse. — Não liguei que o médico enfiou o dedo na minha bunda.

— Não, não isso. Quando o médico disse que você era muito velho para comer moedas.

— Eu não comi moedas.

— Engoliu, tanto faz. Não sentiu uma coisa estranha quando o médico disse aquilo sobre você ser velho demais para fazer essas coisas?

— Acho que sim. Sei lá.

— E por que você resolveu comer a moeda?

— Não comi, engoli.

— Tanto faz. Pare de ser tão específico. Pare de me corrigir. Por que você resolveu *engolir* a moeda?

— Hum, hum — esse era seu típico "sei lá". — A ideia só me veio à cabeça. Fiquei pensando "e se eu engolisse uma moeda? E se ficasse presa na garganta? Eu morreria por causa da moeda entalada?". Fiquei pensando tanto que não consegui dormir. Pensei que, em vez de ficar pensando, eu devia tentar. Não sou idiota. Só queria saber.

— Mas você não tem como saber. E se você morrer num desses experimentos, vai continuar sem saber. Vai morrer. Pessoas que morreram não sabem de nada porque estão mortas. Você está deprimido ou alguma coisa assim? Pode me contar. É normal ficar deprimido. Posso te ajudar.

— Não — ele disse. — Não é isso. Só não consigo parar de pensar "e se"?

Comecei a dizer que era completamente normal ficar deprimido na idade dele.

— Tipo, olha como eu era. Uma porra de um pesadelo de ser humano. Lembra que eu me trancava no meu quarto e ficava chorando por qualquer coisa?

— Verdade. Você foi uma adolescente extremamente difícil — minha mãe disse. — Escuta, seu irmão foi jogar video game. Disse que os cinco minutos tinham acabado.

— Não pode dar mais dinheiro pra ele?

— Não. Agora não. Ele tem muita coisa para fazer.

— Você acabou de dizer que ele foi jogar video game.

— O que você vai jantar hoje? Alguma coisa gostosa?

— Não sei — eu disse, petulante. — Talvez moedinhas salteadas com alho.

* * *

Ele tinha três e eu tinha doze anos quando nossos pais compraram nossa casa em Glen Cove. Éramos um exemplo de sucesso de algo que as pessoas costumavam estudar nos livros acadêmicos — tínhamos ascendido socialmente. Nos mudamos de um bairro majoritariamente operário de porto-riquenhos e coreanos no Queens para um condomínio fechado batizado de J. P. Morgan, nome do magnata para quem meu pai trabalhava doze horas por dia e por isso nunca o víamos por lá, num bairro branco de classe média-alta em Long Island. Por onde íamos ou olhávamos havia espaço de sobra, espaço suficiente para que duas pessoas nunca precisassem se encostar ou respirar o mesmo ar. Havia silêncio a preencher, grama que nunca tinha sido pisoteada, árvores com teias de aranha intocadas. Entre os doze e os dezessete anos, eu sempre era a primeira pessoa a voltar para casa nas tardes dos dias de semana. Eu tinha cerca de quarenta e cinco minutos só para mim antes que meu irmão chegasse, cinco horas até ter que apagar todos os rastros de tudo que acontecia na nossa casa antes de a nossa mãe voltar do trabalho, e oito ou nove ou dez horas antes de o nosso pai voltar para casa e dar uma espiadinha na gente. Esperávamos a chegada dele de pijama, depois de ter feito tudo o que precisávamos fazer naquele dia a não ser vê-lo. Às vezes eu estava mais egoísta e fingia que já tinha dormido para evitar os cinco minutos e meio que tinha com meu pai no fim do dia — aqueles cinco minutos nunca seriam suficientes para que eu o conhecesse direito. Mas, ainda assim, adicionar mais um dia à pilha de dias em que perdi a chance de conhecer o meu pai era algo grave e acabava me causando um peso do tamanho de um moinho de contos de fadas. De certa forma, vivíamos *mesmo* num conto de fadas — todas aquelas horas que meu irmão e eu passávamos sozinhos numa casa vazia, todas as vezes que tentei convencer meu irmão de que nossos pais tinham morrido, de que eu tinha acabado de falar por telefone com o policial que os encontrou mutilados e sem vida, cobertos pelos destroços sangrentos de um acidente de carro fatal.

— Agora somos só nós dois — eu dizia a ele. — Quem você pensa que vai cuidar da gente?

— Nossa tia e nosso tio — meu irmão soluçava. — Vamos para a China morar com a vovó e o vovô.

— É nada. Eles já disseram que não vão ficar com a gente. Está no testamento. Se a mamãe e o papai morrem, ficamos por conta própria.

Já estávamos por conta própria. Já ficávamos quase sempre sozinhos. Morávamos numa casa com janelas em todos os andares, com portas de correr na cozinha que davam numa pequena varanda, com duas claraboias e janelas do chão ao teto na sala de estar, quatro conjuntos de janelas na sala de jantar, duas janelas em cada quarto. A regra era que deixássemos todas as persianas e cortinas fechadas. "Para ninguém saber que estão sozinhos em casa", nossa mãe explicou. Só que às vezes eu abria as persianas mesmo assim. Escancarava as cortinas e deixava a luz entrar. E daí se nos vissem? E daí se nosso segredo fosse revelado? Qual o problema se alguém me visse em casa, comendo bolo e tomando café, esquentando pizza congelada no micro-ondas e cortando em pedacinhos para o meu irmão? Por que alguém *não* deveria me ver levantando um atiçador de lareira no ar, mirando na testa do meu irmão sem motivo nenhum a não ser o fato de que ele me irritava e quando tudo que ele tinha para se defender de mim era um bastão de plástico inútil — por que alguém *não* deveria ver e intervir? Nunca fui uma adulta tão ruim como quando ainda era criança.

— Vão levar a gente para longe — meu irmão perguntou para os nossos pais — se nos virem?

— Sim, vão — nossa mãe disse.

— Jenny — meu irmão disse, tentando argumentar comigo numa das tardes em que contei que nossos pais tinham morrido num acidente de carro. Ele puxava meu braço para me impedir de erguer as persianas. — Ninguém pode ver a gente.

— Seu idiota — eu disse. — Todo mundo já sabe.

III.

Vim passar uma semana em casa e visitar minha família antes de voltar à vida na Califórnia. Assim que entro pela porta da frente, lembro do meu eu do passado — inquieto, temperamental, solitário, revoltado. Mexendo no meu armário, encontro meu velho notebook da época do ensino médio que de vez em quando meu irmão usava, nas tardes em que ele queria ficar perto de mim e eu não queria interagir, então o deixava com o meu notebook. Não tinha nenhum joguinho instalado. Ele geralmente fazia desenhos no Paint e tentava me mostrar, mas eu sempre dizia "depois, quando eu tiver com tempo". Quando fui embora para a faculdade, ele usou meu notebook mais algumas vezes para escrever poemas para a escola. Um deles era sobre mim, e ele me leu em voz alta pelo telefone:

Eu tenho uma irmã
Uma vez ela correu atrás de mim com um treco de metal.
Achei um bastão de plástico amarelo
E me defendi com muita coragem!

— E aí, ganhou o concurso de poesia?

— Não, quem ganhou foi um menino que escreveu sobre a avó dele, que sobreviveu ao Holocausto.

— Parece armado esse resultado — eu disse.

— Não foi.

Leio o poema de novo e vou abrindo outros arquivos, inclusive um chamado "Luta na Lama", uma pintura de bonecos palito cor magenta, verde-limão e azul-marinho no barro marrom. Vejo outro arquivo chamado "Power Rain", que eu lembrava de ter visto muito tempo atrás mas de nunca ter aberto. Na época tinha me perguntado o que seria uma "chuva poderosa" — gotas enormes de chuva, cada uma suficientemente gorda para conter um soldado armado pronto para o combate depois de bater no chão e causar tremores na terra?

Abro o arquivo e percebo que seu nome completo na verdade é "Power Rain Jers". Lágrimas amargas enchem meus olhos e escorrem pela minha boca. Fico constrangida e me sinto uma idiota por chorar por minha causa — pela vergonha que senti, pelos meus erros, pela rapidez com que uma infância acontece. Queria ter me comportado melhor. Queria ter sido uma irmã com a paciência necessária para mostrar ao meu irmão a grafia correta de "Power Rangers". Queria não viver tão presa ao passado.

Toda vez que volto para casa, começo a sentir esse desespero de ter voltado ao lugar onde passei tantas tardes sonhando em ir embora, tantas madrugadas fantasiando sobre quem eu seria assim que tivesse permissão de ser alguém separada da minha família, assim que fosse livre para cometer meus próprios erros. Que bizarro é voltar ao lugar onde minhas concepções infantis de liberdade continuam espalhadas por todo lado — nos meus diários e nos meus rabiscos nos cantos do quarto onde eu ficava sentada delirando por horas, contando os dias que faltavam para que eu pudesse sair desse lugar e começar minha vida de verdade. Mas agora que ser alguém por conta própria deixou de ser um sonho distante e é só minha realidade de todos os dias, agora que minha prévia convicção de que fui sobrecarregada com a responsabilidade de tomar conta dessa residência se revelou uma mentira, agora que vejo que por todo esse tempo minhas responsabilidades foram insignificantes, até mesmo ilusórias, que por todo esse tempo meus pais é que foram as pessoas que cuidavam da gente — de mim e do meu irmão — e, agora que vivo sozinha, o ressentimento que eu sentia por meus pais terem me amado demais e por meu irmão precisar de mim exageradamente foi substituído pela sensação de perplexidade diante da perspectiva de encontrar alguma identidade que não fosse de "filha" ou "irmã". No fim das contas isso também era aterrorizante, tudo era aterrorizante. Ser alguém era aterrorizante. Morro de vontade de voltar para casa, mas, agora, sempre vou voltar para a minha família como uma visita e isso me dói, me faz regredir à adolescência, mas, em vez de insistir que quero que todo mundo me deixe em paz, agora quero que alguém me implore para ficar. Eu de novo. Eueueueueueueu.

Entro sem bater no quarto do meu irmão e o encontro tão concentrado jogando algo no computador que não consigo fazê-lo me olhar nem puxando a cadeira giratória para longe da mesa.

— Para — ele diz. — Você é o quê, um bicho?

— Lembra daquela vez que queimei seu cabelo e ficou com cheiro de pipoca?

— Sim, e daí? — meu irmão diz. — Por que você sempre fala disso?

— Acho engraçado.

— Coisas que aconteceram quando eu era pequeno.

— Agora você está bem mais velho — eu digo. — Vai ficar mais alto que o papai.

— Da próxima vez vê se bate na porta. — ele diz. — Você simplesmente vai entrando.

— Bem, você sempre fazia isso quando era pequeno e eu deixei tantas vezes. Será que você não me deve o favor de mc deixar entrar algumas vezes?

— Isso faz tempo.
— Bem, uma hora agora vai ser faz tempo também.
— Não faz sentido nenhum.
— É porque o sentido não é feito, é aprendido.
— Olha, você tem mesmo que sair do meu quarto.

À noite, depois que todo mundo dormiu, entrei escondida no quarto dele como fazia quando ele era pequeno. Havia noites em que eu sentia saudade, em que ficava acordada até tarde depois de insistir que ele não podia dormir na minha cama comigo, depois de insistir que ele precisava aprender a dormir várias noites seguidas na cama dele, depois de empurrá-lo para fora do meu quarto como se ele fosse uma estátua num pedestal de rodinhas que eu precisava tirar do meu jardim com urgência, noites em que eu ficava acordada tentando ser minha versão mais romântica, quando ficava olhando para o espelho do meu quarto, flertando comigo mesma, me seduzindo, rindo das minhas piadas, simulando as amizades que sonhava ter quando não morasse mais nessa casa. Naquelas noites, muitas vezes havia um momento em que eu de repente sentia tanta falta do meu irmão que isso ficava fisicamente insuportável, e eu rastejava até o quarto dele e o observava dormindo, seu corpinho e sua carinha e seus joelhinhos grudados no cercado que meus pais instalaram para que ele não caísse da cama. Meu irmão nunca dormia no meio das coisas — estava sempre encostado em alguma barreira. Eu ajoelhava perto dele e beijava suas bochechas de almofadinha e passava os dedos por seus cílios compridos e curvados que, quando molhavam, ficavam tão angelicais e pesados. Passava a mão no seu cabelo, começando pelo pequeno redemoinho que ficava bem no cocuruto, onde tudo parecia ter se originado. Pegava seus dedos e colocava em volta do meu mindinho. Queria que ele acordasse e me fizesse companhia e, percebendo que isso não ia acontecer, eu puxava suas pálpebras e via o branco dos seus olhos sonolentos. “Consegue me ver?” Eu batia palma bem alto perto de seu ouvido. Às vezes o levantava como se ele fosse uma marionete e eu, um ventríloquo. Mas, mesmo fazendo tudo isso, ele só dormia, dormia, dormia, até nas poucas vezes em que o arrastei completamente para fora da cama e o fiz se levantar na pontinha dos pés e, vendo que não seria o bastante para acordá-lo, eu agarrei seus braços e os levantei por cima da cabeça e depois os soltei deixando que batessem com força nas pernas e fazendo uma espécie de polichinelo com ele. Algumas vezes ele abria os olhos, embora ainda assim na manhã seguinte não se lembrasse de ter me visto. Era impossível atiçá-lo.

Depois que fui para a faculdade, ele sentiu medo de dormir sozinho durante anos. Nos primeiros meses dormiu na minha cama, mas, depois que minha mãe resolveu lavar os lençóis, ele já não se sentia mais acolhido. Passou a dormir na cama dos nossos pais durante um tempo e, depois, quando ficou velho demais para dormir com eles mas continuou com muito medo de dormir sozinho, nossos pais deixaram um colchão de solteiro no chão, perto da cama deles. O colchão ficava posicionado de forma a que a pessoa que olhasse para dentro do quarto dos meus pais não conseguisse vê-lo.

— O colchão fica no chão — minha mãe disse —, então ele não tem como cair! Tem sido ótimo.

— Você faz questão de sempre ter um bebê em casa — acusei minha mãe, no ano em que ele começou o ensino fundamental. — Você não se reconhece se não tiver um bebê, né?

— E você — ela disse —, você não sabe de nada.

No ano passado, ajudei meu pai a levar o colchão para a garagem e cobri-lo com um plástico.

— Está chorando? — Olhei para minha mãe mas logo em seguida mudei o foco.

— Você podia ter deixado lá — ela disse para o meu pai. — É escolha dele querer dormir lá ou não. E agora ele não tem mais escolha.

Embora eu tentasse me distanciar, me senti cúmplice daquelas lágrimas. Eu também não queria que meu irmão crescesse, assim como minha mãe não queria que eu crescesse nove anos atrás. Eu era igual a ela — alguém que alimentava a própria dor como se a dor pudesse impedir que as coisas mudassem. Não importava quantas vezes eu tivesse visto os olhos lacrimejantes da minha mãe na soleira da porta no verão antes de ir para a faculdade, nada impedia o que já estava em movimento: eu ia sair de casa, e não ia esperar até os trinta anos.

No ano que vem meu irmão vai começar o ensino médio, e, quando eu estava no ensino médio, tinha um irmãozinho que agarrava minhas pernas e andava pela casa abraçado nelas quando fazia frio, e quando fazia calor subia nos meus ombros para chegar mais perto do ventilador de teto, e dormia na minha cama quando sentia saudade, ou seja, o tempo todo. Ajoelho perto da cama dele e beijo sua bochecha, que já não é aquela bochecha de almofadinha de que me lembro de anos atrás, é uma versão ossuda e salpicada de espinhas aqui e ali. Seguro sua mão no ar como se ele fosse meu rei e eu, sua serva mais leal, e a beijo, aproximo do meu coração, deixo ali por um tempo e digo "os meus melhores cumprimentos".

Não solto sua mão tão cedo. "Não esqueça de mim", eu digo. Ele se mexe e eu me pergunto, pela primeira vez, por que é tão importante que ele lembre de mim, que ele lembre de tudo? "Ou pode esquecer", eu completo, devolvendo sua mão para baixo do cobertor. "Ou esqueça só umas partes. Ou lembre de mim. Tanto faz. A vida é sua."

Deixo vinte dólares na mesa, para garantir um tempo da nossa próxima ligação. Quero que a gente possa compartilhar o mesmo lar de novo, mas em uma semana terei ido embora desta casa, e ele talvez conte para nossa mãe que teve um sonho em que espantava uma abelha gigante de perto da bochecha, e no fim a abelha vinha de novo em sua direção, e, por mais que ele desviasse ou sacudisse a cabeça, a abelha não saía de perto, e quando finalmente ela o picou foi só uma picadinha, não foi tão ruim, e depois veio o próximo sonho.

Meus dias e noites de terror

Sempre digo que todo mundo, ao menos todo mundo que um dia foi à escola, já conheceu um grude, uma peste, um mosquito que nunca sai de perto, um *stalker* que seria capaz de chegar ao cúmulo de pedir pessoalmente a Deus para entrar na sua corrente sanguínea se Ele pudesse... se Ele concordasse. Alguém que nunca desistiria de te infectar, de destruir cada defesa do seu corpo até você se resignar e aceitar viver essa doença lenta e excruciante, até vocês chegarem à máxima fusão venenosa que duas pessoas podem alcançar — sendo uma a hospedeira (você) e a outra, a parasita (ela) —, de forma que a cada dia que passa você (a hospedeira) é arrastada para mais perto da morte, e ela (a parasita) vai engordando com seu sangue e sua carne e chegando cada vez mais perto da glória!!!

Se você não sabe do que estou falando, considere-se uma pessoa de sorte, porque nunca ninguém foi tão longe tentando parasitar sua vida. Já eu...? Muito indefesa, muito saborosa e suculenta para me enturmar, para não ser notada, para não ser a presa de alguém. E esse alguém? Esse alguém que arruinou minha saúde e cuja própria existência me diminuía, a menina que literalmente me perseguiu como uma caçadora desesperada por presas de marfim ou como um lobo esfomeado prestes a avançar sobre um pobre coelhinho, para mim essa pessoa, esse câncer fatal, esse lobo sanguinário, essa caçadora sem escrúpulos, era a Fanpin Hsieh.

De manhã eu a observava de canto de olho durante o juramento à bandeira. Eu fazia como me ensinaram e colocava a mão direita no coração sem muito entusiasmo quando recitávamos a Promessa-de-Lustrar-o-Sapato-dos-Estados-Unidos-com-A-Língua-Mesmo-Estando-Sujo-Só-para-Declarar-que-Os-Estados-Unidos-São-Maravilhosos-e-Tolerantes-Só-que-Não-São, mas a Fanpin não. Ela sempre parecia apertar de leve o peito, o esquerdo, aquele que quando tínhamos nove anos já tinha virado algo substancial que até dava para pegar com a mão.

Ela parecia um alien. (Mas até aí eu também era um alien, era essa a opção que eu assinalava em todos os questionários. Será que os aliens tinham direitos inalienáveis? Podíamos reivindicar liberdade e justiça?) Alien ou não, a Fanpin mexia o corpo como se morasse nele por muito mais tempo que todos nós. Ela não só conhecia todos os palavrões como sabia usá-los corretamente. Era o tipo de pessoa que não aceitava um não. Ela pensava que "não" poderia significar "sim", o que, para ser sincera, eu também pensava, mas no caso dela isso não parava por aí, ela também acreditava que existia um "sim" escondido num "sem chance", num "sai da minha frente", num "vai ver se tô na esquina" e também num "só que não" e num "você tem cheiro de merda, vai embora" e também num "nããããão" e também num "cala a boca" e num "sabe de uma coisa? Te odeio". Nada podia impedi-la, especialmente eu. Ela me considerava sua melhor amiga, e eu a considerava meu pior pesadelo da vida real. No recreio, aparentemente nunca lhe faltavam ideias de coisas para fazermos juntas:

— Mande, vamos tirar a calça e descer o escorregador de bunda de fora!

— Ahm, não, obrigada.

— Vamos ver quem consegue arrancar o olho da outra primeiro com essa caneta que minha mãe me trouxe de Taiwan?

— Pode arrancar seu próprio olho e me deixar em paz.

— Você pode ficar parada pra eu praticar o chute circular que aprendi na sua cabeça?

— Hum, deixa eu sair de perto de você o mais rápido possível.

Eu rezava para alguém intervir e tirar a atenção da Fanpin de mim. No começo do quarto ano pensei que minhas preces tinham sido atendidas quando algumas crianças mais extrovertidas começaram a tirar sarro dela, mas ela era incomparável na habilidade de driblar os insultos.

A Natalia Diaz, que tinha as madeixas mais bonitas e cheirosas da nossa sala, um dia disse "a Fanpin tem que colocar 'grampin' no cabelo!" (uma piada simplista e boba demais para atingi-la). O palhaço da turma, Min-ho So, disse "Fanpin, quero ver você soletrar 'mijo'. Certeza que não sabe" (ela apontou para a virilha dele e disse "essa eu passo, apesar de já ter visto você se mijando na calça"). Jason Lam, o menino franzino que sempre se antecipava em tudo para que ninguém o atacasse por causa de seu tamanho, disse "olha, Fanpin! Os Boyz II Men acabaram de atravessar a rua" (ela lhe deu um soco no braço e disse "por acaso você acha que pareço um gayzão?").

A Yasmine Williams convenceu várias amigas a cantarem "A Fanpin é ho-oo-ooo-mem. A Fanpin é ho-oo-ooo-mem" (ela foi até as cantoras maldosas e jogou todas no chão com um só movimento rápido de braço).

Outra vez uns meninos vietnamitas chegaram perto da Fanpin e disseram "eeeeeca, falaram que você gosta de encostar nas meninas" (ela ergueu o punho e disse "nada a ver, mas vou gostar de encostar em você, e com 'encostar' quero dizer te dar uma surra").

Continuou assim por um tempo até todo mundo desistir e migrar para alvos mais fáceis. Quanto a mim, eu nem me dei ao trabalho de tentar, porque, número um, ao contrário das crianças da minha sala, eu também precisava lidar com a Fanpin fora da escola e, número dois, eu tendia a evitar qualquer coisa que me obrigasse a falar na frente dos outros. Eu tinha começado a aprender inglês só dois anos antes e, embora tivesse dominado a língua já no primeiro ano, ainda tinha dificuldade de pronunciar certas palavras. Às vezes eu modulava as frases de um jeito que acabava me entregando e revelando minha alma alien, minha verdadeira origem estrangeira: eu era uma imigrante pobretona que tinha um cu manchado de bosta no lugar do cu e que adicionava a palavra "nééééée?" no final de todas as frases. "A Minhee é tão fofa, nééééée? O kimbap da casa da Kay é bem melhor do que o da mãe do Jun, nééééée?"

Eu me preocupava com a imagem que tinham de mim, com as companhias com quem era vista e com o tipo de criatura abissal que as outras pessoas pensavam que eu era — esses medos me desfiguravam, mas o dano era invisível para os meus pais, com quem eu nunca poderia competir porque estavam sempre cem vezes mais preocupados, mais cautelosos, mais ocupados do que eu jamais estaria. Eles se preocupavam comigo crescendo nesse bairro e frequentando uma escola de ensino fundamental que o conselho escolar tinha obrigado a oferecer educação sexual no quarto ano porque tínhamos sido categorizados como população de alto risco. Eles ouviam os boatos e repetiam todos para mim. Se apegavam de forma especial àqueles que falavam sobre alguma menina infeliz que partiu da nota dez no boletim para um mergulho de cabeça no submundo das drogas — e que tinha feito de tudo, desde roubar dinheiro dos pais até vender o corpo para injetar mais e mais, passando por idas para a prisão e uma gravidez indesejada e um namorado que também era noia além de HIV positivo, e finalmente culminando em uma overdose com direito a engasgos de sangue e vômito e manchas de merda numa sarjeta qualquer, deixando ao Deus-dará o destino de seu inocente bebê que ainda não tinha nascido. Todas essas histórias envolviam doses cavalares de desgraça, baldes de sangue coagulado, um tipo de homem-predador-meio-velho que de alguma forma conseguia convencer até a menina mais caxias a fazer qualquer coisa e referências frequentes à "questão dos Estados Unidos", que, até onde eu conseguia entender do que meus pais discutiam, tinha tudo a ver com o fenômeno perturbador de que os pais americanos não amavam seus filhos nem um pouco e, mesmo sabendo disso e apesar disso, ainda insistiam em criar filhos e ter mais filhos, dando origem a gerações e mais gerações de crianças que nunca foram amadas, não são amadas nem serão amadas.

— Por que eles fazem isso? — minha mãe perguntou um dia, quando levei um bilhete da escola para ela e meu pai assinarem para que eu passasse o dia no Museu de História Natural. — Por que assinam isso e abrem mão do direito dos seus filhos de aprenderem *em escola*?

Em casa, falávamos chinês. Nenhum de nós sabia com que frequência e com que gravidade o outro cometia erros falando inglês. Nenhum de nós conhecia as humilhações pelas quais o outro passava.

— Minha professora disse que é um outro — comecei a falar e hesitei e depois soltei uma frase em inglês — componente de aprendizado.

— Co-que-que do quê? — minha mãe disse.

— Eles acham que sair é tão importante quanto estudar matemática e ciências na escola — meu pai explicou. — De qualquer forma, parece que querem que a gente assine para você passar um dia *não* na escola.

Minha mãe ainda não estava satisfeita.

— Por que essa gente tem filho se nunca vai amar o filho?

Às vezes, eu encarava as perguntas retóricas dos meus pais como desafio e tentava responder.

— Talvez seja porque muitos pais são drogados — comecei a falar, mas assim que pronunciei a palavra "drogados" em chinês eles piraram e me perguntaram que tipo de informações sobre vício em drogas eu tinha, e se eu sabia o que eu sabia porque algum chefão nefasto do tráfico tinha me atraído até seu covil, ou se era porque alguma menina idiota tinha me convencido a usar drogas, era por isso então que eu tinha parado de me encolher quando o médico dizia que eu precisava tomar vacina? Porque andava espetando agulhas cheias de heroína nas veias? Era por isso que uma vez eu tinha caído do nada vendo *Looney Tunes* de manhã, porque o efeito do crack tinha passado e meu corpo caminhava para a falência dos órgãos e o colapso total? Era por isso que eu queria comprar roupa nova, porque um trombadinha tinha me falado que eu era uma novinha gostosa e qualquer hora devia dar um pulo na van dele? Será que eu sabia que trezentos e quarenta e quatro assassinatos tinham sido cometidos no nosso bairro no ano passado? Será que eu sabia que ainda dava tempo de completar trezentos e quarenta e cinco? Será que eu tinha vontade de ser a trecentésima quadragésima quinta pessoa assassinada no Queens? Será? Será?

Não, eu disse, e depois não de novo e não de novo e não de novo para todas as outras perguntas. Ainda não, eu disse, e ainda não de novo. No fim do interrogatório eu já estava cansada demais para reagir, e aí eles encaravam minha postura como um sinal de que eu de fato andava escondendo alguma coisa. Que eu não percebia como a situação era terrível. Quanto mais meus pais se descabelavam pela minha sobrevivência, mais parecia um milagre que eu continuasse viva. Se de alguma forma eu escapasse das drogas, da gravidez, da prostituição e das gangues, ainda teria que lidar com meus pais descarregando seus temores o tempo todo, o que me impedia de temer as coisas temíveis por si mesmas, já que todo o meu tempo era preenchido pelo temor dos meus pais, que nunca paravam de temer.

Me mudei de Xangai, na China, para Flushing, no Queens, no meio do segundo ano para voltar a morar com meus pais, que tinham imigrado para os Estados Unidos alguns anos antes. No voo, fui mantida sob a custódia de um "amigo da família" que eu nunca tinha visto na vida, embora ele jurasse que tinha estado presente no meu nascimento, o que eu não podia questionar porque ninguém consegue lembrar do próprio nascimento, então essa era uma mentira perfeita que nunca poderia ser refutada. A viagem me deixou agitada e aterrorizada. Acordei várias vezes durante o voo jogada no chão do corredor com todo mundo me olhando, sem entender como tinha ido parar ali. Foi uma situação abjeta, e aí de repente eu estava nos Estados Unidos.

Quase imediatamente à minha chegada meu pai começou a se lamentar por todos aqueles meses que tinha passado nas filas no consulado americano, preenchendo formulários para liberar minha permissão para vir aos Estados Unidos. Ele examinava meus braços em busca de marcas de injeção e tinha um kit caseiro para medir minha pressão e eliminar a possibilidade de hipertensão, sintoma número um de um viciado em drogas, de acordo com a literatura atualizada. Minha mãe examinava minha vagina uma semana sim, uma semana não, para ter certeza de que ninguém tinha me coagido a participar de orgias com homens mais velhos. Os Estados Unidos estavam infestados de estupradores e drogados, de enfermeiras loucas que nas clínicas gratuitas te davam uma dose ativa de HIV no lugar da vacina contra sarampo só porque não tinham gostado do formato dos seus olhos, ou porque não tinham gostado do jeito que seus óculos escorregavam pelo seu nariz de septo baixo, ou do jeito que sua cabeça era curva na parte de trás enquanto seu rosto era tão chato quanto uma pista de hóquei no gelo.

— Não seja idiota — meu pai costumava me dizer em chinês.

— Como? — eu perguntava.

— De acabar morta por aí.

— Ah, sim.

— Esses meninos daqui têm vontade de morrer. São sempre aqueles que nascem com o direito de viver que querem morrer. Essas pessoas nunca foram obrigadas a sofrer, e é por isso que procuram o sofrimento por vontade própria. Você sabe como é fácil acabar entrando para a turma errada? Sabe como é fácil jogar sua vida fora? Entende que a autodestruição parece *legal* à primeira vista?

Eu fazia que sim com a cabeça furiosamente. Eu já sabia, já sabia de tudo, ele e a minha mãe tinham me dito um milhão de vezes.

— Você está ensinando nossa filha como faz pra ser uma drogada ninfomaníaca? — minha mãe lhe perguntou em shanghaihua. — Vai dar a ela todas as instruções? Passo a passo?

— Muito pelo contrário.

Minha mãe e meu pai usavam o dialeto de Xangai na minha frente quando discutiam coisas de que eu não deveria tomar conhecimento. Por muito tempo pensaram que eu não conseguia entender, porque na época em que morávamos em Xangai nenhum de nós falava shanghaihua; a família do meu pai era de

Shandong e a família da minha mãe era de Wenzhou. Lembro de ouvir as cadências estranhas do dialeto de Wenzhou toda vez que ia visitar a casa da mãe da minha mãe, lembro que ele soava como uma briga entre pessoas que se amavam muito. Meus outros avós falavam um mandarim com sotaque forte de Shandong, usando "*za men*" em vez de "*wo men*" e "*loo*" em vez de "*lü*". Também comecei a falar daquele jeito, mas zombaram de mim e me disseram que eu estava falando igual a uma menininha caipira, e eu disse então a gente é tudo caipira! O dialeto de Xangai estava em toda parte na casa da minha avó, a casa em que nós três moramos, num quartinho minúsculo e iluminado que dava para o jardim. Dormíamos numa cama tão pequena e estreita que minha mãe e meu pai precisavam dormir de lado. Geralmente ficavam de frente para mim, porque assim conseguiam conversar de manhã enquanto eu fingia estar dormindo entre os dois, mas às vezes ficávamos virados para o mesmo lado, tipo tacos empilhados uns nos outros — e esses eram os tempos de que eles achavam que eu tinha esquecido ou de que nunca tinha sequer lembrado.

Naquela época, esse era o segredo para que eu conseguisse ser eu: se você nunca diz nada, as pessoas pensam que você não sabe de nada, e, quando pensam que você não sabe de nada, as pessoas falam tudo na sua frente e você acaba sabendo de tudo. Por dentro, eu era imensa. Mas, por fora, era uma verdadeira idiota. Nada que saía de mim tinha qualquer semelhança com o que eu acreditava ter por dentro. Meus pais falavam comigo como se eu fosse o tipo de pessoa que entraria numa van sem placa cheia de homens estranhos me comendo com os olhos só porque alguém me disse que lá dentro tinha doce. Meus professores falavam comigo como se eu ainda colorisse para fora das bordas e não conseguisse somar dois mais dois sem a ajuda daqueles brinquedos educativos de plástico vermelho e amarelo.

— Minha esposa — meu pai sempre dizia em shanghaihua —, você sabe que, se dependesse de mim, eu mandaria essas crianças *e* seus pais para Manchúria para passarem dez anos fazendo trabalho braçal. Aí a gente ia descobrir se eles realmente gostam de correr por aí com as calças arreadas e a camisa aberta.

— Ah, sim — minha mãe dizia. — Sim, sim.

Pelo menos meus pais sempre concordavam no final, o que eu interpretava como um sinal singelo e casual do amor entre eles. Eu torcia muito para que tudo continuasse assim, mas nunca durava muito. Parecia que eles não aguentavam ficar muito tempo sem brigar por causa das mesmas coisas — ela o irritava e ele a decepcionava e, graças a inúmeros erros de cálculo de que um acusava o outro de ter cometido, e por culpa de um ou do outro, meu futuro parecia precipitadamente definido: estava destruído. Não havia resposta para a pergunta sobre de quem era a culpa. Por que ele tinha batalhado por uma boa formação lá em Xangai? Por que tinha demorado tanto para terminar a universidade? Por que tinha resolvido fazer doutorado em literatura inglesa entre tantas outras opções, mesmo sabendo que estaria em desvantagem por ter um sotaque forte? Por que ele não tinha aguentado mais uns anos? Assim pelo menos ele conseguiria o diploma que tinha vindo conquistar aqui, e as pessoas lá da China não o veriam como um fracasso total. Ela fazia essas perguntas a ele milhares de vezes até que as coisas começavam a voar pela casa e a quebrar pelos cantos, e, em troca, ele perguntava que merda ela pensava que ele estava fazendo hoje em dia e, além do mais, de onde ela pensava que eles tinham vindo? Será que ela tinha crescido num universo paralelo em que as escolas *não* tinham ficado fechadas durante anos? Será que ela tinha vivido num país onde eles *não* tinham sido sujeitos aos caprichos doentes e genocidas de um demagogo? Será que ela conhecia *alguém — qualquer pessoa!* — que tinha tido oportunidade de fazer uma *escolha*? Não era ela quem tinha tido um ataque quando ele considerou ficar na China e aceitar o cargo no governo que tinham lhe oferecido? Não era ela quem insistia tanto que só alguém que teve o cérebro substituído pelo ânus numa operação cirúrgica não veria que ir para os Estados Unidos para fazer doutorado na NYU *obviamente* era a melhor oportunidade? Não era ela quem reclamava sem parar que ele não sonhava alto o bastante para ela? Se *todo mundo* tinha ido para os Estados Unidos e dado certo, por que não daríamos? Nem todo mundo tinha vivido num casulo protegido como ela viveu em Xangai, ele revidou; nem todo mundo se sentia no direito de sonhar tão alto como ela sonhava.

Eles brigavam até o dia seguinte e eu acordava pensando que tudo aquilo tinha sido um sonho: minha mãe gritando que podia ter virado intérprete das Nações Unidas e meu pai dando risada da cara dela, dizendo que não iam querer contratá-la nem como faxineira. Os insultos trocados até que meu pai acabasse com aquilo e lhe desse um tapa na cara ou agarrasse seu braço com tanta força que ela começava a rir igual a uma louca. Vá em frente, ela dizia, desafio você a quebrar meu braço. Desafio você a ir até o fim com alguma coisa. Seja o homem que você pensa que é.

Era muito tarde e a coisa era bem feia e eles com toda certeza não tentavam evitar que eu ouvisse, então a cada noite aparecia mais um grito que eu não podia não ouvir, mais uma risada histérica que culminava nas coisas se despedaçando, mais uma discussão que eu não podia esquecer. Eu tinha minha própria merda, meus próprios medos. E a única coisa que me ajudava era poder dividir um pouco disso com meus pais, quando eles me escutavam e me abraçavam e me agradavam sem deixar aquele nervoso deles gravado em mim. Eu precisava de apoio e queria tranquilidade, mas não sobrava espaço para nada disso, então acabei me aproximando de Deus. Toda noite antes de dormir eu subia na cama, olhava para o teto e rezava:

Querido Deus, nunca permita que eu fique igual àquelas meninas coreanas da minha sala que têm maçãs do rosto horríveis e cheiram mal e não sabem pronunciar as palavras direito. Ontem, quando a Minhee leu Ponte para Terabítia *em voz alta, ela se esforçou muito para acertar cada palavra, e deu para entender por que ela ficou com uma babinha no canto da boca e foi nojento e depois ela fingiu que nem estava quase chorando quando a professora substituta disse "Jesus, será que voltamos para o primeiro ano? Ninguém aqui sabe ler uma frase? Não entendo como o conselho escolar achou que seria uma boa ideia recomendar esse livro que obviamente é muita areia para o caminhãozinho de vocês. Meu Deus, como deixaram vocês passarem do terceiro ano? Vocês fizeram o teste de inglês estadual com esse nível de leitura e escrita? Inacreditável. Nunca vi coisa igual, galera. É o fundo do poço" e continuou olhando para a gente e suspirando e fechando o livro e levantando da cadeira como se estivesse prestes a ir embora, o que provavelmente motivou a Minhee a sair andando pelo pátio no recreio e perguntando para todo mundo se alguém queria uma "massagem coreana", e se você ignorasse ou perguntasse "ahm, mas o que é uma massagem coreana?", ela batia nas suas costas com bastante força, e ela ficou tão maluca com isso que fez o Eric Cho engasgar de verdade. A gente ficou dando risada e gritando* "o Eric Cho-rou! O Eric Cho-rou!".

Então, por favor, Deus, tenha misericórdia de mim para que as pessoas nunca pensem que sou igual à Minhee Kim, porque ela é uma degenerada e tenho certeza de que ela vai entrar numa gangue coreana quando estiver no ensino médio, e eu nunca vou fazer isso, e isso já mostra que sou uma pessoa bem melhor que ela, e por favor também, se você lembrar, faça eu ter peito antes do sexto ano e faça minha menstruação descer antes do sétimo, ape-

sar de eu ter ouvido falar que agora a maioria das meninas já tem peito no quinto e carocinho no quarto e a menstruação vem no sexto, mas, enfim, essas meninas são quase todas supergordas e ficam falando que eu sou anoréxica, e eu não sou. Aliás, Deus, também dá para fazer essas meninas pararem de me chamar de anoréxica? Não posso mudar o jeito que sou e não saio por aí me gabando tipo aquela tal de Lucy que fica falando umas coisas tipo "ai! Sou tão minúscula que o vento vai me levar!" quando começa a ventar muito. Eu só faço muito cocô e a minha mãe diz que o meu avô era do mesmo jeito. Ele passava muito tempo no banheiro. Parece que ele era igualzinho a mim, precisava fazer cocô imediatamente depois de comer, e por isso minha avó dizia que ele era só pele e osso, porque pesava tão pouco. Então é isso, seria ótimo se você pudesse me dar uma ajuda. Obrigada, Deus. Boa noite.

Ah, se também puder proteger a minha mãe e o meu pai e os meus avós na China e também os meus primos e minhas tias e meus tios e as famílias deles cheias de primos e tios e tias e também os amigos da minha mãe e os amigos do meu pai e também as famílias dos meus amigos e também os amigos deles e todo o resto que esqueci mas que tudo bem afinal... você é Deus, lembra? Já que você é Deus (e por que eu estaria rezando para alguém que não fosse Deus e como eu saberia rezar para alguém que só estivesse fingindo que era Deus, não faria sentido), você já deve conhecer todo mundo em que pensei agora, mesmo que eu não fale exatamente cada uma das pessoas que quero que você proteja porque não quero que ninguém fique triste e tudo bem se você não puder me proteger igual a todo mundo porque não é tão ruim assim se eu ficar triste de vez em quando. Só queria que as pessoas não tivessem que morrer na vida real e nos filmes e nos livros e nos sonhos e na minha imaginação. Às vezes imagino que morri e depois não consigo dormir, mas não se preocupe comigo. Vou ficar bem. Boa noite.

* * *

No ano em que cheguei a Nova York como imigrante, minha mãe trabalhava como contadora para uma empresa de transporte em Jamaica, no Queens, e a mãe da Fanpin trabalhava meio período num jornal taiwanês e tinha ido no escritório da minha mãe para tentar convencer o chefe dela a comprar um anúncio no jornal, mas o chefe da minha mãe era um patriota que tinha questões com o *Si Jie Ri Bao* porque o jornal era defensor de Taiwan. Tudo aconteceu muito rápido e a mãe da Fanpin foi convidada a se retirar e nunca mais voltar. Minha mãe saiu correndo atrás dela para pedir desculpas em nome do chefe, que foi um filho da puta de marca maior, e as duas se conectaram por causa de todos os filhos da puta de marca maior de suas vidas. Depois que conversaram um pouco, elas descobriram que moravam a poucos quarteirões uma da outra e que seus filhos estudavam na mesma escola, mas em salas diferentes. De vez em quando eu via a Fanpin, nos fins de semana em que o rosto da minha mãe estava mais ou menos intacto ela me levava lá e eu meio que só ficava sentada, toda tímida e sem vontade de sair de perto da minha mãe. Minha mãe precisava falar por mim e atribuía tudo ao fato de eu ainda estar aprendendo inglês e ainda não me sentir confortável para brincar com as outras crianças em inglês.

— Ah, mas a Fanpin sabe um pouco de chinês — a mãe dela dizia para me encorajar e me iludir que seria legal ficar com a Fanpin no quarto, mas, assim que a porta se fechava, ela começava a falar comigo num inglês acelerado e eu não sabia o que responder, aí só ficava olhando a coleção de faquinhas e hominhos que ela deixava toda organizada em cima da cômoda.

— Ela não é muito inteligente — a Fanpin disse para a mãe dela quando eu estava indo embora com a minha. A mãe da Fanpin a repreendeu, mas o estrago já tinha sido feito.

Continuei indo à casa dela para agradar minha mãe. No quarto ano, tive o azar de cair na mesma sala que ela, o que significava mais Fanpin na minha vida, mas também significava que eu tinha evoluído e saído das turmas de recuperação em que tinha ficado no segundo e no terceiro ano — eu agora estava com as crianças *normais*, não com as *espertas*, mas com as *normais*. Achei que meu pai ia ficar contente, mas ele ficou decepcionado.

— Deviam colocar você na turma dos superdotados — ele disse. — Você devia estar entre os melhores. Não fracassar não é uma conquista.

— Desculpe.

— Não fique triste, só melhore.

— Tá bem.

Assim que a Fanpin e eu fomos colocadas na mesma sala, ela disse que ia me acompanhar até a minha casa todo dia depois da aula.

— Sou seu cavaleiro de armadura brilhante — ela disse, sorrindo.

— Você é meu estorvo de armadura brilhante — respondi, experimentando uma palavra nova.

— Você realmente não sabe falar direito. — Sua voz estava um pouco mais suave do que seu tom normal para falar comigo, então eu sabia que ela tinha ficado impressionada. Eu morava na avenida Ash e ela morava na Delaware; como as ruas eram organizadas em ordem alfabética, fazia sentido que a Fanpin me acompanhasse, apesar do fato de que eu não queria ser acompanhada.

Ela insistiu e trouxe um milhão de justificativas para provar que me escoltar não só era seu direito como seu dever.

— Você sabe que a gente mora num bairro meio cagado, né?

— Sei — eu disse. Eu sabia. Eu sabia demais e ao mesmo

tempo nunca o bastante. — Mas você mora numa casa e tem um quarto só seu.

— E daí? Uma casa num bairro cagado ainda é uma casa num bairro cagado.

Quando chegamos à avenida Ash, continuamos andando, porque a Fanpin insistiu que tinha uma coisa muito especial para me mostrar — a mãe dela tinha lhe comprado uma fita VHS de *O amante de Lady Chatterley* e tinha uma cena específica que ela achava que eu ia adorar.

— Tá — eu disse. — Mas tenho muita lição pra fazer.

— A gente tem o mesmo tanto de lição, besta. Estamos na mesma sala, lembra?

— Demoro muito pra colocar as palavras na ordem alfabética. Queria que a gente pudesse colocar as ruas. Ash, Beech, Cherry. Ia ser tããããão fácil.

— Ah, eu não — a Fanpin disse.

— Você sempre discorda de mim.

— Não é isso. É que se tudo for fácil nunca vamos aprender. É para ser difícil. É assim que a gente sabe que está aprendendo.

Esse era um bom argumento, e me vi balançando a cabeça igual as crianças coreanas da minha sala faziam na igreja. Eu sabia que elas balançavam a cabeça porque um dia voltando para casa eu e a Fanpin nos escondemos na fileira do fundo da Igreja Presbiteriana de Flushing para espiar a Minhee e sua turma, mas o que acabamos encontrando foi uma coisa tão nova para mim, tão desconhecida, que esqueci de pensar nas piadas que deveria fazer e só fiquei olhando, me perguntando se um dia eu também ia acabar fazendo aquilo.

— O que eles estão fazendo? — murmurei para a Fanpin.

— Rezando — ela disse.

— Isso é rezar?

— É. Seus pais não vão à igreja? Vocês não conversam com Deus?

— Não — eu menti. Eu falava com Deus toda noite, mas nunca tinha aprendido a rezar porque meus pais não acreditavam em Deus.

— Deus é dinheiro — um dia meu pai me disse, depois de bater a porta na cara das Testemunhas de Jeová. — Deus é ter remédio na hora da doença, é quando um bebê tem a chance de chegar à vida adulta — ele falou cuspindo, do jeito que falava quando ficava de saco cheio da minha mãe. — O avô da sua mãe foi torturado. Aonde Deus tinha ido naquela época? Onde Deus estava quando torturavam aquele pobre velho?

A palavra chinesa para "tortura" era muito parecida com a palavra "feijão". Um feijão bonitinho, redondo, macio. Aquela palavra era muito versátil — servia para descrever uma criança que faz careta para a outra só para ser irritante e também para descrever um grupo de Guardas Vermelhos que acusam uma professora de história de ser proprietária de terras e burguesa e a arrastam para fora da sala de aula e a obrigam a engatinhar num caminho de pedras pontiagudas até suas mãos e pés sangrarem, depois a amarram num poste de iluminação enquanto os alunos espremem tachinhas na sua testa porque ela é uma "porca burguesa que coloca o trabalho intelectual acima da luta de classes" e por isso merece ter o cérebro danificado para sempre e merece levar uma surra de madeira e de cinto e de um taco cravejado de pregos e merece ficar debaixo do sol e tomar um banho de água fervente até perder a consciência e ser colocada numa caçamba de lixo para morrer. Quando meu pai associou essa palavra "tortura" ao contexto específico do avô da minha mãe, eu quase mordi meu lábio até sangrar, quase comecei a ranger os dentes até que ficasse com dor de cabeça por três dias, quase cobri uma das as mãos com a manga da blusa e escavei a palma dela com os dedos até rasgar minha pele sem que ninguém visse.

— Torturaram meu tataravô? — perguntei para o meu pai e ergui o panfleto que ele tinha jogado no chão com desprezo e eu tinha recolhido e onde estava escrito "O MUNDO VAI SOBREVIVER"? em letras garrafais.

— Torturaram ele até a morte. Até a *morte*. Pegaram todas as pinturas dele e jogaram no rio. Queimaram seus livros e rasgaram seus manuscritos. Jogaram suas bebidas na privada. Destruíram a história da família dele, literalmente, que tinha sido registrada de forma minuciosa e era passada de geração em geração. Em questão de minutos tudo estava perdido. Para sempre. Exigiram que ele abandonasse a própria casa para que a transformassem numa fábrica de sapatos. Ele começou a tossir sangue. Ficou tão bravo. Ele abandonou Deus. Não tinha nem papel para escrever. Era um poeta sem papel! A casa tinha sido esvaziada de beleza. Ele era um amante sem nada para amar. Seu tataravô era dono da propriedade mais bonita de Wenzhou. Ele tinha construído uma casa dos sonhos com as próprias mãos. Não tinha feito mal a ninguém. Era conhecido como o homem mais generoso do vilarejo. Ele tinha se *voluntariado* na época do começo do partido. Tinha se juntado ao exército porque *acreditava* na utopia comunista. Tinha *convencido* outras pessoas do vilarejo a aderirem ao coletivo quando mais ninguém se dispunha, e foi assim que agradeceram. Arrastaram-no e o obrigaram a se ajoelhar em frente aos próprios filhos! Entendeu, Mande? Será que pode me explicar que tipo de Deus é esse que não fiscaliza isso? Você consegue cogitar continuar rezando para esse Deus? Seu tataravô morreu de cabeça erguida, escrevendo seu último poema no ar, rabiscando com os dedos. Tinha começado a ver fantasmas, durante um breve período, passou a manusear objetos imaginários. Seus filhos pensaram que tinha enlouquecido. Ele bebeu dez doses de baijiu, uma em seguida da outra, como um general prestes a levar seus homens para uma batalha suicida, e, depois de mandar a décima dose para dentro, morreu.

— Onde ele conseguiu a bebida? Achei que tinham jogado tudo fora.

— Não tinha bebida nenhuma. Não tinha nem copo. Ele estava segurando o ar, já tinha virado um fantasma mas seu corpo ainda iria demorar mais uns dias para acompanhá-lo. Ele tomou dez doses de nada e caiu morto.

— Caiu morto?

— Morto. Morreu. Moooooorreeeu. Ele morreu. Tinha a saúde perfeita e morreu. Naquela época as pessoas morriam de raiva. Morriam de humilhação, morriam de tristeza, morriam de saudade. Morriam de vergonha. As famílias eram separadas. Maridos e mulheres eram mandados para províncias diferentes, com milhares de quilômetros de distância entre uma e outra. Minha mãe e meu pai se viram cinco vezes em dez anos. Depois dos meus nove anos, vi meu pai três vezes ao todo. Muitas pessoas da minha idade andam de bengala porque foram enviadas à zona rural e se destruíram de tanto trabalhar. Agora me diga o que uma oração pode fazer por elas. Pode me dizer.

— As religiões foram banidas na China — minha mãe completou, sem dizer mais nada de seu avô. — Rezar era ilegal. Você podia ser preso ou castigado se alguém te dedurasse.

— E é por isso... — eu hesitei. — Que Deus é dinheiro?

— Ouça o seu pai. Ele tem razão. Ter dinheiro era ilegal. Ou era impossível. É difícil explicar porque era um mundo diferente.

Minha cabeça girava. Eu rezava para um Deus que pudesse me provar que Deus existia. Eu rezava pelo passado, que já tinha acontecido e era tarde demais para mudar, mas sei lá, eu pensava, e se Deus conseguisse? E se desse para corrigir o passado? E se meus pais pudessem desviver o que tinham vivido e ainda assim serem meus pais, como seria? Comecei a ajoelhar porque a Minhee ajoelhava. Juntava as mãos porque as crianças coreanas faziam assim. Aprendi na escola que no mundo inteiro, exceto na Europa, as pessoas não sabiam rezar e Deus precisava ser levado até elas, e, nesses lugares em que Deus precisava ser levado, parece que as pessoas desapareciam, morriam, perdiam a dignidade e/ou eram condenadas à servidão perpétua. Eu não queria que ninguém trouxesse Deus até mim. Eu não queria morrer em pé. Eu não queria viver servindo às pessoas que diziam ter encontrado Deus antes. Eu ia aprender em segredo. Eu me tornaria fluente com Deus. Eu precisava disso.

A Fanpin já era fluente.

— Eu falo com Deus toda noite. Eu e minha mãe falamos juntas. Vamos à igreja e fazemos isso junto com todo mundo. — A mãe dela era de Taiwan e a minha, do continente. De acordo com a minha mãe, isso fazia toda a diferença.

— Quer dizer que eles fugiram depois da guerra civil. Estavam do lado que perdeu, é claro. Quer dizer que frequentaram a escola. Hoje eles vivem do jeito que as pessoas na China viviam sessenta anos atrás. As mulheres não trabalham. Têm vários filhos, se puderem. Ainda vivem como se fosse 1920. Não é normal. Os homens são violentos. Têm sinal verde para bater nas mulheres. Lá isso não é considerado errado. — Ela estava com um olhar estranho, e algo ali me dizia que ela não ia se prolongar no tema da hipocrisia. Eu teria que crescer e entender por conta própria.

— Você pode me ensinar? — perguntei para a Fanpin depois que espiamos a Minhee e seus amigos.

— Claro — ela disse. — É fácil.

A Fanpin não era totalmente má. Só na frente das outras crianças. Na escola, eu fingia que mal a conhecia, apesar de ir à casa dela o tempo todo. Eu fingia que não sabia como era o quarto da Fanpin, que nunca tinha dado risada com ela na parte do *Tiny Toons* em que a Lilica inunda a cidade inteira para se vingar do Perninha, que nunca tinha ajudado no enterro do seu gato Lúcifer, que morreu quando ela estava no terceiro ano e ficou com um cheiro tão horrível que tive certeza de que alguém na família dela tinha feito xixi na calça no meio da cerimônia de despedida. Eu fingia que nunca ficava de joelhos com ela e repetia: *Pai Nosso que estais no céu, obrigada por nos abençoar com mais um dia. Nos curvamos em adoração a Você para mostrar a imensidão da nossa gratidão, que ainda é insuficiente perto da Sua glória e das Suas bênçãos. Ó, Pai, nos abençoe. Olhe por nós em nossas horas de escuridão. Proteja-nos tanto em espírito quanto em corpo enquanto dormimos. Ajude-nos a enfrentar o amanhã com fé inabalável e sem temor. Somos eternamente Suas. Depositamos toda a nossa confiança em Você. Abrimos nossos corações e suplicamos que guie nossas mentes, preencha nossa imaginação e controle nossos impulsos para que sejamos inteiramente Suas, dedicadas a Você e apenas a Você. Em Seu sagrado nome, agradecemos por nos acolher em Seu coração. Que possa nos usar de acordo com Suas vontades, sempre em Sua glória e Sua honra e no esplendor dos céus. Que possamos sempre servi-lo, nosso senhor salvador Jesus Cristo. Amém.*

A oração era uma língua completamente estranha para mim, diferente do inglês, diferente do chinês, ela tinha uma gramática nova com novos sons e formas. Eu queria ser fluente em oração mais rápido do que fiquei fluente em inglês, mas era difícil pra caralho. Foi tipo quando resolvi pesquisar todas as palavras que eu não conhecia em *Ponte para Terabítia* e tive que ir atrás das expressões "direitos autorais", "marca registrada" e "dedicatória" antes mesmo de abrir a primeira página numerada do livro. Quando percebi que já tinha se passado uma hora e eu só tinha chegado à segunda página das trinta que precisava ler para a escola, fiquei arrasada. Já estava zonza de ir e voltar do dicionário para o livro e vice-versa, e a coisa só piorava quando a definição da palavra tinha palavras que eu também precisava procurar. Para entender a palavra "desprezar", precisei pesquisar "menosprezar", "desdém", "abominar", "nojo", "desdenhar" e "considerar" — eu tinha que procurar basicamente tudo, e aí, pesquisando as definições das palavras usadas para definir "desprezar", apareciam ainda mais palavras para pesquisar e assim por diante até que eu pesquisasse todas as palavras desconhecidas agrupadas na definição de outra palavra, e no fim eu ainda precisava retroceder para a palavra anterior e para a definição em que eu tinha começado. Quando finalmente voltei para "desprezar", estava tão confusa que precisei seguir em frente sem entender o que de fato significava. Tudo estava perdido, tudo era impossível. Decidi que preferia ser uma analfabeta bem-sucedida a ser uma alfabetizada fracassada. Rezar com a Fanpin não era muito diferente. Eu tentava guardar na cabeça todas as palavras que não conhecia para pesquisar depois, mas sem deixar de estar presente no momento, porque eu queria desesperadamente falar com Deus e queria desesperadamente que Deus falasse comigo. O que era "bênção", que tipo de "gratidão" podia ser "insuficiente" e ao mesmo tempo conter uma "imensidão"? Que "glória" era essa que não era um nome de mulher, o que era "esplendor" e por que "amém" e não "obrigada" ou "tchau"? Será que o "Pai que está no céu", o "Senhor", "nosso Pai" e "Jesus Cristo" competiam entre si? E qual deles era o Deus mais supremo? Como eu ia acertar a ordem de cada nome quando tentasse sozinha da próxima vez? Acabei com mais incertezas do que nunca.

Fiquei atolada em perguntas, mas a Fanpin já tinha ido tomar lanche. A mãe dela só trabalhava meio período vendendo anúncios para o jornal *Si Jie Ri Bao* e chegava em casa todo dia lá pelas duas. Saíamos da escola uma hora depois e, quando eu e a Fanpin chegávamos à casa dela, havia sanduíches prontos e caixinhas de suco para escolhermos. Isso seria ótimo para alguém que tivesse amigos, só que a Fanpin não tinha nenhum, então sobrava mais sanduíche para mim. Ela dizia que no terceiro ano tinha sido amiga de uma tal de Frangie, uma menina estranha com olheiras profundas, que quase nunca abria a boca.

— Como era a voz dela? — eu perguntei.

— Era bem bonita, na verdade — a Fanpin me contou. — Meio parecida com a voz da Power Ranger rosa. E ela tem uma mãe que morreu.

— E por que ela não está aqui agora, se vocês são tão melhores amigas?

— Porque tenho uma melhor amiga nova. O que deu em você? Para de ser cuzona.

Me incomodou quando a Fanpin falou aquilo como se nós duas concordássemos, já que nos dias de semana eu só vinha por causa do lanche, e nos fins de semana, para ficar perto da minha mãe. Minha mãe gostava de ir à casa da Fanpin para fofocar com a mãe dela sobre as outras mães que elas conheciam, e essa conversinha inocente sempre acabava virando uma discussão sobre todas as vezes em que a vida não esteve à altura das expectativas e dos sonhos de infância da minha mãe e essa merda toda. Isso me fazia pensar que meu pai tinha razão: ela nunca estava satisfeita.

Nossas mães tinham muito assunto, porque as duas tinham se casado com homens que não sabiam cozinhar, que nunca davam flores nos aniversários, homens tão desprovidos de imaginação e recursos que pensavam que um bom fim de semana era feito de três filmes de faroeste do Clint Eastwood na TV aberta, homens que tinham vindo de famílias muito mais humildes do que as famílias delas e mesmo assim insistiam em ser o "homem" da casa, mesmo assim queriam deixar um legado que levasse seu nome, como se, nossas mães diziam revirando os olhos, fossem capazes de fazer alguma coisa importante da vida.

Enquanto eu bisbilhotava, a Fanpin ficava no quarto praticando caratê, e eu saboreava aqueles minutos preciosos que só podiam existir depois que minha mãe deixava de se sentir responsável por mim e antes que a Fanpin me encontrasse escondida no banheiro, escutando nossas mães falarem sobre todas as coisas que as oprimiam. Eu ficava esperando minha mãe revelar que, na verdade, eu era uma das coisas em sua vida que a impediam de ser feliz, de realizar todos os seus sonhos, de ser a pessoa plena, incrivelmente comunicativa e infinitamente complexa que ela queria ser, que eu era o motivo primário de seu aprisionamento. Mas elas sempre falavam apenas das imperfeições dos nossos pais, ou desse lugar que era pior que tudo que elas tinham vivido na China.

— No fim das contas — minha mãe disse uma vez —, eu podia ter trabalhado nas Nações Unidas, podia ter boiado no mar Morto. Podia ter andado pelo deserto da Arábia com os beduínos, mas resolvi casar com ele. E ele tinha que inventar de imigrar para a América. Olha onde vim parar. Por acaso cheguei a ver o litoral de Nova Jersey? Será que a aurora boreal vai aparecer para mim um dia?

Às vezes, aquelas conversas faziam meu sangue ferver — tamanha a ingratidão que elas destilavam. Meu pai não era nenhum monstro. E, se a América era tão ruim, por que diabos tinham me trazido para cá? Por que minha mãe, uma mulher adulta, ficava falando que tinham cagado, chutado e botado fogo nos seus sonhos e desejos, e mesmo assim fazia tanta pressão sobre mim, uma menina, uma criança, para que eu fosse melhor, chegasse mais longe, encarasse todos os desafios e me tornasse uma lenda? Aonde queriam que eu fosse para depois reclamar igual a elas? Para que me validassem como elas validavam uma à outra?

— Ele coloca o pé bem na mesa de centro — uma vez a

mãe da Fanpin disse. — Nem pensa que os convidados tomam chá e comem semente de girassol naquela mesa.

— Bem, o Jianjun é um completo idiota. Normalmente ele nem se dá ao trabalho de tomar banho. Ele pega o chuveirinho e lava a bunda num segundo e aí se seca com a mesma toalha colorida que a minha filha usa para lavar o rosto. Que espécie de homem adulto é capaz de usar uma toalha da mesma cor da toalha que a filha usa no rosto para limpar a bunda?

— Seu marido limpa a bunda com toalha?

— Sim. E de quem você pensa que é o prazer de lavar a toalha toda semana?

— Nosso. Meu e seu.

— É, só meu, na verdade.

— Eu sei. Disse meu e seu no sentido metafórico. Não quis dizer literalmente que lavo a toalha da bunda do seu marido.

— Esses homens estão mal-acostumados.

— E nós que merecíamos ficar mal-acostumadas.

Nossas mães não eram amigas de verdade. Mas precisavam ser, porque a vida era solitária. À noite, minha mãe enfiava algodão nos meus ouvidos, porque naqueles tempos as gangues porto-riquenhas atiravam nas gangues negras que atiravam de volta nas gangues porto-riquenhas que sempre disputavam uma mesma rua com as gangues coreanas que declararam trégua contra as gangues vietnamitas e juntas sacanearam as gangues porto-riquenhas que temporariamente tinham se unido às gangues negras que acabaram num tiroteio com as gangues coreanas por causa da mesma rua e foram derrotadas, tudo para que o problema voltasse com uma recém-formada gangue cantonesa que acidentalmente atirou numa senhora que atravessou a rua muito devagar. Recortávamos fotos de casas de Long Island onde iríamos morar um dia se fizéssemos tudo certo, se vivêssemos bastante tempo. Fazíamos promessas secretas e não tão secretas entre nós que diziam que aquela vida era temporária. Ninguém vivia assim para sempre. Dizíamos a nós mesmos que cedo ou tarde iríamos escapar, embora eu nunca conseguisse decidir se morrer também significava escapar.

Pelo menos a casa da Fanpin era segura. Pelo menos ela tinha casa. Mesmo que dividisse uma casa geminada colonial de dois andares com duas outras famílias, ela tinha um quarto só dela, tinha uma mãe que fazia seus sanduíches preferidos — presunto e queijo — e me deixava comer quantos eu quisesse e nunca dizia nada do tipo "Jesus, que menininha esfomeada. Seus pais não te dão comida? Não te deixam repetir?", coisas que os outros pais, mais maldosos, sempre perguntavam, porque eu era um palito de tão magra e bocejava sem parar. Aos sábados, no supermercado Hong Kong da Main Street, as outras mães se aproximavam da minha cada uma empurrando seu carrinho e lhe perguntavam se ela me deixava comer carne ou só arroz e uns legumes aqui e ali. A mãe da Fanpin nunca me perturbava com essa conversa sobre o que eu comia em casa. Ela via novelas taiwanesas numa TV portátil bem pequena na cozinha enquanto picava legumes e carne. Arrumava a bagunça da Fanpin e a levava de carro para a aula de caratê e depois levava a gente na sorveteria. A mãe dela nunca gritava e sempre dizia sim para tudo que a Fanpin queria e também para tudo que eu queria, se eu for parar para pensar. Eu gostava de perguntar para a mãe dela se podia beber mais uma caixinha de suco Juicy Juice para me testar e ver se eu conseguia dizer "posso pegar outra caixinha de suco Juicy Juice?" sem embolar as palavras, porque o fato de eu ter aprendido inglês só dois anos antes não impedia dois meninos brancos da minha sala de debocharem de mim quando eu falava. Tinha o menino irlandês com a pele tão branca que me cegava nos dias de sol (e não era só comigo o problema, porque a Minhee Kim e seu exército o chamavam de "Batata Albina") e tinha a menina italiana que uma vez esticou o pé para me fazer tropeçar quando fui devolver uma caixa de giz de cera no armário de materiais de arte e depois riu de mim como se fosse uma bruxa e puxou os olhos para me provocar e disse "eu sabia que com esses olhos você não conseguia enxergar". Ficou duas vezes pior quando as crianças negras e hispânicas começaram a fazer parte daquilo, e pior ainda quando chamaram as meninas coreanas também, porque a maioria também falava inglês com sotaque, e era tão humilhante quando uma pessoa te perseguia por um motivo pelo qual ela própria tinha sido perseguida um ou dois anos antes. Me fazia pensar que o mundo era cruel. Ninguém demonstrava compaixão por ninguém, nem por si próprio ou mesmo pela versão de si que não existia mais, mas que outras pessoas ainda eram.

As crianças coreanas, que tinham imigrado não muito antes de mim (exceto pela Minhee, que, dizem, com um ano de idade tinha sido carregada pelo meio de um campo de minas terrestres por um soldado norte-coreano que desertou do seu exército e depois tinha sido levada de forma clandestina por uma ferrovia subterrânea até a Tailândia, onde foi deixada num campo de refugiados e dali ela e sua família foram enviadas num avião para o aeroporto JFK, e, quando ela contou essa história numa apresentação da sala, a parte em que ninguém acreditava era que, entre tantos lugares disponíveis, a família dela acabou indo parar... no nosso bairro?), eram as melhores na tarefa de me provocar, sabiam exatamente como atingir meu ponto fraco perguntando se eu precisava de mais um ano de aulas de inglês como segunda língua e me pedindo para pronunciar P-e-n-e-l-o-p-e. "Vai, vai, vai", elas disseram, "fala o nome dela". Quando eu finalmente disse "Pen-ah-lope. Simples", todas se jogaram para trás em êxtase e deram risada, e eu também dei uma pequena risada, mas na verdade o que eu queria dizer era:

Filha da puta boqueteira da xoxota molhada que coloca o cocô de volta no cu do pinto fedorento babado de merda sua idiota bocetuda de merda! Aprendi essa língua dois anos atrás, será que dá para entender? Não chego em casa e falo “mãe, cheguei!”, eu falo “*Wo hui lai le ma ma*”, eu falo “妈妈，我回来了”. É isso aí, seu clitóris gigante. E, já que o assunto é esse, queria te dizer isso: 你是一个臭王八蛋.* Sim, eu pronunciei “rádio” errado na semana passada, mas foi porque a gente não tem aparelho de som e, mesmo se tivesse, eu não teria oportunidade de dizer “mãe, liga o rádio?”, eu ia dizer 可不可以把音响关轻一点.** No meu primeiro ano nos Estados Unidos, não importava que língua falasse, eu sempre falava errado. Em inglês você pode apagar a luz e fechar a porta, mas não pode fechar a luz e apagar a porta, e em chinês você pode fechar a luz, mas não pode simplesmente usar óculos e camiseta e chapéu, porque cada uma dessas coisas vem acompanhada de uma palavra que designa uma medida específica, e todos os tipos de objetos no mundo são enumerados de um jeito diferente. Em inglês, alguns Es eram suaves, alguns Gs eram duros, umas consoantes pareciam outras, toda regra tinha exceção, nenhuma exceção não tinha regra. Comecei a me arrepender de tudo que falava. Comecei a perceber que tinha sido um delírio acreditar que as palavras só podiam me elevar à gloriosa estratosfera das novas possibilidades em vez de me puxarem para as águas turbulentas da incomunicabilidade. Minha língua presa me expunha ao ridículo por um dia ter pensado que a linguagem era milagrosa, por exemplo, como alguém conseguiu inventar cem formas diferentes de dizer “você fez desse mundo um lugar lindo para mim”?

* Tradução literal: “seu pedaço de bosta e cuzão inchado e inútil”.

** Desculpem, tradução indisponível no momento.

* * *

A Fanpin não dava a mínima para nada que me importava. Ela tinha essa aura em volta dela, parecia ser capaz de desintegrar um aluno do sexto ano com um simples golpe de caratê e seu cabelo preto e comprido, ao contrário das outras meninas, a fazia parecer durona, tipo aqueles caras que usavam jaquetas surradas e xingavam e fumavam e andavam de moto na estrada, rindo à toa das pessoas que passavam — as de cabelo arrumadinho que dirigiam seus carros seguros com as janelas bem fechadas —, e isso nos intimidava e confundia, o fato de que ela tinha esse jeito e a gente, feito idiota, ainda ficava ouvindo o que nos diziam sobre sermos meninas e meninos que um dia se tornariam mulheres e homens adultos.

Mesmo que eu respeitasse a Fanpin um pouquinho, nossa pseudoamizade estava condenada. Eu sabia disso mesmo sem saber quem era Deus. Claro, eu queria ser amada e aceita, mas por que tinha que ser por ela? Ela me constrangia quando insistia em segurar minha mão no corredor ou quando se fazia de brava sempre que um menino aparecia. Uma vez, ela deu um soco na cara do Jason Lam porque ele apareceu do nada e puxou a parte de trás da minha camiseta para ver se eu estava de sutiã.

— Nem vem encostar a mão na minha amiga, Camarãozinho — ela disse.

— Que merda é essa? — ele disse dando um passo para trás. — Nem vem você bater nas pessoas.

— Nem vem você com sexismo.

— Sexo o quê? — eu disse.

— Sexismo, idiota — a Fanpin repetiu. — Não sabia que a gente vive numa sociedade sexista?

— Não precisa me dar aula — eu disse. Mas ela precisava. Ela precisava falar e falar e falar, sempre dando um jeito de estar por perto.

Na véspera do Dia dos Namorados, a Fanpin me puxou para o banheiro feminino e exigiu que eu colocasse a mão no peito dela, dentro da cabine que ficava mais perto da porta. Ela pressionou minha mão contra seu peito como se eu estivesse fazendo um juramento:

Juro solenemente que, de verdade, não sou lésbica, mas você, Fanpin, minha amiga não querida, é. E já que você também é medonha e faz caratê (sozinha ou aplicado em mim) e já é faixa roxa (uma cor bem gay. Coincidência? Olha, DUVIDO MUITO) e já que corro um grande risco de você espantar meus peitos que ainda nem nasceram, vou fazer o que você pediu. Mas, cá entre nós, por que seus peitos parecem duas pedras? Acho de verdade que isso não é normal. Amém.

Depois ela disse "é melhor você não lavar a mão se tiver carinho por sua vida" ao me ver chegando perto da torneira. Levantou a mão como se fosse me bater. Aquele era um gesto muito familiar e eu apenas me encolhi. Naquela época eu tinha reações automáticas a determinadas ações, pessoas que levantavam os braços de certos jeitos me faziam estremecer, deixavam minha pele arrepiada como se eu tivesse encostado num cubo de gelo.

— Não vou — eu disse. A mão dela ainda estava no ar. — Uhm, e se eu só lavar com água? Não vou usar sabão. Não vale se você não usar sabão. Minha mãe que disse.

— Meu Deus, que bebezão. Ainda falando "mamãe"? Você é muito fracassada. É muito certinha. É muito coitada.

— Não falei "mamãe".

— Eu escutei.

— Não falei.

— Falou, sim, mentirosa.

— Não sou.

— Aposto que você nem sabe o que é uma boceta.

— Claro que sei — eu disse, embora fosse a primeira vez

que ouvia essa palavra e embora aquilo pudesse significar literalmente qualquer coisa para mim e embora saber que nunca mais ouviria essa palavra pela primeira vez de novo me deixasse assustada e exultante.

Naqueles tempos eu estava sempre aprendendo. Aprendia a pronunciar tudo e ficava repetindo repetindo repetindo repetindo as palavras até ninguém me encher o saco, e fiz a mesma coisa com "boceta". Ia para casa repetindo a palavra até pensar só naquilo, até chegar ao ponto em que toda vez que pronunciava a palavra eu pronunciava tão perfeita e lindamente quanto qualquer ser humano que já existiu. E nesse momento, e só nesse momento, eu me sentia perto de ser livre. Mas eu estava tão longe. Mas todo mundo ainda me enchia o saco.

Não tinha como ser livre nesse mundo.

Não tinha como ser livre nesse mundo.

Não tinha mesmo como ser livre nesse mundo.

Não tinha como.

Simplesmente não tinha como.

E viver sem medo? Esquece. Ninguém na Terra vivia sem medo.

— Então tá, beleza. Acho que você parece uma boceta. Você — ela desenhou um sinal de igual no ar — boceta. Tá feliz de ser uma boceta? Ou tá se sentindo humilhada?

— Humilhada, ué — eu disse.

— Por quê? — ela perguntou.

— Porquê.

— Porque o quê?

— Por que eu deveria te falar? — eu estava com as mãos no quadril e a cabeça virada na direção dela.

— Por causa disso. — Ela levantou a mão de novo.

— E daí?

— E daí que você tem medo de mim.

— Não, não tenho.

— Tem, sim — a Fanpin disse. — Você sempre faz tudo que eu digo.

— Não — eu tinha começado a gritar. — Mentirosa. Por que eu teria medo de você? Você ainda nem é faixa preta.

— Vou virar nesse ano. Meu sensei falou.

— Seu senso não disse merda nenhuma.

— Haha — a Fanpin riu. — Você fica tão boba tentando falar desse jeito.

— Não tão boba quanto você.

— Você vai levar um soco se não me falar o que é uma boceta.

— Vai me socar com o quê?

— Com o que você acha? Com a minha mão. Agora deixa eu ver se você limpou a bunda.

— Claro que limpei. Quem não limpa?

— Sou eu que vou decidir.

— Dessa vez não — eu disse. Cruzei os braços na frente do quadril e agarrei o elástico da minha calça de moletom.

— O que você está fazendo?

— Qualquer coisa — eu disse. — Tô fazendo qualquer coisa. Esse é um país livre, lembra?

— Por que você tá falando desse jeito? Não tá fazendo sentido nenhum. — A Fanpin esticou a mão e tentou fazer com que eu soltasse a calça. Me empurrou na direção da pia e abaixou minha calça até o joelho. — Jesus, sabia que estou te fazendo um favor? Sua bunda é nojenta. Você nem sabe se limpar direito.

— Sai daqui — eu disse, puxando a calça de volta. — Quem disse que você pode olhar minha bunda?

— Quem disse que você manda em mim?

Eu não sabia por que eu era tão mole o tempo todo, por que não conseguia tirar qualquer elegância ou força de algum lugar.

Por que eu era tão vulnerável? Não havia qualquer barreira que me separasse dos perigos das outras pessoas desse mundo? Antes de eu sair de Xangai e chegar a Nova York, meu avô por parte de mãe me contou que o meu tataravô tinha sido diplomata durante o reinado da dinastia Qing.

— Ele era o embaixador oficial da Grã-Bretanha, Bélgica, Alemanha e Itália. Falava oito línguas. Alternava as línguas no meio da conversa. As moças ficavam loucas, ainda mais quando ele falava italiano. Fizeram uma estátua em homenagem a ele num pequeno parque público em Wenzhou. É claro que todas essas estátuas foram destruídas, mas nosso orgulho é indestrutível. Essas são as nossas origens. Nosso povo cruzou o planeta. Viveu pela aventura. Quando estavam longe era quando mais se sentiam em casa. Conseguiam construir um lar em qualquer lugar. Isso está no nosso sangue, compreende?

Esse foi o único discurso motivacional que ouvi na minha vida que de fato fez com que eu me sentisse mais forte. Voltava a essas palavras sempre que me sentia um nada e precisava me reconectar com essa parte de mim que, apesar de estar enterrada bem lá no fundo, ainda se sentia um pouco grandiosa e talvez um dia, quem sabe, fosse capaz de fazer coisas brilhantes. Mas a cada dia o discurso do meu avô ficava mais apagado na minha memória. Sim, eu tinha muito a dizer, mas nada do que eu sentia por dentro era visível por fora — eu era maria-vai-com-as-outras, covarde, muda e isso era tudo. Se eu era descendente de pessoas que conseguiam fazer parte de qualquer lugar, não dava para ver. Se vinha de uma linhagem de aventureiros e poetas que viveram segundo as próprias leis e resistiram à prisão, essas qualidades não chegaram até mim. Eu era uma vergonha para minha genealogia. Eu não conseguia nem mesmo impedir que a Fanpin me obrigasse a participar das brincadeiras que ela inventava, como aquela em que ela resolveu fingir que éramos marido e mulher para saber como era a vida dos nossos pais. Essa brincadeira me deixou constrangida, mas brinquei do mesmo jeito, mesmo não gostando de ficar deitada de lado nem do jeito como ela deitou do meu lado e grudou em mim como se fosse um papel celofane e eu fosse um docinho de festa ou ela fosse um guardanapo e eu fosse um cheesebúrguer. Para falar a verdade, eu já não deixava nem a minha mãe me abraçar assim na cama, mesmo tendo feito ela chorar da primeira vez que falei que não era para colocar a perna em volta de mim, em uma das noites em que ela me falou que precisava disso para conseguir dormir depois de uma briga feia com o meu pai, isso ela nunca disse de forma explícita, mas eu sabia que era esse o motivo. Eu não gostava de acordar no meio da noite e ver o reflexo da lua no olho inchado ou no lábio machucado da minha mãe. Isso me deixava doente. E era pior ainda quando eu sentia que precisava dar as costas. A única coisa que eu podia evitar era que eu ficasse doente. Tudo que me restava era rezar. Para dormir, para não ter mais consciência, para repousar, para ter alguns dias de paz.

— Me deixa, sua monga — eu disse à Fanpin. — Você me dá nojo e agora sou eu que vou te socar se você tentar me levar para o banheiro de novo. — Eu andava de lado em paralelo à pia para tentar escapar dela. — E não adianta puxar meu saco na sua casa depois porque no último domingo me deu nojo de olhar para os pôsteres na sua parede, e não pense que já não contei para a Minhee e a Yun Hee sobre aquele pôster e sobre o que você fez com ele. Sim, você sabe qual é e sabe o que você fez. Aquilo me fez vomitar e você sabia e ainda sabe que qualquer um que souber vai vomitar também e pode ter certeza de que nunca mais vou pisar na sua casa. — Levantei o punho e dei um soco no peito dela. Não foi um soco memorável nem nada que se aproxime disso, mas foi o suficiente para sentir aquele seu peito molengo sendo esmagado pelos meus dedos ossudos.

Juro por Deus que a Fanpin me olhou nos olhos com o que quase me pareceu respeito e depois despencou no chão. Enquanto corria para a porta ouvi algo — um choro baixinho que gelou meu coração e me lembrou da vez em que ouvi meu pai chorar, a única vez na vida que o ouvi chorando. Foi depois de uma briga com a minha mãe. Consegui vê-lo por uma fresta na porta do quarto dele. Estava encolhido no chão com as mãos na cabeça. Vi o meu pai arrancando tufos do próprio cabelo e jogando no chão, e depois, depois de muitas horas, quando aquilo tudo já tinha acabado, ninguém lembrou de mim, ninguém lembrou de me explicar o que tinha acontecido; só ficou o silêncio. No fim daquela noite, peguei o aspirador de pó no armário e limpei os tufos de cabelo que meu pai tinha deixado no carpete. Eu não queria vestígios desse tipo na nossa casa.

Não olhei para trás depois de dar um soco no peito da Fanpin, mas demorei dias, talvez ainda mais tempo, para esquecer dela chorando, e é por isso que até hoje digo que, se tem alguém que ficou traumatizado, esse alguém sou eu, a coelhinha inocente que se defendeu do lobo predador, e naquele dia, depois que dei o soco nela, meus olhos ficaram vermelhos e marejados, mas não por tristeza ou arrependimento, apenas porque minhas alergias tinham atacado de novo... o que eu podia fazer?

Eu e a Fanpin nunca mais conversamos, nem quando a sra. Silver colocou a gente de dupla para fazer um seminário sobre o Egito Antigo. Trabalhamos em lados diferentes da sala. Ela usou o computador e eu usei a cabeça. Ela ficou tirando sarro durante todo o tempo em que eu montava um modelo em tamanho real do rei Tut com papel higiênico, e, durante as falas da Fanpin na apresentação do seminário, eu bocejei sem parar e soltei uns peidos silenciosos mas mortais mais ou menos na direção dela e depois, no recreio, espalhei para todo mundo que tinha sido ela.

— A Fanpin tem um problema sério com peido. Não, de verdade. Eu ia na casa dela às vezes e ela soltava uns tão fedidos que parecia que tinha uma máquina de cocô no armário dela.

Ela faltou no dia em que eu levei um saco de Cheetos para minha festa de aniversário na escola e eu vomitei no dia da dela, por isso me deixaram ir embora mais cedo.

Pedi para a minha mãe não me levar mais na casa dela para não prejudicar minhas lições de casa.

— E de qualquer forma já tenho idade para ficar sozinha em casa.

— Não, não tem, mas não podemos deixar que a mãe da Fanpin seja sua babá de graça só porque o seu pai — ela olhou para ele e começou a falar mais alto — não dá conta de sustentar a família sozinho.

Toda vez que a minha mãe fazia um comentário maldoso sobre a incapacidade do meu pai de ser o provedor da família, ele sorria como se soubesse que o mundo ia acabar amanhã. Era o sorriso mais horrível que eu já tinha visto em qualquer rosto, e ele conseguia permanecer sorrindo um tempão. Daquela vez ele segurou o sorriso horrível por tanto tempo que a gente foi obrigado a desviar o olhar enquanto esperava sua resposta para a minha mãe. Enfim ele disse:

— Como se você fosse gostar de ficar em casa com a 李微 o dia todo.

Sempre queria dizer alguma coisa quando meus pais se referiam a mim usando meu nome chinês. Eles tinham mudado meu nome para Mande porque o primeiro lugar em que meu pai levou minha mãe para fazer compras quando eles chegaram à América foi o shopping Queens Center e minha mãe ficou fascinada com o letreiro da Mandee e entrou na loja, mas aí percebeu que eles só vendiam roupa para adolescentes. Minha mãe disse:

— Um dia, quando ela crescer, vamos comprar roupas para a 李微 aqui. Voltaremos antes de ela ir para a faculdade.

— Quer dizer que vamos comprar roupas para a Mandee na Mandee. Ela vai se chamar Mandee aqui — meu pai disse e, simples assim, eu tinha acabado de ganhar um nome novo.

Eu passei a ter dois nomes, igual aos outros chineses na América e assim como meu pai era o Jerry e minha mãe era a Susan, para que as pessoas não precisassem chamá-los de 张建军 e 陆诗雨, que sempre acabavam sendo pronunciados como "*zang goo-wah-chang*" e "*lie bah-yee-hoo-ah*". Meu pai dizia que eles precisavam de nomes "americanos" nos currículos quando fossem procurar emprego; precisavam de nomes que os brancos falantes de inglês conseguissem pronunciar, porque eles já tinham uma aparência que era considerada ruim e aí quem ia contratar alguém com aquela aparência *e* aqueles nomes? Eu achava que minha mãe e meu pai eram lindos, mas meu pai me corrigiu:

— Não na América. Aqui somos feios e não tem jeito. Eles olham para a gente e acham que somos uns cretinos. Pensa que eles gostam que a gente frequente as escolas deles? Pensa que eles não ligam para o fato de que trabalhamos nos escritórios deles? Roubando os empregos? Pensa que ficam felizes em buscar suas roupas lavadas e sua comida nos negócios que a gente abriu? Pensa que querem entrar na lojinha da esquina e olhar para os nossos olhos e nossos dentes e nossa pele olhando de volta para eles do outro lado do balcão? Não! Eles não nos querem aqui. Eles não querem olhar para a gente, e com certeza não querem tentar pronunciar nossos nomes chineses. X-U. Q-I-U. Não querem nada disso!

Quanto mais meu pai falava que eles nos odiavam, mas eu suspeitava que era ele que nos odiava. No primeiro dia de escola na América, fiquei tão abatida e assustada com tudo que sem querer deixei de fora o segundo "e" do meu nome e virei Mande com um "e" só, e assim comecei meu primeiro dia de aula na América com um erro. Fui um fracasso desde o início.

Minha mãe tinha concordado com o meu pai sobre a questão do nome, mas, com a questão de deixar que eu voltasse para minha própria casa em vez de ir para a casa da Fanpin (uma mudança luxuosa que exigiria que fôssemos uma família com uma só fonte de renda para que alguém pudesse ficar em casa e cuidar de mim, o que já não tinha acontecido), ela continuava indignada.

— Eu nunca ficaria com a nossa filha em casa o dia todo sem fazer nada. O que você pensa que eu sou? Eu voltaria a escrever poesia. Voltaria a pintar.

— Desculpe — meu pai disse. — Será que me confundi? Você é mãe e uma mulher adulta ou agora virou adolescente?

— Por favor — eu disse, em uma das raras ocasiões em que não tinha escapado e ido me esconder no quarto. — Eu só quero voltar pra casa depois da escola e me concentrar na lição de casa. É difícil na casa da Fanpin. Lá é muito barulhento e a mãe dela vê TV o tempo todo e às vezes a outra família também está lá, e é difícil de se concentrar. Por favor, só me deixem voltar pra casa e fazer minha lição aqui. Não conto pra ninguém na escola. Levo a chave num cordão no pescoço e escondo por baixo da camiseta. *Nunca* vou fazer contato visual com ninguém. Se alguém tentar falar comigo, eu me recuso. Fico muda. Começo a gritar que nem uma vítima sendo torturada se alguém chegar perto de mim. Vou ficar mais segura do que ficava com a Fanpin. Sabiam que a Fanpin sempre falava com estranhos? Estranhos do sexo *masculino*. Ela não liga. Mas eu ligo. Vou vir para casa andando numa velocidade maior que uma caminhada leve e menor que uma caminhada rápida para mostrar que eu *poderia* correr muito se precisasse e ao mesmo tempo que sou totalmente destemida, porque estou *andando*, não *correndo* para casa. Quando eu chegar no nosso quarteirão, vou dar a volta pela passagem secreta para que ninguém me veja entrando no prédio sozinha e pense que não tem nenhum adulto me esperando em casa. Eu consigo. Eu sei que consigo.

— Está bem — minha mãe disse. — Pode vir direto para casa depois da aula, querida. Parece uma boa ideia. Não é, Jianjun?

Meu pai concordou.

— Tudo bem. Mas você vai tomar todas as precauções. Vamos repetir todas até você memorizar. E quando chegar em casa, você deixa...

— As cortinas fechadas, as janelas trancadas, a porta trancada com a chave tetra. Nunca, jamais, atenda o telefone. Nunca, jamais, receba correspondência. Permaneça completamente invisível dentro de casa. Nunca dê chance para aqueles malucos pensarem que aqui tem alguém disponível para ser sequestrado, assaltado, espancado ou coisa pior. E, sim, você sabe exatamente o que significa esse "pior". Nunca ninguém pode saber que tem uma criança aqui dentro. — Eu estava animada com a ideia de, pelo menos uma vez na vida, ser a pessoa que falava sem parar.

Tudo que meu pai conseguiu adicionar ao meu sermão foi "não quero ver nada além de notas dez no seu próximo boletim".

Pelo resto do quarto ano fui direto para casa. No quinto ano, eu e a Fanpin caímos em salas diferentes. Parecia que um capítulo da minha vida finalmente tinha terminado. Meu pai estava mais ocupado do que nunca planejando meu futuro. Estava em contato com uma família de quem éramos amigos lá em Xangai e que agora morava em Little Neck e tinha feito um acordo para usar o endereço deles nos meus formulários e inscrições para que eu pudesse frequentar a escola pública do distrito deles. Nossas contas de cartão de crédito e de telefone iam para a casa deles, em vez de irem para a nossa em Flushing, para que de fato aquele endereço se configurasse como nossa residência.

— Isso — meu pai disse com orgulho — é o que chamam de golpe de mestre. E sabe até quando o mestre se dá bem?

— Até todo mundo morrer — eu chutei.

— O mundo inteiro — meu pai me corrigiu. — Até a vida humana acabar.

Íamos à casa deles em Little Neck com certa frequência, e a filha deles, a Peggy, era dois anos mais nova que eu e mais tímida ainda. Eles moravam numa casa geminada numa vila em Little Neck, que ficava bem na fronteira entre o Queens e Long Island, e quando digo "geminada" quero dizer que eles dividiam suas paredes com os vizinhos. Ficávamos andando com a orelha grudada na parede, como se tivéssemos sido magnetizadas pela mão de Deus (nós duas compartilhávamos a mesma definição meio imprecisa de Deus: "Deus com certeza é alguma coisa". "É, eu sei. É isso que penso também"), como se estivéssemos conectadas através dele.

Eu amava a casa da Peggy e amava Little Neck, que ainda ficava no Queens, ao contrário do bairro vizinho, Great Neck, que ficava do lado de Long Island, e era fácil saber de que lado você estava; era só sair dirigindo pela Northern Boulevard. Do lado do Queens só tinha restaurante de churrasco coreano e escolas de cursinho pré-vestibular e concessionárias Honda, mas, assim que você entrava em Great Neck (que meus pais e todos os amigos deles pronunciavam "Green Neck", como se estivessem falando de uma pessoa que foi envenenada e estava com o pescoço gangrenando), não via mais restaurante coreano, e só dava negócio italiano como a borracharia Capobianco's e a Pasquale's Pizzeria e concessionárias BMW onde os carros ficavam em espaços amplos e não era tudo apertado como no lado de Little Neck. Às vezes, enquanto esperávamos para atravessar a rua, víamos um ou outro grupo de meninas brancas usando sandálias de plástico pretas com duas tiras brancas envolvendo seus pés bronzeados, cruzando a rua com todo o desgraçado tempo do mundo, e só de vê-las eu xingava Deus de novo por permitir que elas fossem elas e permitir que eu precisasse ser eu.

Meus pais se recusavam a aceitar o destino do qual pensavam que eu inevitavelmente me aproximaria: gravidez, abuso de drogas, alcoolismo, sexo em grupo, vagabundagem generalizada etc. etc. Queriam me jogar na terra dos potes de kimchi porque frequentar a escola de Little Neck era a única coisa — que não fosse gastar oitenta paus de entrada em uma casa nova, que não fosse ter centenas de milhares de dólares para a mensalidade da escola particular — que poderia me salvar de uma vida de tristeza, pobreza e dor.

O sexto ano passou num piscar de olhos e marcou o fim dos meus anos de ensino fundamental. A coisa mais interessante que aprendi nesse ano foi na aula de estudos sociais, quando fizemos um trabalho sobre a Segunda Guerra Mundial e eu descobri num livro da biblioteca que o dialeto de Wenzhou tinha sido usado como código secreto durante a guerra. Quando fui para casa e contei isso aos meus pais, minha mãe disse:

— É claro que foi. Seu avô falava em código. Foi chamado para retransmitir mensagens codificadas de um lado para o outro. Ele foi o responsável por afundar um navio de guerra japonês que estava prestes a atingir nosso povo.

Não era à toa, eu pensava, que ficar perto dele me dava uma sensação de algo tão sagrado, como ajoelhar diante de Deus.

De vez em quando meu caminho cruzava com o da Fanpin, e às vezes eu a via andando na minha frente depois da aula, com seu cabelo preto e comprido balançando de um lado para o outro. Ela tinha passado a andar de coturnos que iam até a metade da perna e calças pretas que se engruvinhavam quando se encontravam com as botas e um casaco preto comprido. Eu mal conseguia acreditar que um dia tinha lutado com ela e vencido. Os meus amigos escreveram no meu caderno: "Por que você não vai continuar na escola J.H.S. 181? É a melhor (se você acha que clima de cadeia é o melhor clima)! Te adoro D+, me liga". E eu escrevi para eles: "Nunca mais! Quem disse que tô a fim de apanhar de um monte de hispânicas? Aproveitem os chutes na vagina e as aulas de matemática com as profes do crack".

Ninguém me ligou o verão inteiro. Comi fast-food todo santo dia e vi *Let's make a deal* na TV e esperei minha mãe voltar do trabalho às oito para poder dizer que eu tinha adorado a comida de fast-food que ela tinha me trazido na noite anterior para comer no almoço vendo *game shows* e que ia adorar a comida que ela com certeza ia me trazer naquela noite, e que eu a amava muito de modo geral (e meu pai também, quando ele estava de bom humor) e que eu acreditava nela, que, acima de tudo, eu acreditava nela. Eu acreditava que um dia ela não ia precisar trabalhar seis dias por semana, que um dia ela ia poder mesmo ficar comigo em casa e me fazer companhia, não só porque eu tinha medo de ficar sozinha em casa depois das seis, mas porque eu queria que ela fosse poeta, igual ao vovô dela, e queria que ela visse coisas bonitas, como o vovô do vovô dela, e quanto a mim? Eu também queria ser alguém. Estive muito perto de dizer tudo isso para ela na noite em que me mostrou alguns dos poemas que tinha escrito quando era jovem em Xangai:

livre meu coração
leve aço líquido com velhas asas
antiga dor que corre livre
na correnteza

— É só um trecho — ela disse, cheia de modéstia. Eu estava prestes a garantir que era o trecho mais lindo que eu já tinha lido, mas meu pai entrou no quarto, irritado por eu ainda não ter ido dormir, então essa parte ficou para depois.

O sétimo ano começou depois do Dia do Trabalho, e estava tudo certo para que eu começasse as aulas na escola I.S. 25 de Little Neck. Eu precisava pegar o ônibus da minha casa em Flushing até Little Neck, descer na Western Union e andar dez minutos por uma subida até a nova escola. Meus pais acharam que nossas vidas iam mudar, que eu finalmente estava salva. Tinham me tirado de lá. Eu ainda estava viva, ainda era virgem, ainda era criança — embora eu não sentisse mais que era bom ser tão pequena e protegida como sempre fui.

Meus pais, que tentavam cuidar de tudo, meus pais, que conferiam os bolsos do meu casaco diariamente e conferiam o cheiro do meu cabelo para garantir que não havia nenhum rastro de contato com meninos, que conferiam minha tarefa de matemática para se assegurar de que eu tinha resolvido cada problema pelo menos de dois jeitos diferentes, que recortavam artigos do *New York Times* e me faziam copiar o artigo na íntegra e depois fazer um resumo de três frases, depois de cinco frases, depois de dois parágrafos e finalmente de três frases, ou seja, às vezes meus resumos eram mais compridos que o artigo original, dependendo da seção do jornal que eu usasse (apesar de que às vezes eles só me deixavam escolher entre os cadernos Mundo, Estados Unidos e Negócios), meus pais, que acreditavam sinceramente que eu ia estudar em Harvard e viver a vida decente que eles se dispuseram a perder para que eu tivesse uma chance, meus pais, queridos e bem-intencionados, mesmo que tentassem ver e antecipar e prevenir todas as coisas que podiam me machucar, no fim, não faziam a mais remota ideia do que me assustava de verdade.

Como eu ia ter medo de não entrar em Harvard se tinha medo de olhar as pessoas nos olhos nos corredores da escola porque todo mundo no sétimo ano ou fazia parte de alguma gangue ou ia acabar levando uma surra de alguém dessas gangues, e adivinha de que categoria eu fazia parte? A escola era difícil. Eu era solitária. Ficava me perguntando o que a Fanpin estava achando do sétimo ano dela, se tinha conquistado a faixa preta no caratê, se as outras crianças estavam falando merda daquelas suas roupas, se tinha encontrado outra pessoa para torturar ou se o ensino fundamental tinha levado todos os seus poderes. Pela primeira vez, me perguntei se ela tinha medo.

— Você adorou a nova escola, né? — meus pais me perguntaram.

— É a mesma coisa.

— É a *mesma coisa*? Você acha que índices de desistência de vinte e quarenta por cento são a mesma coisa? Acha que mais da metade dos alunos do sétimo ano com nota oito nas provas é a mesma coisa que uma turma em que metade é maconheira e a outra metade é traficante? Você acha que tudo isso é a mesma coisa?

— Caramba, pai. Só quis dizer que a minha sensação é a mesma.

— Bem, dê um jeito de se sentir melhor.

— Querido — minha mãe disse ao meu pai. — Ela está sentindo o máximo que pode.

— Meu amorzinho — meu pai disse à minha mãe. — Você acha mesmo que a Mande está fazendo o máximo que pode? Fazendo o mesmo esforço que fizemos para colocá-la nessa escola? Fazendo o esforço de passar os últimos dois anos preenchendo formulários e fazendo centenas de telefonemas e mandando fax e xerox? O esforço de pensar num plano como esse com mais de cinco anos de antecedência?

Eu pensava que me esforçava, mas quem era eu para saber? Quem eram os meus pais? Em boa parte das noites eles ficavam em casa durante três, às vezes duas, às vezes uma e muitas vezes nenhuma das horas que eu passava acordada, e para que coisas eles de fato tinham tempo nessas três ou duas ou uma ou zero horas, além de fazer o jantar e colocá-lo na geladeira para caso o dia seguinte fosse um daqueles em que eu os via por zero hora? Ou brigar e decidir quem tinha sido o responsável por reduzir o dinheiro do mês a ridículos sessenta dólares quando a meta era duzentos e cinquenta e eles tinham concordado e contabilizado de forma tão minuciosa? Ou olhar minha lição para me mostrar que era muito importante não tirar só 99 na ortografia, mas tirar 100, e não só "muito bem" na redação de inglês, mas "perfeito" ("Não existe essa 'nota'", eu disse, fazendo sinal de aspas com as mãos. "A perfeição sempre existe", meu pai disse. "É só olhar para a sua mãe." "Eca", eu disse. Talvez a perfeição de fato existisse, talvez estivesse por aí, mas só durasse o tempo de um espirro. Dentro de um dia ou uma semana ou mais alguns minutos, meu pai ia perder aquele olhar amoroso, minha mãe ia perder pontos com ele, e eles voltariam a ser desconhecidos, seriam inimigos mais uma vez. Ele a agarraria pelo pescoço ou torceria seu braço ou lhe daria um tapa na cara até ela calar a boca. Ela pegaria uma faca da cozinha e diria que ia esfaqueá-lo até a morte e depois a si mesma, isso não seria ótimo para todo mundo? Eu o odiaria por odiá-la e depois a odiaria por odiá-lo. Aí eu me odiaria por não proteger minha mãe e depois odiaria minha mãe por precisar que eu a protegesse e depois odiaria o meu pai por fazer com que minha mãe precisasse dessa proteção e, por fim, eu odiaria os dois por continuarem insistindo que a pessoa que precisava de proteção era eu e que, para ter alguma chance de sobreviver, eu precisaria ser mais do que perfeita. Eu queria uma explicação: se *meus próprios pais* não conseguiam ser nem satisfatórios um para o outro, por que eu precisava ser *perfeita*?).

Então eu tinha comida e carinho e estímulo suficientes para ser perfeita e ouvia sem parar que a vida sempre podia melhorar, que era assim que todo mundo devia viver, lutando, buscando a perfeição quando ainda se é jovem e ainda é fácil ser perfeito, porque você vai ver, meu pai dizia, você vai ver quando a idade chegar, mas eu já via tudo. Eu era jovem agora e era difícil pra caralho. Nas três ou duas ou uma ou zero horas que via meus pais cada noite, eu ficava esperando que eles me fizessem perguntas novas, por exemplo quantos amigos eu tinha na escola ou se era difícil ser aluna nova ou se às vezes eu ficava solitária quando voltava da escola e ficava pensando se essa seria uma noite de três ou duas ou uma ou zero horas com eles ou como eu estava lidando com a caminhada até o ponto de ônibus Q12 sozinha. Ou se homens estranhos me abordavam no ônibus e me perguntavam se eu queria fazer um bebê etc. etc. etc.

Na escola eu rastejava igual a um rato assustado, voando de uma sala para outra quando o sinal tocava, torcendo para não ser acidentalmente atingida por uma bola de cuspe, tentando não olhar para ninguém com quem eu não devia fazer contato visual. Alguém sempre tentava dar uma surra em alguém e o mais famoso dos alguéns era uma tal de Soo-Jin do nono ano. Era líder de uma gangue coreana e era gata demais, tinha um tipo de beleza inatingível que os boatos sobre o seu sadismo só elevavam. Dava vontade de ficar encarando-a, mas isso era proibido — alguém te pegaria depois da aula ou coisa pior. Ela fazia a palavra "feminino" ficar ainda mais perigosa do que já era. Usava uma gargantilha grossa de veludo com uma cruz de tachinha pendurada que balançava de leve quando ela andava. Aonde quer que fosse, era escoltada pelas duas melhores amigas, Eunsong e Eunice, que só tinham permissão de usar gargantilhas comuns, que não fossem veludo e nunca com pingentes. As duas tinham pescoços parrudos que me faziam lembrar daquelas Barbies cujas cabeças eu tinha arrancado e depois enfiado de volta, enquanto o pescoço da Soo-Jin era longo, branco e fino. Ela era o tipo de criatura que poderia ter sido pintada e estar numa galeria de arte, para que aqueles que tivessem permissão de olhá-la pudessem observar os ângulos marcantes de suas têmporas e suas sobrancelhas lindamente desenhadas e aquela boca de lábios entreabertos que era mais magnética que qualquer sorriso que eu já tinha visto. Ela era gângster, mas tinha cara de modelo.

A Soo-Jin nunca ficava sozinha, e por isso você sabia que era poderosa — ela era parte de uma ordem de meninas adolescentes que fariam qualquer coisa por ela e ela nem precisava pedir. Ela tinha seguidores, enquanto todos nós tínhamos amigos pouco confiáveis. Além de Eunsong e Eunice, havia mais ou menos umas doze meninas em seu esquadrão, e várias outras tentavam entrar, mas não conseguiam. Na aula de pré-cálculo, ouvi por acaso que ela "chupava boceta como se não houvesse amanhã".

— Você sabia — contei para a Peggy depois da aula, na casa dela enquanto esperava meus pais me buscarem — que dá para chupar boceta? — Falei a palavra "boceta" num sussurro, constrangida com a possibilidade de eu ser a pessoa a apresentá-la para a Peggy, já que eu com certeza não conhecia essa palavra quando tinha a idade dela e se ela fosse parecida comigo talvez eu fosse sua Fanpin. Esse pensamento era horripilante.

— Meu pai disse que isso é um comentário racista que as pessoas fazem para humilhar os chineses.

— Do que você está falando? Estou me referindo à "boceta", o buraco por onde fazemos xixi. Teoricamente você deixa os caras colocarem a coisa deles lá, e é isso que acontece quando você tem namorado.

— Nojento.

— É — eu concordei.

— Será que Deus sabe disso?

— Ele sabe de tudo.

— Ah — ela disse.

Essa era só mais uma coisa para a qual meus pais não souberam me preparar e, quanto mais eu pensava sobre, mais aquilo me deixava agitada. Naquela noite, entrei debaixo das cobertas e tentei rezar, mas não conseguia parar de rir pensando na minha vagina como uma espécie de pirulito, uma coisa doce, uma coisa desejável. Eu me perguntava quem, se é que haveria alguém, um dia iria me desejar do jeito que eu desejava ser desejada. Até agora eu só tinha me esquivado da Fanpin, cujo desejo por mim era um câncer, uma vergonha, mas, talvez, se eu fosse realmente desejável, se mais pessoas me quisessem do jeito que ela me queria, eu poderia ganhar fibra de verdade, força de verdade. Talvez fosse melhor não ser bonita mesmo. Afinal de contas, eu não chegava a ser nem razoavelmente bonita quando tive que recorrer à violência para me defender do assédio da Fanpin — do que mais eu teria sido capaz se fosse gata igual à Soo-Jin?

Meu senhor e salvador Jesus Cristo, dai-me forças, eu rezei, na tentativa de resistir à imagem do rosto da Fanpin com nove anos de idade se materializando diante de mim, me chamando para "dormir" do lado dela com sua virilha grudada na minha bunda. *Olhe por mim nas horas de escuridão. Proteja-me tanto em espírito quanto em corpo enquanto durmo.* "Para de se mexer tanto", ela dizia toda vez que eu me arrastava na cama para ficar um pouco mais longe. *Sou eternamente sua. Sou completamente sua, sua humilde serva diante de todas provas e tribulações que hão de me testar.* "Isso não é certo", eu dizia. "Minha mãe diz que só posso fazer isso com meu futuro marido ou com ela." *Ajude-me a enfrentar o amanhã com fé inabalável e sem temor.* Toda vez que eu tocava no nome de algum menino a Fanpin surtava, até quando era um menino imaginário que teoricamente ia crescer e um dia me persuadir ao casamento. Ela dizia "tá, quem te ensinou a ser tão filhinha de mamãe? E quem disse que você precisa se casar com um homem?". Ela era doida, eu era dócil. Mesmo toda errada, ela sempre acertava aqui e ali, inclusive quando disse que meus pais eram mais ingênuos que eu se pensavam que um dia eu ia querer aquilo que eles tinham. *Por favor*, eu implorava a Deus, *mostre-me o jeito correto de viver*. Eu não ousava pronunciar o nome da Fanpin, mas sua presença continuava besuntada em todas as minhas orações — ela tinha me provido uma estrutura e um vocabulário para falar com Deus havia tantos anos, numa época em que eu nem sabia se estava fazendo do jeito certo, e agora, falando com Deus como ela falava com Deus, eu me sentia ao mesmo tempo longe Dele e perto demais dela. Ela tinha se metido na minha fé. Tinha se enfiado em uma parte minha que só deveria existir para Ele. *Querido Deus, desculpa... Preciso falar do jeito que quero falar. Olha, preciso de um sinal. Sei que não devia fazer isso, mas preciso que você me dê um tapinha nas costas quando eu estiver entrando na primeira aula do dia. Preciso que você jogue uma folha de alguma árvore na minha mochila quando eu estiver esperando o ônibus. Só preciso saber que você está aí de verdade. Desculpa, sei que não é certo. Só aqueles que não têm fé se apoiam em sinais e símbolos. Só os egoístas pedem que as orações sejam diretamente atendidas. Sei que estou errada em exigir alguma coisa de você. Eu sei, eu sei, eu sei. Mas estou tão perdida. Sinto medo toda noite antes de dormir e sinto medo todo dia quando acordo. É normal acordar decepcionada por ter sobrevivido mais um dia? Às vezes penso que seria melhor simplesmente não acordar, nunca ter tido consciência do que é viver a vida. É tarde demais? Vou saber para sempre como é viver essa vida? Não consigo imaginar que exista outro mundo além desse. Quero acreditar no seu reino e na sua graça, mas não consigo imaginar. Quero seguir em frente, mas para quê? Para onde? Em grande parte dos dias não consigo pensar no ama-*

nhã antes que já seja ontem. A ideia é só ficar esperando? Por que você criou a vida? É tão errado assim desejar que você nunca tivesse me feito ou feito minha mãe e meu pai e as mães deles e os pais deles e todas as mães e pais que vieram antes? Tudo o que sei sobre todos eles tem a ver com o tanto de sofrimento que passaram... será que também preciso passar pelo mesmo sofrimento? Bem, me perdoe por eu não ter vontade de viver essa merda. Não quero ser uma história que meus filhos vão berrar para seus filhos quando eu tiver morrido. Me perdoe. Me perdoe, caralho. Boa noite.

Descobri que usar amarelo e preto para ir à escola era a mesma coisa que carregar uma placa dizendo "CHUTA A MINHA BUNDA POR FAVOR" quando um menino qualquer, entre o oitavo e o último período de aula, apareceu no corredor e fez um movimento com o punho fechado como se fosse me dar um soco na vagina, mas depois esticou o dedo indicador e o apontou para a minha camiseta — um achado que comprei num brechó um dia com a Fanpin. Tinha custado cinquenta centavos e ela pagou para mim porque "melhores amigas fazem essas coisas". Quando voltamos para a casa dela, deixei que ela me abraçasse por trás como forma de agradecimento, mas nunca usei a camiseta na frente dela — não queria que ela pensasse que de alguma forma eu correspondia ao flerte. Agora que estava no sétimo ano e já tinha os primeiros esboços de algo que quase parecia um peito, eu queria ser menos tímida, queria ser notada pela pessoa certa. Se eu quisesse ser gostosa e deliciosa de verdade, precisava me expor um pouquinho, fosse mostrando uma faixa de barriga ou abrindo a boca para falar. Meu plano era desenterrar todas as camisetas velhas do ensino fundamental I e usá-las como baby look, mas na primeira semana de aula amarelei e acabei me escondendo debaixo de uns casacos enormes que iam até os joelhos. Eu era tão invisível que os alunos passavam através de mim como se eu fosse ar. Depois de enfrentar muitos dias de uma onda bizarra de calor em setembro, finalmente consegui me convencer a deixar o casaco de lado e, por algum motivo misterioso, resolvi usar o presente da Fanpin — uma camiseta amarela com a gola colorida e a frase "MEU PEQUENO É UM SUPERSTAR" escrita em preto.

— Que foi? — perguntei para o menino que apontava o dedo para mim.

— Você está implorando para ser zoada. Chega a ser engraçado.

Fui a última a saber, mas no fim acabei descobrindo: eu estava usando cores que eram proibidas para toda e qualquer pessoa que não fosse a Soo-Jin. Quase tudo podia transformar alguém em alvo da raiva da Soo-Jin, como: ficar do lado dela, passar por ela muito rápido, passar por ela muito devagar, balançar as mãos perto dela, falar muito alto ou muito baixo perto dela, olhar para ela, ter a audácia de usar uma camiseta que parecia ter só a função de não te deixar pelada, mas que, na verdade, era algo que a irritava profundamente e isso faria com que você levasse uma surra depois da aula.

Estavam espalhando uma história para assustar os novos alunos (que eu, é claro, fui a última a ouvir porque fui transferida no começo do sétimo) sobre uma aluna do sexto ano que tinha feito a besteira de olhar do jeito errado para a Soo-Jin e a Soo-Jin agarrou seu pescoço e disse:

— Acha que pode me olhar desse jeito e sair andando, sua merda sem peito?

A menina ficou pedindo desculpa um tempão, mas a Soo--Jin continuou irritada, então depois da aula ela e sua gangue seguiram a aluna pela rua e amarraram suas mãos e pés em uma corda grossa (a essa altura, qualquer pessoa que ouvisse essa história pela primeira vez já teria medo, afinal, o que os alunos do nono ano andavam fazendo por aí carregando uma corda que seria capaz de laçar uma pessoa?).

Elas perguntaram para a menina:

— Quer que a gente te solte, sua vadia? Já se arrependeu o bastante e quer sair?

E a menina disse:

— Sim, por favor. Por favor. Me arrependo muito. Me arrependo muito, muito. Por favor, me solta.

A Soo-Jin respondeu:

— Tá, mas primeiro tem algumas coisas.

E a menina disse "que coisas? Que coisas? Que coisas?" com tanto desespero e tantas vezes que a Soo-Jin calou sua boca com um soco que arrancou seus dentes da frente. A Soo-Jin e suas meninas arrastaram essa menina do sexto ano num Honda Accord de algum aluno do ensino médio que tinha se apaixonado pela Soo-Jin e lhe dado as chaves do carro para tentar conquistá-la sem saber que ela tinha outros planos. Elas ficaram no carro ouvindo rádio até escurecer. Uma das meninas da Soo-Jin recebeu ordens de avisar quando o terreno estivesse livre, e ela levou a missão a sério e ficou escondida atrás de umas caçambas de lixo até que todas as luzes do prédio da escola se apagassem.

— Vi o zelador trancar a porta principal e sair de carro — ela reportou à Soo-Jin, que virou para a aluna do sexto ano e perguntou "você já foi ali alguma vez depois de escurecer?", apontando para o estacionamento vazio de concreto cercado por arame farpado onde os professores de música paravam o carro porque ficava mais perto das salas da banda e do coral. A aluna do sexto ano balançou a cabeça.

A Soo-Jin chutou a menina para fora do carro e disse "se prepara". E, nesse momento da história, a pessoa que estivesse ouvindo o relato poderia se perguntar: qual seria a pior coisa que uma aluna do nono ano poderia fazer com uma aluna do sexto ano? Será que um dos marcos importantes da vida adulta era quando nos tornávamos capazes de imaginar o verdadeiro horror? Mesmo assim, se a pior coisa possível de imaginar já tinha acontecido com alguém não muito diferente de nós, quem poderia estar a salvo? E se existisse coisa pior do que aquilo que a gente conseguia imaginar?

Existia. Existia coisa muito, muito pior.

A Soo-Jin subiu na cerca de arame farpado usando luvas de jardinagem bem grossas, desenrolou o arame de lá, desceu e colocou-o no chão. Fez as meninas tirarem a roupa da aluna do sexto ano e depois ficarem olhando ela bater na cara da garota com o arame. Depois a Soo-Jin começou a assobiar e envolveu a aluna do sexto ano com o arame farpado como se ela fosse uma decoração de árvore de Natal. Quando terminou, deu um passo para trás e perguntou para a garota:

— Você ainda pretende me olhar daquele jeito?

As outras meninas deram risada junto com a Soo-Jin quando a aluna caiu no chão. De acordo com algumas versões, uma delas disse: "beleza, agora vamos para casa, já acabamos com essa vadia", mas a Soo-Jin respondeu "não, ainda não, tem mais uma coisa que a gente precisa fazer". Que coisa? Ah, a coisa! A gente sempre torce pelo final feliz, pelo momento do filme em que o impossível de repente se torna possível, em que os personagens dignos de pena finalmente obtêm alguma compaixão.

A coisa era a seguinte: enquanto a aluna do sexto ano se contorcia de dor, a Soo-Jin fez com que quatro meninas a segurassem e uma outra a enforcasse com sua camiseta, que tinham tirado antes, e depois a Soo-Jin, bem devagarinho, arrancou o arame farpado do corpo da tal menina levando junto pedaços da sua carne que tinham ficado presos nas pontas afiadas do arame e que agora pareciam bandeirinhas balançando ao vento. No final de tudo, a aluna do sexto ano estava parecendo um docinho de festa colorido feito do próprio sangue e já tinha tentado arrancar a própria língua duas vezes por causa da dor. Algumas das meninas da Soo-Jin tremiam de nervoso, outras sorriam, mas mais em nome da performance do que naturalmente, e a Soo-Jin deu uma risadinha fofa, como se tivesse feito uma pegadinha muito meiga, como colocar uma casca de banana no caminho de um personagem de desenho animado, ou como se tivesse cometido a transgressão mais insignificante do mundo, tipo fazer xixi na tampa da privada sem querer e não limpar depois. Era por isso que ela era uma fera — por isso e porque sabe-se lá como ela era capaz de pegar a menina-que-tinha-olhado-errado-pra-ela no colo sem a ajuda de ninguém e jogá-la dentro do lixão atrás das salas em que a banda e o coral ensaiavam.

O aniversário de George Washington marcou o primeiro dia das férias de inverno, e, quando meus pais chegaram em casa na sexta-feira anterior, tinham falado da possibilidade de irmos para algum lugar. Sim, sim, sim, sim, sim, sim, eu disse. Sim, sim, sim, sim, sim, sim, minha mãe disse. Então meu pai disse sim, sim, sim, sim, sim. Estávamos numa fase de muito entrosamento e meu pai revelou que tínhamos ultrapassado nossa meta de economia de dinheiro daquele mês. No dia seguinte, eles colocaram as coisas no carro enquanto eu dormia e me acordaram com um prato de ovos fritos. O sol brilhava em todos os cantos do apartamento.

— Senti cheiro de ovo no meu sonho — eu disse para a minha mãe e puxei seu braço para baixo para conseguir lamber o shoyu do ovo.

— Use isso aqui — ela disse e me deu dois hashis. — Mas vai logo, tá? A estrada vai ficar ruim se a gente não sair antes das oito e eu quero ver o Lincoln Memorial. Não é a mesma coisa no escuro. Vou precisar ligar para o meu chefe quando chegarmos em Nova Jersey para dizer que estou com febre.

Muito de vez em quando, meus pais subitamente deixavam tudo de lado para viver uma aventura. Por um dia ou um fim de semana ou um fim de semana e um dia, eles desatavam aqueles horríveis laços do medo que ficavam firmemente amarrados por todas as partes flexíveis de seus corpos e finalmente se soltavam. Eu não conseguia prever quando ia acontecer, mas de vez em quando meus pais me mostravam como era ser livre. A escassez desses momentos me fazia ver que essa liberdade era muito preciosa, que precisava ser preservada, que só aconteceria em resposta a longos períodos de emergência. Não demoraria muito para que eu começasse a resistir ao rótulo de filha dos meus pais, para que eu parasse de demonstrar merecida gratidão por tudo que tinham feito para me proteger e me encaminhar e me guiar, para que eu começasse a enfrentá-los todos os dias e os culpasse por quem me tornei. Mas por enquanto eu ainda era filha deles — era tudo que eu sabia ser — e só era livre quando me permitiam e quando se permitiam, e por isso, quando acontecia, eu me esbaldava.

No início meus pais queriam ir para o sul. O plano era seguir a costa do Atlântico inteira até chegar a Key West. Mas, quando entramos na Pensilvânia, minha mãe disse:

— Quando vamos para a Califórnia?

E meu pai disse:

— Quando vamos dar à nossa filha todas as coisas que queremos sem sacrificar sequer um sonho que ela merece realizar e sem precisar pedir empréstimos milionários de bancos que provavelmente vão recusar?

E eu disse:

— Podemos passar no McDonald's? Queria tanto um hambúrguer de peixe.

E às vezes o carro inteiro chacoalhava na estrada e parecia um dos terremotos que talvez a gente nunca testemunhasse, a não ser que dirigisse muito mais e com mais convicção e união. Nos engarrafamentos eu jogava as pernas para o ar para entreter os carros de trás e, quando chegamos a Maryland, eu disse:

— Vamos rebatizar esse estado de Mandeland.

E meus pais me aplaudiram e todos chegamos ao centro de informações turísticas e nos espreguiçamos tipo leões, grandes e preguiçosos.

Parei na frente de uma máquina de prensar moedas.

— Mãe — gritei, enquanto ela andava em direção ao banheiro. — Por vinte e cinco centavos você transforma uma moedinha num souvenir histórico.

— Por zero centavo você pode usar a moeda como moeda e não gastar vinte e cinco centavos.

— Por favor — eu disse. — Por favor, por favor, por favor. — Enfiei a mão em seu bolso e peguei quatro moedas de vinte e cinco. — Chegou a hora de mandar umas lembrancinhas para *yeye*, *nainai*, *haobu* e *gonggong*. — Minha mãe sorriu para mim como se eu fosse exatamente a menina que ela tinha sido destinada a trazer ao mundo, o que significava que eu pertencia a todos os lugares em que tinha pisado até hoje, mas, acima de tudo, como se eu fosse dela e ela fosse minha. — Já volto, mãe.

Fiz quatro moedas prensadas com as moedas da minha mãe e tirei outra do meu bolso e prensei mais uma. De novo no carro, pedi para a minha mãe arranjar um envelope e um selo no porta-luvas, porque ela guardava tudo lá: fotos minhas, fotos dela, batons e mapas de todas as cidades que um dia ela iria visitar, recortes de jornal com comidas que ela queria experimentar, cadarços para os nossos sapatos caso alguém tropeçasse e os rasgasse sabe-se lá como, comprimidos de aspirina e para diarreia, lencinhos umedecidos, sachês de ketchup e shoyu, cartas secretas que eu nunca poderia ler — quem tinha escrito aquelas cartas e com qual intenção e para quem? Minha mãe era a única com permissão para acessar esse compartimento de maravilhas.

No carro, faltavam cem quilômetros para Baltimore e mil e quinhentos para Orlando e mais um pouco para o Golfo do México e todos nós queríamos ir para lá. Estávamos determinados a chegar ao sul e tínhamos nos preparado para a viagem longa. Meu pai colocou umas fitas de velhos cantos comunistas para tocar e aumentamos o volume e preenchemos o carro com as vozes dos meninos e meninas jovens que juraram ser revolucionários e lutar por seu país pelo resto de suas vidas. A primeira música da fita era o hino nacional da China. Meus pais cantavam juntos com vozes bem diferentes das que eu costumava ouvir — claras, potentes e graves. Do jeito que estavam sentados no carro, pareciam soldados em posição de alerta. Eu escutava atentamente:

Levantem-se! Levantem-se! Levantem-se!
Somos um milhão com um só coração.
Enfrentaremos o fogo inimigo e marcharemos em frente!
Enfrentaremos o fogo inimigo e marcharemos em frente!
Levantem-se! Levantem-se! Levantem-se!

Levantem-se! Todos que recusam a escravidão!
Por nosso sangue e nossa carne, construiremos a nova Grande Muralha.
O povo chinês agora enfrenta seu maior desafio,
Todos devem revelar seu leão feroz.
Levantem-se! Levantem-se! Levantem-se!

Somos um milhão com um só coração.
Enfrentaremos o fogo inimigo e marcharemos em frente!

Enfrentaremos o fogo inimigo e marcharemos em frente!
Levantem-se! Levantem-se! Levantem-se!

Eu gritei:

— Pai, você cantava essas músicas e usava uniforme igual ao desses meninos?

— É claro que usava. Éramos pequenos soldados.

A próxima faixa era uma música anti-imperialista, uma palavra que eu finalmente tinha aprendido na escola e que curiosamente tinha sido apresentada a mim como algo neutro, nada polêmico:

Não é o povo que teme o imperialismo americano
É o imperialismo americano que teme o povo!
Uma justa causa atrai muito apoio, uma causa injusta não!
As leis da história não se quebram, não se quebram!
O imperialismo americano será destruído,
E as pessoas do mundo terão a vitória,
As pessoas do mundo terão a vitória!

— Essa música basicamente fala mal dos Estados Unidos? — eu perguntei, mas minha mãe tinha aumentado o volume ainda mais, então minha pergunta ficou sem resposta. Quando a fita acabou, meu pai estava meio esquisito, me olhou pelo espelho retrovisor e eu podia jurar que um de seus olhos estava lacrimejando.

— Velhos tempos — ele disse sem rodeios e sem dizer mais nada sobre aqueles tempos e depois voltou a ficar animado. — Hoje eu quero aproveitar. Por que alguém precisa de amigos se você tem a melhor família do mundo dentro de um carro no meio da estrada na segunda-feira mais quente de fevereiro? Hein? Alguém me responde? Mande? Sabe explicar?

— Não faço a mínima ideia, pai. Você sabe, mãe?

— Eu não — minha mãe disse, colocando um monte de sementes de girassol na boca. — Você e o seu pai são os meus melhores amigos.

Eu tinha rezado por esse momento de alegria leve, por esse contentamento, por um dia como esse e depois mais dias como esse, e finalmente vivê-lo foi como nascer, com a diferença de que eu não me lembrava como tinha sido nascer da primeira vez e agora estava plenamente consciente e participava da minha própria criação e de repente ficou claro para mim o motivo de não lembrarmos da sensação do nascimento — porque lembrar disso nos daria muito conhecimento da sensação da morte. Estar presente no seu próprio nascimento era como um suicídio. Conhecer o verdadeiro milagre de subitamente existir era conhecer o verdadeiro medo de subitamente deixar de existir. Ambos precisavam acontecer juntos, e no fundo do meu frágil coração eu sabia que não tinha jeito de escapar do medo. O medo sempre estaria ali, amplificando a alegria e a diminuindo. E ainda assim era tentador se deitar no medo e ficar rolando de um lado para o outro por aqueles limites onde de vez em quando o medo se convertia num tipo de felicidade que podia transformar um dia inteiro numa imagem que ficaria para sempre, flutuaria para sempre, voltaria para sempre.

Voamos sobre os carros mais lentos por rampas invisíveis que tinham sido construídas só para chegarmos ao sul. Provavelmente compraríamos chapéus mexicanos por um dólar cada e deixaríamos que caíssem no mar se e quando chegássemos lá, e eu esperaria alegremente até que meus pais dissessem "agora precisamos voltar".

No carro, minha mãe tinha tirado os sapatos e as meias e colocado os pés no painel, e eu notei as proeminências nas laterais dos seus dedões e ela disse que só poderia ser filha de camponeses com aqueles pés tão duros, e todos nós rimos dessa piada — os pais e os avós dela eram professores universitários e poetas e oficiais do governo. Houve rupturas violentas na linhagem, mas também houve renovação e haveria mais pela frente; havíamos recebido tudo a que tínhamos direito na vida e era engraçado fingir que não tínhamos.

Minha mãe perguntou de novo para o meu pai sobre a Califórnia, e ele disse para deixar pra lá, mas ela perguntou de novo e alguns minutos depois de novo e de novo e de novo, e por fim ela soltou um suspiro comprido e rouco bem do fundo dos pulmões e disse:

— O oeste de qualquer país é sempre a parte mais bonita, e todo mundo precisa ver a parte mais bonita do país onde vive.

Meu pai fez um desvio brusco para a direita, atravessou as duas pistas até o acostamento, estacionou, tirou as mãos do volante, abriu a porta do passageiro e empurrou minha mãe para fora do carro.

— Sai — ele disse. — Este carro não é seu. Você não pagou nenhuma das peças.

— 建军 — minha mãe disse.

— Sai.

De dentro do carro, observei a imagem dela diminuindo cada vez mais enquanto seguíamos pela estrada em silêncio. Rezei para que meu pai visse que tudo aquilo era inofensivo — o desejo dela, a explosão de raiva dele, os erros que já tínhamos feito nessa vida —, nada daquilo era fatal, nada era final, havia escolhas que ainda nem conseguíamos conceber, futuros aos quais ainda não tínhamos chegado. O MUNDO VAI SOBREVIVER? Sim, já tinha sobrevivido e precisava e ia.

Eu não precisava mais falar com Deus. Eu só precisava falar. Agarrei a alça da porta e deixei que o impulso de abri-la e me jogar para fora virasse só mais uma fantasia. Corríamos tanto que senti que já tínhamos cruzado a fronteira do estado de novo. Não dava para contar com quase nada nessa vida... mas mesmo assim me permiti cultivar a fantasia de que eu voltaria a respirar normalmente quando meu pai, no último minuto, decidisse pegar o próximo retorno e voltar para o outro lado da rodovia, de que eu me proibiria de ficar pensando em como ela tinha conseguido chegar no meio da estrada e passar por seis pistas de carros em alta velocidade, primeiro numa direção e depois na outra, e de que, ao contrário de tudo isso, eu só ia esperar o momento em que aquele pontinho que era ela crescesse cada vez mais até ficar exatamente do tamanho que sempre tinha sido, e o alívio que eu ia sentir ao saber que isso nunca ia mudar.

Por que eles estavam atirando tijolos?

— Perdi a audição desse ouvido quando um cavalo pulou a cerca e bateu com tudo nesse lado do meu rosto — minha avó me contou quando chegou ao aeroporto Kennedy. Eu tinha nove anos e não a encontrava havia quatro. — Em Xangai você dormia comigo toda santa noite. Toda semana a gente levava você para a casa da sua outra avó. Ela ligava toda hora perguntando de você. "Não posso ver minha própria neta?", e eu dizia: "claro que pode". Mas, vamos ser sinceras, você não queria vê-la. Toda vez que você ia à casa da sua *waipuo*, você chorava e gritava o meu nome até acordar os vizinhos. Você detestava a cara dela porque era redonda igual à lua, e você achava que a minha era tão oval quanto um ovo. Você adorava a nossa casa. Era sua verdadeira casa, e continua sendo. Sua *waipuo* me ligava desesperada logo depois que eu te deixava, me pedindo para voltar, e eu corria para lá. Sim, minha coisinha preciosa, sua avó de sessenta e oito anos corria pela rua por causa de você. Como eu podia deixar você sofrendo, nem que por um segundo? Você não parava de chorar até eu chegar e, no minuto em que eu te pegava no colo, você dormia o sono profundo e feliz de uma criança que voltou para sua verdadeira família.

— Agora eu durmo sozinha. Tenho uma cama só minha e cheia de adesivos — eu contei para ela em chinês, mas sem saber a palavra certa para "adesivos". Grudei meu corpo no corpo da minha mãe, que estava dizendo ao meu pai que íamos precisar fazer duas viagens até o carro porque minha avó de algum jeito tinha persuadido a companhia aérea a deixar que ela trouxesse três malas *e* duas bagagens de mão sem nenhuma taxa adicional.

— E você viu aquele coitado arrastando as malas para ela? Como ela sempre consegue fazer isso? — minha mãe me tirou de perto e me disse em inglês "fale. Com. A. Vovó" só com o movimento dos lábios.

Meu pai ergueu as mãos no ar.

— Tenho certeza de que você sabe — ele disse, e foi andando com as primeiras duas malas.

— Você lembra de como era gozado — minha avó continuou, ajustando o aparelho de surdez até que ele desse um apito e depois um apito maior e depois outro maior ainda. — Me chamavam de milagreira e eu dizia "não, não, só sou a *nainai* dela", mas todo mundo dizia "você faz milagre. É a única que consegue fazer essa criança parar de chorar". Diziam que eu não precisava ser modesta. "Essa criança gosta mais da avó do que dos próprios pais! Por que dourar a pílula?" Depois de um tempo eu tinha que me policiar para não impedir as outras pessoas de falarem. Será que eu deveria partir para o insulto? Ou começar a reclamar sem parar? Sua *nainai* não é esse tipo de pessoa. E a verdade é que as pessoas não saem falando as coisas do nada. Tem alguma verdade em tudo que é dito muitas vezes, essa é a verdade.

— Quê? — eu disse. — Não entendo chinês tão bem.

— Eu sabia que você não ia esquecer nenhum momento da sua vida de verdade, da sua casa de verdade. O lugar de onde você veio. Já aprendeu inglês?

— Só falo inglês. Aqui é a América.

— Sua *nainai* tem muito orgulho de você. Um dia seu inglês vai ficar bom. É uma dádiva estar aqui com você. Você não sabe quantas noites solitárias passei, lágrimas caíam por você. Errei quando deixei que você partisse. Lembra o jeito como você me chamou quando soltou minha mão e entrou no avião com a sua mãe? Lembra de como você gritou que queria me levar junto? Quatro anos atrás, seu pai me escreveu "você não pode manter minha esposa e filha longe de mim nem mais um dia. Vou mandar buscá-las imediatamente". Eu me perguntei se ele chegou a cogitar apenas por um minuto que talvez você e sua mãe simplesmente não quisessem vir para a América. Naquela época, você preferiria comer ratos a se separar da sua *nainai*. Seu pai é muito teimoso, mas não sou o tipo de pessoa que cospe no prato em que comeu. Entende? Mas não vou falar mais nada. Agora vou morar na casa dele e, mesmo que ele tenha feito só escolhas erradas, ainda precisamos escutá-lo. Mas lembre-se de quando você chorou no aeroporto e disse "*nainai*, te amo mais do que todo mundo. Quero ficar com você. Não quero ir para a América".

— Não me lembro — eu disse à minha avó. — Desculpa.

— Você lembra de tudo, não lembra? Mas é muito dolorido ficar remoendo essas lembranças ruins. — Seu aparelho de surdez voltou a fazer um zumbido e ela girou o botãozinho escondido com o dedão e o indicador. — Essa coisa funciona por uma hora e depois fica muda durante dias. Seu pai disse que ia me arranjar um aparelho auditivo decente para que eu possa ouvir essa sua voz bonita. Agora você fale alto e deixe sua avó te olhar bem. Ela só sentiu sua falta todos os minutos de todas as horas de todos os segundos de cada unidade mínima de tempo que passou desde que você dormia com a sua *nainai* toda noite e não queria nem fechar os olhos se eu não estivesse na cama com você. Sabe qual era a piada que todo mundo fazia? "Quem é a mãe? Você?" Ah, eu dava risada.

— Isso não é uma piada.

— Verdade. Era a mais pura verdade — ela continuou. — Todo mundo me perguntava "a sua netinha nunca dorme com a mãe e o pai?" e eu precisava contar, não me gabando, mas apenas informando, que "não. O pai dela está na América aprendendo a construir computadores e a mãe dela trabalha até tarde na fábrica e, mesmo que sua mãe não chegasse em casa tão tarde, minha neta deixou bem claro que só dorme comigo. Sei que não é o ideal porque a mãe dela dorme sozinha em outro quarto debaixo do mesmo teto, mas quando uma criança quer alguma coisa, como olhá-la nos olhos e negar?".

Minha avó morou com a gente na América durante um ano. Ela me ensinou a tricotar, e depois da aula eu a observava fazendo o jantar e lavando a louça e costurando as cortinas. No começo eu não quis que ela dormisse na minha cama comigo. Ela chorava e vinha toda noite no meu quarto e ficava sentada na beira da cama sem dizer nada. À noite, seus olhinhos ficavam vermelhos e sua boca, sem dentes, exceto os quatro na parte de baixo e alguns na parte de trás. Ela comia alho diariamente para viver até os cento e dezessete anos e me ver crescer por uns quarenta e cinco, e nas primeiras vezes que ela disse isso só consegui me imaginar fugindo de casa para poder viver alguns anos sozinha, mas, depois de algumas semanas, o cheiro de alho se tornou reconfortante e eu precisava tê-lo por perto antes de fechar os olhos, e, bem quando comecei a chamá-la mais do que ela me chamava, meus pais me deram a notícia de que ela precisava voltar para a China para ficar com o marido que ia morrer.

— Seu avô — minha avó disse com desgosto — diz que o jeito correto de um homem deixar este mundo é em sua própria casa, com sua esposa do lado. Já escutou besteira maior que essa?

Meu avô vinha implorando para que ela voltasse havia seis meses. Tinha sido diagnosticado com lesões na garganta e não queria morrer sem ela. Eu tinha dormido na sua cama por um ano, grudada nela como se fosse a parede do meu quarto e, depois que ela foi embora, fiquei dormindo na mesma cama por duas semanas, me recusando a voltar para a minha mesmo depois que minha mãe ameaçou me empurrar para fora se eu não saísse.

— O quarto está fedendo — ela disse. — Está parecendo que várias pessoas morreram aqui. Você quer ficar mesmo assim?

Eu fiz que sim com a cabeça.

— Nesse lençol que não é lavado há semanas?

Fiz que sim.

— Ela disse que vai voltar depois que o vovô morrer.

— Ela também disse que você ia aprender inglês no ensino médio. Disse que aprendeu a dirigir num sonho e que por isso vai passar na autoescola e te levar para o Monte Rushmore no seu aniversário. Você acredita em tudo que ela fala? Voltou no tempo e perdeu a razão?

Balancei a cabeça. Enfim ela e o meu pai me arrastaram para fora do quarto, meus braços estavam cravados na cabeceira cafona da cama pintada de branco brilhante, meu pai segurava minhas pernas e minha mãe tentava soltar meus dedos.

— Você vai dormir sozinha — minha mãe disse. — Como você dormia antes de ela chegar.

— Ouviu sua mãe? — meu pai disse, enxugando as lágrimas do meu rosto e assoprando minhas bochechas vermelhas. — Um dia de cada vez.

— Não fique estimulando.

— Você quer bater na sua tristeza e fazer com que ela pule para fora do seu corpo? — meu pai disse. — Porque é isso que a sua mãe quer. Que sejamos os malvados e ela seja a heroína quando voltar.

— Não vou convidá-la de volta — minha mãe disse.

* * *

Minha avó voltou três anos depois. Eu estava no ensino fundamental e minha patética puberdade tinha começado da noite para o dia — de repente passei a ver tudo que me cercava do jeito que realmente era: horrível e medonho. Não tinha amigos, vida social, interesses, talentos, peitos, dentes retos, carisma, roupas normais nem charme, e todo dia voltava para casa exausta de tanto pavor. Comecei a inventar doenças para poder ficar em casa com meu irmão de dois anos. Eu o seguia por todo lado, engatinhando quando ele engatinhava e andando de joelhos quando ele aprendeu a andar, para ficarmos da mesma altura.

Quando minha avó se mudou pela segunda vez, disse que dessa vez não ia mais embora. Ia tentar conseguir um *green card* e ia criar meu irmão até ele ter idade para se cuidar — dezoito anos, talvez dezenove.

— Veremos — meu pai disse em chinês, e depois para mim e minha mãe em inglês. — Deixem a vovó acreditar no que ela quiser acreditar. Meu instinto diz que vamos voltar à agência de viagens em março ou meu nome não é "Papai, o faz-tudo desta casa".

Dei risada dele.

— Mas esse não é o seu nome.

Fiz questão de contar à minha avó que tinha dormido sozinha esse tempo todo.

— Também corto sozinha as unhas do pé e sei trançar o cabelo e faço meu próprio lanche. — Minha mãe ficou me olhando sem muita empolgação. — Oi, vovó. Senti saudade — completei.

Aí ela começou a tagarelar e me abraçar por todos os lados.

— *Nainai xiang ni le* — ela disse. — A vovó sentiu sua falta, ah, a vovó sentiu sua falta, ah, a vovó sentiu sua falta...

— Beleza, já entendi — eu disse.

Ela deu um passo para trás e pegou na minha mão.

— *Baobai*, pode dormir com a sua *nainai* se quiser, mas seu irmão vem junto. Não sei se vão caber os três, mas vou gostar de testar. Tem alguma coisa que faz sua *nainai* mais feliz do que ficar com os dois netinhos? Seu irmão vai dormir comigo até ter idade para dormir sozinho. A maioria das pessoas diz que treze anos é a idade em que a criança aprende a dormir sozinha, mas a maioria das pessoas é egoísta e só pensa em si. Eu não. Eu digo dezesseis. Dezessete. Dezoito. E, se ele precisar, vou ficar feliz em dormir com o seu irmão até ele completar vinte e um!

Eu dei risada.

— O Allen não vai querer. As coisas mudaram. A gente escreveu para você sobre isso.

Minha avó me puxou para perto com tanta avidez que fiz que estava engasgando bem alto para demonstrar o que dizia.

— Ah, *baobai*, senti sua falta. Minha audição piorou. Na China os médicos são uns charlatões trapaceiros. Ficam com seu dinheiro mas deixam tudo pior ou, se você der sorte, igualzinho a antes. Perdi a audição desse ouvido fugindo de uns meninos que estavam atirando tijolos em mim. Por que eles estavam atirando tijolos? Sei lá eu. Naquela época existia uma violência que hoje ninguém consegue entender. E onde aqueles meninos arranjaram os tijolos? Essa é a verdadeira pergunta. Naqueles tempos ninguém tinha casa de tijolo. Todo mundo vivia feito animal. Naquela época você não poderia dizer que a sua *nainai* tem a pele branca como a de uma boneca de porcelana, porque ela estava sempre coberta de sujeira. Esses meninos podres me perseguiram até eu tropeçar numa cerca, e aí um pedaço afiado de madeira perfurou meu tímpano. Fiquei lá deitada a noite toda até a filha do pastor me encontrar, encolhida igual a uma criancinha.

— Achei que você tinha perdido a audição quando o cavalo pulou a cerca e te esmagou.

— Me levaram ao médico do vilarejo e ele enxertou um pouco de pele do meu joelho na minha orelha. Eu sangrava tanto que pensei que ia morrer. Foi a pior coisa que vivi, e já tinha vivido coisas terríveis. Sua *nainai* sobreviveu a duas guerras e viu a própria mãe ser assassinada a tiros por soldados japoneses. Criança nenhuma deveria ver a mãe morrer. Mas sabe o que foi pior do que ficar estatelada na lama com sangue nos ouvidos? Pior do que ver meu irmão voltar da guerra com metade de uma perna e sem o braço direito? Foi viver na China com o seu avô, que não teve a decência de morrer como disse que morreria, e ficar milhares de quilômetros separada de você e do seu irmão. Senti tanta dor pelo seu irmão que falei para o seu avô pilantra que, a menos que ele morresse naquele exato instante, ele teria que se contentar em deixar este mundo do mesmo jeito que ele veio: sem mim. "Venha comigo se precisa tanto assim de mim." "Não", ele dizia. "Estou confortável aqui. Aqui é a nossa casa. Você deveria querer ficar comigo aqui. Estes são os nossos anos de ouro." Blá, blá, blá. Minha casa é onde você e seu irmão estiverem. Ah, eu sentia falta dele como sinto falta da pele do meu joelho.

— Mas vocês se conheceram hoje.

— Fala mais alto, meu doce, para a *nainai* conseguir escutar.

— Minha mãe diz que só posso chamar de *nainai* minha avó por parte de pai, e que você na verdade é minha *waipuo*.

— Seu pai disse que vai trocar esse aparelho de surdez. Pode ser até que eu ainda tenha aquela farpa de madeira aqui dentro. As pessoas não entendem nem a tecnologia da própria bunda lá na China. E tudo é imundo. Você consegue imaginar um médico analfabeto de mãos sujas tocando a orelha da sua *nainai*? É por isso que eu não podia ficar na China. Perdi o nascimento do seu irmão porque seu avô disse que estava morrendo, e aí eu volto e adivinha quem não está morrendo? Adivinha quem está andando e fumando pelo jardim? Todo dia ele vai para o *lao ganbu huodongshi* para gastar com jogo. Essa parece ser uma pessoa que está no leito de morte para você, minha lindinha, minha *baobai*? Você acha que a sua avó vai perdoar seu avô por não deixar que ela visse o nascimento de seu único neto? Sabe quando sua avó vai cair de novo na lorota dele? Nunca mais. Vou ficar aqui até partir para o outro lado, minha *baobai*.

— Não vou te chamar de *nainai*.

— Todos os meus netos me chamam de *nainai* porque *nainai* é o nome mais carinhoso, mais próximo, para chamar alguém da sua família. Você se recusava a me chamar de *waipuo* quando era pequena. Você me dizia "você não é minha *waipuo*, minha *waipuo* é aquela senhora estranha que me dá comida que eu não gosto e tem uma cama fria". Lembra que você disse isso? Cadê seu irmão? Senti tanta falta dele. Rezo para que um beija-flor bique meus olhos e os arranque e deixe seu néctar no lugar antes que eu passe por esse sofrimento de novo. Mas já estou melhorando. Quando eu vir a carinha preciosa do seu irmão, nunca mais vou sentir tristeza. Meu coração vai ficar inundado de alegria até meu último suspiro. Cadê o seu irmão, *baobai*?

Da terceira vez que a minha avó veio morar com a gente, eu tinha quinze anos e meu irmão tinha cinco.

— Por favor não deixe ela fazer a mesma coisa com você igual à última vez — eu disse para ele. — Você estava obcecado por ela.

— Não, Stacey. Eu não tava.

Mas não demorou para ele voltar a dormir na cama dela e a responder aos meus pais e a ficar bravo se eu não o deixasse comer os últimos flocos de arroz. Toda vez que ficava chateado comigo ele corria para a minha avó, e ela vinha para o meu quarto e fingia que me dava uma surra na frente dele, mas na verdade só batia palmas perto da minha bunda.

— A sua irmã está chorando muito por causa da minha surra — minha avó falava para o meu irmão. — Viu? A *nainai* castigou sua irmã por pegar o que é seu por direito. Viu como eu bati nela com força? Tem lágrima escorrendo por todo lado.

— Não estou chorando — eu disse por cima das palmas da minha avó. — Não estou chorando — repeti até ficar tão frustrada que acabei chorando de verdade.

Meu irmão chorava nos fins de semana, quando minha avó ia trabalhar numa fábrica em que dobrava dumplings por cinco centavos a unidade. A maior parte dos outros funcionários só conseguia fazer cinquenta por hora e, quando o dono da fábrica notou que minha avó com frequência chegava a cem e tinha começado a ensinar seus macetes para as outras mulheres durante o intervalo de almoço de quinze minutos, ele instituiu certas regras de "controle de qualidade" que exigiam determinada quantidade de farinha em cada unidade e umas dobras nos cantos dos dumplings que tivessem entre quatro e seis milímetros. Minha avó argumentou que ele estava descontando dos salários as "unidades inadequadas" de forma arbitrária, sem qualquer inspeção, e que todos os dumplings que ela dobrava, inclusive os inadequados, eram jogados nos mesmos saquinhos no freezer, e o nome disso era exploração. Ela convenceu os outros trabalhadores a exigirem o pagamento de todos os bolinhos rejeitados e até organizou uma manhã de greve para reivindicar salários maiores.

— Seis centavos por unidade! — eles repetiam.

O dono se rendeu, e nesse dia minha avó chegou em casa comemorando como se estivesse num jogo de futebol. Ouvindo sua narração da vitória do dia, até eu precisei admitir que ela tinha feito uma coisa boa.

— Não se preocupe — ela disse. — Um dia você vai crescer e ficar igual à sua *nainai*.

— Viu, a vovó é um herói — o Allen disse. — Ela consegue fazer tudo.

— Argh — eu disse. — Ela só fez isso para ganhar mais. O que tem de tão legal?

Tentava salvar meu irmão, mas minha avó era traiçoeira. Quando saíamos para dar uma volta pelo quarteirão à noite, ele se escondia embaixo da camisola dela, que era bem longa. Se eu tentasse ignorá-los, minha avó me cutucava até que eu olhasse para ela e ela então perguntava "cadê seu irmão?" e eu em seguida dizia "Deus, por favor, não", mas sempre já era tarde demais — a essa altura minha avó já tinha levantado o vestido para revelar meu irmão, que saía debaixo dela dando cambalhota na grama.

— Estou vivo — ele gritava. — Nasci. Eu nasci. Tenho zero anos de idade. Eu nasci. Acabei de nascer.

— Foi assim que você nasceu — minha avó falava. — Foi lindo e majestoso e todo mundo chorou, e eu fui quem mais chorou. Quando você saiu de mim, despertou os deuses e fez com que transformassem este mundo ruim e corrupto num mundo bom e benevolente, eliminando a pobreza e a fome e a morte violenta.

— Você tem que parar de fazer isso com ela — eu disse para ele. — Não foi assim que você nasceu e você sabe disso.

— A vovó diz que foi.

— Ela está errada — eu disse.

— E quando seu irmão era pequeno — minha avó gritou com as mãos para cima, como se esperasse para receber alguma coisa que lhe prometeram — ele mamou nos meus seios porque o leite da sua mãe tinha secado, mas os meus seios sempre produziam leite quando meus netos nasciam. Seu primo também bebeu no meu mamilo, mas ninguém bebeu com tanta avidez quanto seu irmão. Ele mamou até que eu secasse. E quando meus seios começaram a doer e eu já não produzia mais leite, ele chorava de agonia querendo mais. Precisei pedir mais leite aos deuses para que seu irmão pudesse continuar a mamar.

— Que coisa nojenta. Isso nunca aconteceu — eu disse, mas, como de costume, ninguém estava me ouvindo, nem as árvores que se dobravam para longe de mim, nem a estrada lá na frente que fazia uma curva formando uma letra C, nem minha avó que só escutava o que queria escutar, nem meu irmão que ia sendo lentamente envenenado por ela, nem meus pais que não ouviam quando eu dizia que iam perder meu irmão se não começassem a passar mais tempo com a gente. Que tempo?, meu pai questionava. É, que tempo?, minha mãe perguntava. Devíamos parar de trabalhar e de pagar a hipoteca e de guardar dinheiro para a sua faculdade? Devíamos voltar a dormir num quarto com dez pessoas e com uma criança berrando a noite toda por causa de uma coceira na perna? Devíamos parar de comer e de ter roupa e um carro em nome desse "tempo" de que você fala com tanta estima?

Mas eu sabia o que eu sabia. Um dia ele teria dezesseis anos e ainda estaria encolhido debaixo do vestido da nossa avó, ficaria grudado nela até que ela o acordasse, esperando que ela fizesse o almoço e tirasse a mesa do jantar, os dois enrolados um no outro como as duas trepadeiras retorcidas da sala de TV. Você não quer nada além disso?, eu lhe perguntava. Não quer fazer amigos e beijar alguém que não seja seu parente? E ele dizia não, só quero a *nainai*, e aí eu a via perto dele, com seu sorriso banguela e os olhos pequenos e satisfeitos, e as mentiras inacreditáveis que ela enfiava nas nossas vidas até que se transformassem em futilidades bizarras dentro da história da nossa família, e não havia nada que ninguém pudesse fazer para impedir.

Um dia cheguei e encontrei a casa vazia. Uma hora depois, vi meu irmão e minha avó andando pela rua de mãos dadas. Ele suava, embora ainda fosse inverno.

— Por que você está suando desse jeito?

— Estava pulando.

— Pulando?

— A vovó também.

— Ela estava pulando com você?

— É. Naquela coisa de pular.

— Que coisa de pular?

— Tem uma coisa de pular roxa e a vovó disse que eu podia brincar nela.

— Você quer dizer cama elástica?

— Como é uma cama elástica?

Fiz um desenho da nossa avó de camisola sobre uma cama elástica e, ao longe, cinco policiais apontando armas para ela. Desenhei um balão de diálogo em cima da cabeça de todos eles e escrevi: “Matem aquela senhora! Em nome da LEI!!!!!”.

— Ah, é, a coisa de pular é assim — ele disse, rasgando a parte do desenho em que os policiais apareciam. — Ficava na casa roxa.

— Deixa eu ver se entendi. Tem uma cama elástica roxa na casa roxa no fim da rua, onde ninguém mora?

— Não *na* casa. No quintal. A vovó disse que eu podia pular. Ela pulou primeiro.

— Ela pulou na cama elástica?

— Tipo trinta vezes.

— Você que pediu?

— Não, ela só quis pular. Aí ela ficou dizendo “Allen, vem pular com a *nainai* na cama elástica”.

— Meu Deus. Vocês dois são criminosos. Quantas vezes fizeram isso?

— Pular na coisa?

— Quantas vezes a vovó te levou lá?

— Não sei. Todo dia.

— Jesus. Você não viu o desenho? Vocês estão desobedecendo a lei.

— Não estamos, não.

— Estão, sim, e vão parar na cadeia se alguém descobrir. Eu poderia chamar a polícia agora — eu disse, andando em direção ao telefone da cozinha.

— Stacey, não. Por favor, não manda a vovó para a cadeia.

— Quem se importa se ela for para a cadeia?

— Eu não quero que ela vá. Por favor, Stacey.

— Quem você prefere que vá para a cadeia, então? Alguém precisa ir. A mamãe ou a vovó?

— A mamãe.

— Não acredito que você disse isso.

— Não sei.

— Que ridículo — eu disse.

— Não chama a polícia, Stacey. A vovó não fez nada.

— A vovó não fez nada — eu disse, imitando a voz dele.

Ela foi embora naquele mesmo ano, depois que o cachorro de um vizinho a derrubou no asfalto. Ela rachou a cabeça e precisou levar ponto e fazer várias tomografias que se revelaram inconclusivas e uma ressonância magnética. Ela tinha estourado o prazo do visto e não tínhamos convênio de saúde para ela, então a conta do hospital acabou sugando muitos meses das economias dos meus pais. Não houve um diagnóstico final, mas ela sempre reclamava de dor de cabeça e começou a sofrer de sonambulismo. Uma vez, nosso vizinho do fim da rua, um juiz aposentado que tinha lutado no Vietnã e andava de muletas, apareceu em casa para devolvê-la.

— Ela bateu na minha porta. Agora estou batendo na sua.

— Precisamos mandá-la embora ou teremos que vender a

casa só para que ela continue viva — meu pai disse à minha mãe mais tarde.

— Eu sei. Ela não vai querer ir. Mas eu sei — ela disse.

A coisa chegou ao auge da crise numa noite em que minha avó, sonâmbula, conseguiu chegar à estrada principal e foi para o meio da rua, o que resultou num engavetamento de quatro carros e na vinda de vários policiais à nossa porta.

— Não vou mandá-la embora dentro de um saco do IML — ouvi minha mãe dizendo ao meu pai.

— Precisamos dizer que ou ela vai por vontade própria ou vai ser deportada pelo Sistema de Imigração e proibida de voltar para o resto da vida.

— Não vou mentir para ela.

— Você acha que ela agoniza igual a você toda vez que inventa uma mentira? Olha, sei que você quer ser justa com ela, mas agora não é hora de mostrar suas virtudes.

Na noite em que minha avó foi embora, eu disse ao meu irmão que ela nunca mais voltaria e ele tentou dar um soco na própria cara.

— Você precisa se acostumar — eu disse, segurando suas mãos. — Eu sei o que você está sentindo. Também já senti isso. Pensei que longe dela eu ia morrer. Mas não é tão ruim assim. Agora você acha que é, mas não é. É só ir se acostumando. A cada dia você vai sentir menos falta dela. E aí, um dia, não vai nem pensar mais nela. Prometo. E você sempre pode falar comigo se ficar triste.

Ele não estava ouvindo. A cara dele tinha ficado toda vermelha, como se alguém o tivesse estapeado de forma homogênea. A única vez que eu tinha visto alguém chorar com tanta violência tinha sido num documentário sobre a Guerra do Vietnã. Uma mulher tinha pulado no túmulo recém-aberto do marido morto. Queria ser enterrada com ele. A visão e o som daquele corpo que chorava e era arrastado para fora do túmulo do marido me perseguiram por dias.

— Isso é uma coisa boa, Allen. E não é nem a pior coisa que você vai viver. Estou feliz, sério. Estou feliz que ela foi embora, e sabe o que mais? Não vou deixar você estragar esse meu momento — eu disse, com a voz falhando um pouquinho.

Na quarta e última vez que minha avó veio morar com a gente, eu tinha dezessete anos. Meu irmão tinha esquecido dela naqueles dois anos de intervalo. Eu e ele estávamos próximos de novo. Ele dormia no chão do meu quarto ou na minha cama quando eu deixava e jogava computador com fones de ouvido enquanto eu fazia os trabalhos da escola. Ele me pedia para sentar ao lado dele quando ia praticar violino, e ele era terrível, mas ficava magoado se eu desse risada. Quando meus amigos vinham em casa, ficava andando pelos cantos, fingindo que caçava insetos. Eu uma vez disse que ele não podia viver estando sempre apegado a alguém, embora eu gostasse. Eu gostava do seu corpinho apoiado no meu nas mesas dos restaurantes e do jeito com que, em casa, ele puxava sua cadeira para perto da minha e sentava com metade do corpo em cada uma delas, e quando ele falava que queria que eu não tivesse tarefas nem amigos e pudesse passar o tempo todo com ele.

Minha avó tentou fazê-lo dormir com ela de novo, mas ele só queria dormir no meu quarto. Às vezes ele a provocava, como num dia em que ela perguntou se ele queria entrar debaixo do vestido dela como nos velhos tempos e ele foi, deu uns tapas nas pernas dela e depois saiu correndo para o meu quarto. Essa foi uma das muitas ocasiões em que ela se sentou na beira da minha cama esperando que meu irmão viesse pedir desculpa e dissesse que a amava e que nunca quis machucá-la, mas ele nunca fez nada disso.

Dessa vez ela estava mais surda do que nunca e usava aparelho nos dois ouvidos, um modelo novo que meu pai tinha comprado na Costco, mas que funcionava mal do mesmo jeito porque ela só colocava baterias que já tinham cinco anos de uso. Às vezes eu a via no quarto tirando as baterias velhas e colocando novas baterias velhas. Ela tinha criado novos interesses e começou a estudar caligrafia e a história dos índios americanos por conta própria.

— A América pertence aos chineses — ela dizia. — Fomos os primeiros a chegar à América do Norte.

— Achei que os ameríndios tinham vindo antes.

— Os índios são chineses. Cristóvão Colombo viu os chineses e os chamou de índios. Inventamos os temperos e o chiclete e o papel, a pintura de blocos em madeira e a prensa móvel, o dinheiro em cédula, a pólvora, os fogos de artifício, o chá, a técnica de desenrolar o fio da seda, a alquimia, que mais tarde se tornou a química moderna, ferramentas de navegação para a exploração marítima, armas de guerra e armas de paz. É por isso que a China fica bem no centro do mapa.

— Não nas salas de aula americanas.

— Você devia ter orgulho de ser chinesa.

— *Nainai*, os chineses não são índios.

— Os primeiros africanos eram chineses. Os primeiros sul-americanos eram chineses. Durante muito tempo, não havia ninguém na Austrália. Lá a civilização é e sempre foi atrasada. Mas pensa só. Toda a América do Norte e do Sul, toda a África e boa parte do leste da Europa, toda a Rússia, a Sibéria, tudo isso pertenceu primeiro aos chineses.

Foi nesse momento que ela se revelou por completo para mim — eu pude vê-la. Ela era só uma velhinha criada no campo, sem educação e sem nenhuma das coisas básicas que depois ela ofereceu à minha mãe e aos irmãos da minha mãe, uma pessoa que tinha escutado desde que era menina que as mulheres foram trazidas ao mundo para gerar a vida e criar os filhos sem dar muito trabalho, vivendo como os criados viviam, de forma produtiva, sem sentir cansaço ou fazer muitas exigências, mas de algum jeito ela tinha tido a habilidade e a esperteza de se erguer por meio do movimento feminista que Mao idealizou para tirar as mulheres de casa e levá-las aos campos e fábricas, ela tinha conquistado mais poder do que qualquer outra mulher de sua classe e gostava de mencionar as pessoas que tinha "salvado", mas nunca citava as pessoas que tinha dedurado durante a Revolução Cultural, ela era uma pessoa cuja deficiência auditiva tinha alimentado seus medos de se tornar inútil, se tornar alguém com quem os outros não se importam, e, para enfrentar esses medos, teve que se imbuir de uma confiança que chegava a constranger, teve que manter uma autoimagem positiva tão exagerada que beirava o delírio. Tentou contornar a própria obsolescência levando os filhos a acreditarem que sem ela sucumbiriam e, quando eles caíram na real, tentou fazer o mesmo com os netos. Mas nós também estávamos crescendo e faltavam alguns anos até termos nossos filhos, e a essa altura ela já estaria morta. Enterrada ou cremada, a não ser que aquele alho que mastigava de fato a fizesse viver até os cento e dezessete. Eu já tinha idade para entender que um dos possíveis efeitos de um trauma era tornar a pessoa traumatizada alguém insuportável, e que a insistência da minha avó em se ver como vítima era ao mesmo tempo patética e admirável e a tornava merecedora de pelo menos um pouco de compaixão, mas, caralho, por que forçar a barra daquele jeito? Por que ela demandava tanto? Por que exigia aquela devoção total? Me dava repulsa pensar que ela queria que eu e meu irmão a amássemos mais do que amávamos nossos pais, mais do que amávamos um ao outro, mais do que amávamos até nós mesmos.

Então eu a provocava. Eu a ignorava. Dizia que ela falava chinês igual a um agricultor, e essa era a pior maldade que poderia fazer. "Lá vem o Lago de Lágrimas", eu e meu irmão comentávamos toda vez que a ouvíamos soluçando e fungando. Algumas vezes apostávamos quanto tempo ela aguentaria sentada na beira da minha cama, ignorada pelos dois, até resolver descer para praticar caligrafia. Ela só tinha estudado até o terceiro ano e estava aprendendo os caracteres sozinha com a intenção de escrever um livro sobre seus netos.

— O mundo precisa conhecer vocês dois — ela disse. Por um momento fiquei comovida. Mas eu sabia que, se algum de nós dois tinha mesmo chance de crescer e virar aquele tipo de pessoa que os outros têm vontade de conhecer, precisávamos deixá-la para trás.

— Você devia escrever sobre a sua vida, *nainai* — eu disse. — As pessoas também precisam conhecer você.

— Você e seu irmão são a minha vida — ela insistiu e, embora não fosse a primeira vez que dizia aquilo, fiquei genuinamente triste por ela não só saber tão pouco sobre a gente, mas por nós sabermos menos ainda sobre ela.

Depois que me formei no ensino médio, meus pais levaram eu e meu irmão para um cruzeiro pelo Canadá com umas outras famílias chinesas. Na véspera da viagem, meu irmão começou a chorar e não queria contar o motivo para os meus pais.

— Está preocupado com a vovó sozinha em casa chorando um Lago de Lágrimas? — perguntei para ele quando ficamos sozinhos.

Ele fez que sim.

— E se ela sentir medo de ficar sem ninguém?

— São só alguns dias, Allen. Ela já passou por coisa bem pior.

— E se ela precisar de ajuda?

— Aí ela pode ligar para o celular do papai e a gente corre para casa na hora.

— E se a gente estiver no meio do mar?

— Aí ela vai ter que esperar algumas horas, enquanto a gente volta para a terra e pega um avião.

— E se ela não puder esperar tanto assim?

— Aí ligamos para um vizinho vir aqui.

— E se o vizinho não atender o telefone?

— Aí ela liga para o 911, igual a mamãe e o papai ensinaram, e não me pergunte agora "e se eles não entenderem nada", porque sei que *com certeza* eles têm atendentes que falam chinês.

— Mas e se nesse dia não tiverem?

— Allen.

— Quê?

— Você sabe o quê — eu disse.

— Você não pensa na vovó, Stacey?

— Sei lá, sim, é um saco ficar sozinha em casa, mas ela dá conta. Eu tenho certeza. Ela precisa dar conta. A vida é assim. Nem todo mundo tem tudo o que quer.

— Mas a vovó não tem nada do que ela quer.

— Não é verdade. Ela conseguiu vir para a América nada menos que quatro vezes e morou com a gente todas as vezes. Era isso que ela queria. Não é pouca coisa. Tem gente que não pode vir nem uma vez. Já pensou nisso? — A boca do Allen voltou a tremer. — Olha, por que a gente não procura alguma coisa bem legal para trazer do cruzeiro para ela. Topa?

— Aham.

— Lembra quando você deu para ela aquela escova de dente que a gente ganhou de brinde no avião? Ela ainda segura aquilo toda noite como se fosse um diamante precioso.

— É mesmo — o Allen deu risada. — Ela disse que queria ser enterrada com a escova quando morresse.

— Eu acredito.

O cruzeiro foi tão legal que esquecemos completamente de comprar um presente para ela. No carro, voltando para casa, revirei minha mochila e achei uma minilatinha de Coca vazia, levemente amassada e ainda com o canudinho usado. Jogamos o canudo fora e embrulhamos a lata toscamente com um panfleto meio sujo de comida sobre segurança a bordo.

— Trouxemos um presente, *nainai* — o Allen disse.

— É uma lembrancinha que trouxemos de Ontario — eu completei.

— Desculpa, a gente já bebeu.

— Ah, meus dois *baobai* queridos. Me trouxeram um presente digno de um rei. — Ela abraçou o Allen, depois me abraçou, depois nos envolveu com um abraço tão apertado que nós três começamos a chorar por motivos diferentes. Meu pai nos interrompeu para perguntar se alguém tinha tocado a campainha enquanto estivemos fora e minha avó disse que na verdade não, a não ser um dia em que um policial apareceu e ela acabou abrindo uma fresta da porta e falou com ele segurando uma faca atrás das costas.

— Uma faca? — meu pai repetiu horrorizado. — Você segurou uma *faca* para falar com um policial armado?

— Como eu ia saber se o uniforme e o distintivo eram de verdade? Eu tinha todo o direito de usar uma arma.

— Se o policial visse a faca, podia te prender — meu pai disse. — Então ele ia descobrir que seu visto já venceu e isso daria problema para todos nós.

— Ele podia... matar a vovó? — o Allen perguntou para o meu pai em inglês.

Ele balançou a cabeça rapidamente e continuou repreendendo minha avó.

— E com esses policiais nunca se sabe. Você mexe com o

cara errado na hora errada e vai saber. Agora você podia estar no centro de detenção, pronta para ser deportada. Foi por isso que falei para não atender a porta de jeito *nenhum*.

— Bem, não, ele não ia fazer nada, porque eu teria batido nele sem dó se ele resolvesse *tentar* botar um pé para dentro da porta.

Meu pai balançou a cabeça e desceu as escadas para contar o que tinha acontecido à minha mãe. No dia seguinte, descobrimos que o policial na verdade tinha vindo dizer para a minha vó parar de ligar o sistema de irrigação do jardim às terças e quintas por causa das novas regras da vizinhança. Ela vinha ligando os irrigadores todos os dias, pensando que nossa grama andava necessitada de água extra, e algum vizinho mais intrometido do que a média deve ter reclamado com a polícia.

— Andaram reclamando de você — eu disse à minha avó. — Não gostaram que você usou mais água do que é permitido.

— A sua *nainai* sabe lutas marciais. Se um bandido entrasse em casa, sua avó só ia precisar olhar para ele e pronto. Eu ia jogá-lo pelos cantos da casa e depois para o lado de fora da porta e tudo isso só com os meus olhos. Agora imagina se a sua avó usasse as mãos. Ele estaria morto em cinco minutos. Por isso luto só com os olhos. É mais humano.

— Que massa, *nainai* — eu disse. — Você tem talento.

— Tenho. Por isso vou ficar com vocês para sempre e vocês não precisam ter medo enquanto a *nainai* estiver em casa.

Ela foi embora naquele verão. A lesão que tinha na cabeça havia três anos não tinha melhorado completamente. Ela tinha dor de cabeça e voltou a ter sonambulismo. Meu avô escreveu mais uma vez e contou que estava prestes a ser diagnosticado com um câncer linfático. Dessa vez era verdade, ele escreveu, e ela precisava ir para casa ficar com ele.

— Ele é mentiroso, vocês sabem.

— A gente sabe, *nainai*.

— Ele tem ciúmes de mim porque essa já é a quarta vez que venho para a América, e ele é muito cagão e convencido e por isso não veio sequer uma vez. Quer me tirar tudo que eu amo. Por que vou abandonar meus netos e minha casa de verdade por aquele monte de osso? Não vou deixar vocês dois crescerem sem a pessoa que mais importa para vocês.

Ela voltou para Xangai logo depois que fui para a faculdade. Minha mãe perguntou várias vezes para o Allen se ele tinha certeza de que queria ficar em casa comigo em vez de ir junto com ela para o aeroporto. No último minuto, quando meu pai estava arrastando a última mala da minha avó para o carro, eu disse que queria ir com eles.

— Não tem espaço para os dois — meu pai disse.

— Quem disse que eu quero ir? — o Allen disse.

— Você não pode ficar sozinho — minha mãe disse. — Acho que o papai pode ficar com o Allen.

— Esquece — eu disse. — É muito complicado e ela — Minha avó estava ajoelhada no chão perto do Allen, que estava no sofá jogando Super Smash Bros., e ela tentava virar o corpo dele em sua direção, mas ele fugia toda vez que ela tentava agarrá-lo, irritado cada vez que perdia o jogo por causa dela. — não vai ficar satisfeita se só eu for. Todos sabemos quem é o neto anjinho amado dela. Ela ia preferir arrancar o canal auditivo fora a me deixar ocupar esse lugar.

Ela não soltava o Allen, e já estava ficando tão tarde que tivemos que dizer a ela que o Allen ia junto, e isso o deixou tão revoltado que ele se recusou a olhá-la nos olhos.

— Meu próprio neto não me olha nos olhos porque eu o decepcionei demais — ela disse. — Que vergonha. Preferia morrer ao lado dele a viver uma longa vida sem ele na China.

— Ele não dá a mínima — murmurei em inglês.

Quando colocamos minha avó no banco de trás, ela ficou insistindo para o Allen sentar no seu colo enquanto meu pai ligava o carro.

— Eu disse que não queria ir — o Allen disse e começou a chorar perto da porta aberta.

— Ah — minha avó gemeu. — E agora ele está chorando por minha causa.

Ela agarrou o braço do Allen até encostar o cotovelo dele em seu joelho, mas o resto do corpo dele se mantinha o mais longe possível dela. Meu pai fez um sinal para mim e eu entrei no meio deles, tentando com toda a minha força soltar os dedos dela do braço do meu irmão.

— Ele vai ficar muito triste, *nainai* — eu disse rapidamente. — A gente te ama, tenha uma boa viagem, até a próxima.

Assim que o Allen se soltou da minha avó, ele correu para dentro de casa sem olhar para trás ou dar tchau para ela. Eu bati a porta do carro e vi meu pai acionar a trava de segurança. Minha avó ficou tentando abrir a porta e batendo na janela com as mãos como se fosse um animal selvagem que viveu a vida toda em liberdade. Meu pai saiu da garagem e foi em direção à subida em forma de C, saindo do meu campo de visão. Ouvi um barulhinho familiar vindo de perto e, quando olhei para baixo, vi um dos aparelhos de surdez da minha avó no chão.

— Parece que você não vai embora nunca — eu disse e chutei o aparelho para longe, mas depois corri para pegá-lo e o acariciei para tirar a poeira, exatamente como eu tinha feito três anos antes quando encontrei minha avó caída no asfalto com a cabeça sangrando.

Na noite em que minha avó veio me dizer que ia embora pela terceira vez, senti uma coisa estranha. Fiquei na cama até todo mundo dormir e depois rastejei pelas escadas e saí escondida de casa, como sempre fazia naquela época. Fiquei andando pela vizinhança debaixo de um fio de lua e imaginei como seria ter nascido numa família diferente. Na volta, parei em frente à casa roxa, depois segui por um caminho de pedras malcuidadas até o quintal.

Intuí que ela estaria lá e ela estava, agachada perto da cerca, de frente para a cama elástica roxa.

— *Nainai* — eu chamei, mesmo sabendo que ela não conseguia me ouvir.

Tive vontade de pular com ela. Eu ia esquecer aquela sensação dentro de alguns dias, toda minha resistência em relação a ela voltaria da próxima e última vez em que viesse nos visitar, mas, naquele momento, senti sua solidão e isso me assustou.

Ela deu um passo adiante e de repente começou a correr tão rápido que parecia uma menininha, não era mais uma senhora flácida ou arredondada. Ela parecia uma linha reta — algo que eu entendia, conseguia me identificar. Fechei os olhos com medo de que ela tropeçasse. Quando voltei a abri-los, ela estava lá no alto, seu vestido voava. Eu soube naquele momento que talvez ainda haveria uma época da minha vida em que eu teria vontade de dormir com ela de novo, voltar para perto dela depois que a parte incerta e disforme da minha vida acabasse, quando ninguém mais me confundisse com uma criança, só ela. Seus filhos e os filhos de seus filhos eram crianças para sempre — era assim que ela planejava virar Deus e arrastar a gente para a sua eternidade.

Eu estava prestes a correr para encontrá-la, a me revelar, quando percebi que ela não estava acordada.

— Mãe — ela disse, pulando na cama elástica. — Mãe, eu não queria te deixar, mas tive que ir com o pai para as montanhas. Mãe, você me disse para cuidar do meu irmão e eu deixei que ele lutasse e ele perdeu as pernas. Mãe, te decepcionei. Mãe, você disse que queria morrer nos meus braços, mas eu vi nossa casa queimando com você dentro quando fugi para as montanhas. Falei para o pai que queria descer do cavalo e morrer com você e ele me apertou firme e não me deixou descer. Mãe, eu queria morrer com você, mas você me disse para ir. Eu não devia ter ido.

Cheguei mais perto dela. Seus olhos estavam abertos, mas não me viam. Ali no escuro, pensei que me lembraria para sempre dessa noite e que seria profundamente afetada pela experiência de ter visto minha avó desse jeito, mas tudo acabou sendo igual a esses sonhos em que você pensa durante o sonho que precisa lembrar do sonho quando acordar. Que, se você conseguir lembrar, esse sonho vai transformar você, revelar segredos da sua vida que do contrário continuariam obscuros para sempre. Mas, quando você acorda, a única coisa de que consegue se lembrar é de pensar que precisava lembrar. Depois de tentar evocar detalhes e imagens e não conseguir, você pensa ah, deve ser bobagem, e você segue a vida e não aprende coisa nenhuma e nunca muda.

Você caiu no rio e eu te salvei!

REUNIÃO Nº 1

Minha família tinha que usar sementes de melancia no lugar de fichas de pôquer de verdade, e eu era a culpada porque naquele mesmo dia tinha arremessado todas as fichas na árvore que fazia sombra na nossa sala, e só me arrependi bem depois, quando minha tia comentou que viu um passarinho engasgado com alguma coisa.

— Com uma ficha de pôquer? — perguntei.

— É provável — ela disse.

Meu tio Shawn tinha trazido um kit de pôquer de luxo da casa dele, na Carolina do Norte, que eu tinha visitado uma vez quando tinha nove anos. Na viagem de volta para casa, escrevi uma redação intitulada "Meu lugar favorito, e siiiiiim esse lugar existe de verdade!", em que eu descrevia cada um dos cômodos da casa e as várias aquarelas de Monet e as fotografias emolduradas do Velho Oeste americano pelas quais fiquei apaixonada — pareciam um sinal de riqueza, de quem tinha tanto dinheiro que podia desperdiçar nesses objetos cujo único propósito era serem bonitos e interessantes. (Só depois percebi que eles também eram sinal de um gosto pouco refinado, que havia outra classe social inteira que chamaria a coleção de arte do meu tio de cafona.) Era uma casa de verdade com longos corredores e tapetes Orientais com "O" maiúsculo, embora depois eu tenha descoberto que alguns deles na verdade eram tapetes persas do Irã, uma conexão que me confundiu e fascinou, mesmo tendo sido feita pela gente branca que nunca colocaria a Ásia no centro do mapa ou redesenharia a escala dos continentes de forma que a América do Sul virasse a baqueta magrela pendurada no dedo murcho da mão seca e com artrite da América do Norte que realmente era. Ninguém que acreditava na "descoberta" da América suportava ver a Europa fora do centro e a América inflada daquele jeito.

Mas ainda mais impressionante do que as obras de arte e os quatro quartos e os dois banheiros e meio e o porão totalmente acabado com um minibar e uma TV e os tapetes Orientais que eram lavados a seco a cada seis meses era o fato de o meu tio morar num condomínio *fechado* com direito a portão. Quando meu pai parou nosso Oldsmobile cor de vinho na cabine da portaria para dizer ao guarda que íamos na família Yin na Willow Creek Drive, número 14, nos sentimos como se não tivéssemos o que comer, como se fôssemos camponeses tentando trepar nos portões do palácio real, implorando para entrar, para ver aquilo de que só tínhamos ouvido falar, para confirmar que não só tudo que um dia sonhamos era real mas que as coisas que ainda nem éramos capazes de sonhar também existiam.

— Ferro forjado com flores-de-lis de ouro nas pontas — meu tio me descreveu numa volta pelo condomínio fechado.

— Com que-o-que de ouro? — eu disse, fazendo meu tio rir e pedindo para que ele repetisse mais devagar.

"Vamos nos mudar para cá", eu implorava aos meus pais toda vez que os portões se abriam para a gente, e meu pai dizia "para que esperar? Já estamos aqui!", mas cinco dias depois voltávamos para casa, para o nosso minúsculo apartamento em Bushwick, que desabou poucas semanas depois. Inscrevi minha redação num concurso de escrita e ganhei uma medalha de tecido da professora, foi a primeira vez que fui elogiada na escola e deixava a medalha sempre limpa e permanentemente alfinetada no meu vestido de veludo molhado que usava em ocasiões especiais. Minha mãe tinha tirado uma série de fotos minhas segurando a redação e usando o vestido de veludo e a medalha e tinha mandado para o meu tio, que em agradecimento tirou uma série de fotos de si mesmo segurando uma placa que dizia "PARABÉNS!" por cima da boca, e sua boca era tão grande e larga que mesmo por trás da cartolina branca eu conseguia vislumbrar os contornos do seu sorriso.

Aqueles dias ficaram para trás. Meu tio e minha tia dirigiram catorze horas para visitar a gente antes de se mudarem para a Tailândia por conta do novo emprego do meu tio, que ia desenvolver cremes faciais para homens.

— Não entendi — minha mãe disse ao meu tio na primeira noite depois que chegaram. — Para que os homens vão usar creme facial? Os homens *precisam* ter aquela cara horrível, áspera.

— As mulheres também eram assim até inventarem os cremes — eu disse.

— Ótimo argumento — meu tio disse me dando um abraço. Fugi dos seus braços e desejei estar em qualquer outro lugar do mundo onde eu pudesse dizer o que queria sem que me enchessem o saco.

Meus primos Maddy e Tony tinham sete e seis anos. No ano seguinte iam para um colégio interno em Massachusetts e meus pais tinham prometido fazer visitas mensais para acompanhar a adaptação dos dois. Eu tinha catorze anos e não queria me envolver com nada disso, mas, como sempre, eu era sim considerada parte daquilo e, como sempre, todo mundo ficava me perguntando “o que foi?”, “tá tudo bem?”, “tem alguma coisa te incomodando?”. À noite eu jogava o travesseiro no colchão e rezava para que a minha imagem de jade falsa da deusa Kuan Yin me desse uma cara diferente, assim as pessoas parariam de olhar para a minha atual e de me perguntar se estava tudo bem.

Na nossa última noite com as duas famílias presentes, resolvemos jogar pôquer. Estávamos jogando havia uma hora e minha tia Janet estava ganhando de todo mundo, ninguém era bom no jogo, só ela, e por isso as apostas não eram nem um pouco emocionantes e entre uma rodada e outra ela se dirigia à minha irmã Emily e falava com ela com uma voz de bebê como se ela fosse um filhote de hamster.

— Ela tem quatro anos, sabia? — eu disse para a tia Janet de um jeito meio mole porque tinha passado a noite bebendo escondida alguns goles do copo de Rémy Martin do meu pai.

— Ainda é bebê — ela disse e se virou para a minha irmã de novo. — Não é? Gu-gu-gu. A titia não tem razão, sua bebezona? Gu-gu-da-da.

Olhei para ela com desprezo e ela devolveu o olhar com uma espécie de doçura simples, como se eu pudesse odiá-la mas não atingi-la, como se eu nunca fosse conseguir destruir a plenitude e a agressividade de sua alegria. Ela tentava me constranger a colaborar com ela, mas eu não conseguia. Eu queria sentir ternura, queria ser mais generosa, mas não conseguia. Eu tinha certeza de que havia nascido azeda. “Nossa menina azeda”, meus pais diziam na época em que todos nós acordávamos na mesma cama.

— Ainda sou a menina mais azeda que você já viu? — perguntei para a minha mãe quando voltei da China e vi que sua barriga de oito meses de gravidez a impedia de ver a parte de cima dos seus pés, aqueles pés tortos e calejados que eu tinha passado tantas tardes esfregando e esfoliando e colocando de molho, tardes em que eu literalmente ficava deitada nos pés dela e fazia massagem e passava toalha quente neles. Agora eles estavam escondidos, eram a última de suas preocupações, tinha um bebê chegando. Eu ia virar irmã. Não seria mais sua filha única.

— Sempre — ela disse.

— Ela vai ser azeda também? — apontei para a barriga. — Será que vai ser igual à gente?

— Esse é o sonho, azedinha.

No dia seguinte acordei pensando que nasci sentindo raiva.

— Tarde demais para fazer um aborto — eu disse à minha mãe, ciente de que era tarde demais para muita coisa. No dia em que decidiram me mandar para longe, eu já sabia disso, mas não conseguia aceitar.

— Ah, azedume — ela disse.

— Não — eu disse. — Parei de comer coisa azeda. A vovó me ensinou a comer pêssego bem doce e a raspar melancia doce com uma colher. Sou um doce de menina. Ela que disse. E você — eu disse, hesitando antes de continuar —, me vem com uma merda atrás da outra.

Mesmo na hora em que já dizia essas palavras eu sabia que elas soavam como um experimento de linguagem. Lágrimas minúsculas caíam devagar pelo rosto da minha mãe, mas eu baixei os olhos e me afastei.

— Eu sei que mudanças são difíceis, mas prometo...

— Você não sabe merda nenhuma sobre mim — eu interrompi, me transformando na pessoa em que aos poucos iria me transformar e sabia que isso era inevitável.

— Não quero mais jogar — eu disse à minha tia. — Cansei desse jogo.

— Vai, Chrissie — meu tio disse, chegando mais perto para massagear meus ombros. — Hoje a gente vai se divertir um pouco.

Fiquei olhando friamente para a minha tia, que começou a dar as cartas. Seu olhar profundo amargurava meu coração, deixava meu coração azedo como o último pedaço de picles de um vidro de salmoura fechado há uma década, e eu sabia que não tinha nada de errado com seus olhos, fossem profundos ou não, e sabia que ninguém podia fazer nada com aquela profundidade, assim como eu não podia fazer nada para mudar a minha permanente cara franzida, ou para provar que não era minha vontade começar o nono ano com aquela cara que fazia parecer que eu queria cuspir em qualquer pessoa que me fizesse uma pergunta. Eu tinha prometido que ia encontrar forças para encarar o que não compreendia como uma aventura em vez de um tipo muito especial específico de inferno, para ser alguém que se comovesse com as tentativas de bondade das outras pessoas e fosse capaz de chegar numa sala e sentir o amor antes de qualquer outra coisa, mas era difícil demais. Eu não conseguia.

— Acho que não — eu disse, levantando e depois caindo de volta na cadeira. — Eu estava defendendo a Emily. Por que ela fica falando desse jeito? Todo mundo aqui se juntou contra mim? — subi na mesa, espalhando as sementes de melancia.

— *Zang si diao le* — minha mãe disse.

— Não entendi o que você falou, Christina — meu pai disse com cara de velho cansado.

— Desce aqui para jogar com a gente, querida — a tia Janet disse, como se eu estivesse me equilibrando na beirada de um prédio de cem andares ou no segundo degrau de uma escada. Não era motivo de pânico. — Não tem problema. A gente pode pausar o jogo e fazer um lanche. O que acha dessa ideia?

— Quero dar um tiro na sua cara — meu primo Tony disse,

apontando a arma de Lego para mim. — Bum, bum, bum, bum, bum.

— Tony — minha prima Maddy interrompeu. — Já acabou? Ela morreu. Tá feliz agora? Você matou a nossa prima preferida.

— Viram só? — eu gritei, e o Rémy Martin borbulhava na minha barriga. Por acaso eu estava posicionada em algum lugar significativo? Não, estava apenas de pé na mesa que meu pai construiu quando ele tinha trinta e sete anos e eu tinha nove e minha mãe tinha trinta e seis, naquela época em que nós três passávamos tardes inteiras andando pela Quinta Avenida e parando em todos os orelhões para ver se achávamos algum troco neles. Meu pai me pegava no colo e eu enfiava os dedos grudentos de bala na saída do dinheiro. "Dindim", eu dizia quando sentia o rosto de George Washington esculpido em alto relevo ou uma moeda de cobre da águia americana. — Viram como tem gente que ainda me ama? — eu disse, engolindo de volta um arroto que era quase um pequeno regurgito.

— *Xia lai*, se não você vai se machucar — minha mãe disse.

— Não precisa disso, Christina — meu pai disse.

— Por que você não desce, Chrissie? A Maddy e o Tony querem muito brincar com a prima preferida — meu tio disse.

— Todos nós queremos — minha tia disse.

— Não dá bola para eles — minha prima Maddy disse. — A Christina faz o que ela quiser.

— Bum, bum, bum, bum, bum, bum — meu primo Tony disse.

— A Chrissie vai vomitar? — minha irmã perguntou para a minha mãe.

— Ela vai ficar bem — minha mãe disse, me dando a mão. Eu peguei a mão dela, apesar de não querer que encostassem em mim, e caí nos seus braços. — Eu te daria um tapa se os seus tios não estivessem aqui — ela cochichou no meu ouvido e me empurrou para longe.

— Por favor — eu a desafiei. — Me bate e acaba logo com isso. Sei que você quer.

— Não gosto de você assim — ela disse.

E eu disse:

— Olha, nem eu — e subi correndo as escadas.

No meu quarto, peguei uma garrafa de dois litros de refrigerante pela metade e joguei pelo tapete. Fingi que era gasolina e que ia botar fogo na casa. Pensei em voltar e dizer que tinha me arrependido, que queria pedir desculpa por tudo aquilo e pedir desculpa por ter nascido, declarar que agora eu acreditava em Deus e não só na deusa Kuan Yin de plástico que tinha custado cinco dólares e ficava no alto da minha prateleira, mas, assim que a bílis azeda de ovos de pato em conserva e camarão-de-água-doce e frango e tomate e cebolinha e arroz e vagem e porco moído veio subindo do estômago para a minha garganta e saiu pela minha boca fazendo uma curva no ar antes de se espatifar no chão, eu soube que nada ia mudar. Eu passaria a hora seguinte rasgando as coisas coladas na minha parede: a letra de uma música ridícula do Sunny Day Real Estate ("sempre em frente/ para onde navegamos") que eu tinha escrito à mão numa cartolina; um pôster que comprei numa lojinha turística em Little Italy e que mostrava um grupo de pedreiros almoçando sem equipamento de segurança sentados numa viga suspensa no alto da cidade, mas depois descobri que era uma montagem e que na verdade a foto tinha sido feita para promover um arranha-céu construído durante a Grande Depressão; cartazes de shows underground e eventos anarquistas aos quais eu nunca tinha ido, mas sentia que de certa forma eram meu destino; e fotos bregas do Jonathan Taylor Thomas e do Devon Sawa e do Rider Strong e do Leonardo DiCaprio que tinha arrancado das revistas *Tiger*

Beat que roubava das lojas de conveniência e nas quais cometi a obviedade de desenhar pênis e peitos na cara dos homens quando na verdade o que eu queria mesmo era esfregar meus próprios peitos neles de forma sincera e sem maldade. Quando não tivesse mais nada para arrancar da parede, eu acabaria descendo as escadas e encontraria todo mundo ainda sentado, comendo e conversando, e fingiria não me arrepender de nada. Eu ia continuar com raiva. Ia pegar um pouco de comida da mesa e voltar para o meu quarto para comer sozinha e na manhã seguinte ainda estaria com raiva e no dia seguinte também, e mesmo no dia em que eu não tivesse mais forças, mesmo quando eu tivesse certeza de que não queria mais me sentir tão contraída quanto um punho fechado, eu ia sentir ainda mais raiva ao perceber que era incapaz de relaxar.

REUNIÃO Nº 2

— Nos tempos dourados — minha mãe me contou quando eu tinha vinte e dois anos e estava prestes a deixá-la e sair de casa pela terceira vez —, nossa família se reunia em volta da mesa de jantar para ouvir o seu avô, pai do seu pai, contando histórias.

— Sua mãe quis dizer "nos velhos tempos" — meu pai disse, corrigindo a parte do relato que minha mãe tinha feito em inglês. Eu não a culpava por seus deslizes linguísticos. Ela só tinha aprendido inglês aos trinta anos, e meu pai gostava de dizer que ela nem teria aprendido se não tivesse nascido bonita e destinada a continuar bonita pelo resto da vida. Não muito depois de termos imigrado para Nova York, um homem abordou minha mãe na fila da biblioteca pública, onde ela emprestava livros chineses, e se ofereceu para dar aulas de inglês para ela sem cobrar nada. Ele a assustou logo na primeira aula porque cada vez que falava se aproximava mais dela, e ela tinha que ir com a cadeira para trás até encostar na parede. Ele oferecia coisas e mais coisas para que ela sempre voltasse: uma lata de refrigerante, um sanduíche da padaria que depois recebeu um upgrade e virou um sanduíche gourmet da padaria, que depois virou um sanduíche gourmet da padaria *e* uma sopa. Apesar do receio, minha mãe continuava indo à aula, porque na família dela ninguém rejeitava um favor.

— Os tempos brilhantes — minha mãe disse em inglês e continuou em chinês. — Sempre penso naqueles tempos. Tinha tanta comida na mesa que tínhamos medo de a mesa quebrar. A gente comia bem rápido, igual a uns bichos desnutridos depois do degelo de inverno. Seu pai sempre tinha que afrouxar o cinto da calça depois da primeira rodada de comida. Você acha que parece que ele está carregando uma melancia na barriga hoje em dia? Volte no tempo e você encontraria um verdadeiro bebê melancia ali.

— Achei que naquela época não tinha comida.

— *Mo wo de* braço.

Encostei no ombro dela mesmo já sabendo como era sua pele — lisa e fria, minha grande fonte de conforto nas noites quentes de verão.

— *Mei* no cabelo. Sabe por quê?

— Porque você nasceu numa fase de escassez de comida?

Ela balançou a cabeça.

— Só fui ter a *lao peng* aos dezessete anos.

— Pensei que você tinha ficado baixinha por causa disso. E foi por isso que eu era tão baixinha? Pai, lembra que a Darling fingia que não conseguia me ver porque eu era pequena e aí ela pegava um Cheetos do chão e falava algo do tipo "Chrispy, é você?".

— Que palhaça — meu pai disse.

— O que tem de errado com os palhaços? — Ultimamente andávamos falando bastante disso, mas minha mãe não se interessava.

— Eu de fato vim de uma família de mulheres pequenas, mas meu corpo não estava recebendo os nutrientes de que precisava. Muito estresse no corpo pode impedir uma menina de virar mulher.

— Não é isso que acontece com aquelas ginastas bizarras que ficam minúsculas? Você acha que elas têm dez anos e aí descobre que elas têm tipo vinte e dois.

— É, mas a gente não fazia isso para ganhar medalha. Foi o que fizeram com a gente. — Minha mãe foi pegar umas ameixas na geladeira.

— Por favor, me diz que estão azedas — eu disse ao meu pai, que tinha feito as compras naquela semana e já estava famoso por não saber escolher frutas suficientemente azedas para mim e a minha mãe.

— Acho que vocês vão gostar — ele disse.

Minha mãe deu uma mordida e me fez um sinal de positivo com o dedão.

— Eu sempre roubava uva azeda do nosso vizinho. Ele cultivou uma parreira linda, depois que o pior da escassez passou.

— Mas a escassez não acabou do nada — meu pai esclareceu. — A gente continuava passando fome. Mas também já não era uma situação de inanição. Digamos que não me lembro de dormir com a barriga cheia quando era criança.

— É verdade. Mas tinha o vizinho da parreira. Coitado, nunca conseguiu espantar a minha turma. A gente roubava as uvas antes de ficarem maduras. A gente achava uma delícia. Ou eu achava. As outras crianças comiam por desespero, mas para mim eram as melhores uvas do mundo. São até hoje.

— Sortuda — eu disse.

— A situação melhorou depois que você nasceu. E a família do seu pai tinha mais acesso a comida do que a maioria porque *ye ye nai nai* lutaram nas duas guerras.

— A guerra civil e a guerra contra o Japão — meu pai explicou. — Então eles tinham muito status.

— Ganhavam mais porções de comida e tinham pequenos privilégios desse tipo. Hoje em dia está melhor ainda. São considerados *lao ganbu*. Quando morrerem, serão enterrados ao lado das cinzas dos mártires, no melhor feng shui de Xangai.

— *Fung shway*? — pronunciei a palavra do jeito que minha roommate branca do primeiro ano de faculdade tinha pronunciado quando me contou que seu namorado branco budista ia fazer uma prece tibetana no nosso quarto para espantar as energias negativas. "Não que eu precise te explicar tudo isso", ela completou, fazendo tanto esforço para me respeitar que aquilo já estava virando desrespeito. "Certo", eu disse. "Não preciso entender mais nada." — Pensei que esse negócio fosse besteira. Tipo uma moda das celebridades para preencher o vazio existencial.

— Não, é real — minha mãe disse. — Foi por isso que não compramos aquela casa da piscina. Ficava no pé do morro. Segundo o feng shui é péssimo que o cocô dos outros acabe rolando para a sua casa.

— A sua mãe leva esse negócio muito a sério.

— E é ótimo que eu leve a sério! Me responda: nossa casa fica gelada no inverno?

Balancei a cabeça.

— Fica quente no verão?

Balancei a cabeça de novo.

— É porque a nossa casa fica virada para o norte. Isso não é um mero detalhe. O lugar em que as cinzas dos seus avós vão descansar um dia é o lugar mais calmo de Xangai. Eu e seu pai fizemos um tour por lá em março. Não dá para ouvir o trânsito do lado de fora. É muito calmo.

— Estranho. Não entendo nada de feng shui.

— Senso comum — meu pai disse. — É só prestar atenção à sua volta. É igual à tendência dos americanos à preguiça. Ninguém os ensinou a coçar o saco no trabalho. Ninguém os ensinou a empurrar tudo com a barriga e fazer o mínimo possível, e mesmo assim os americanos são os melhores do mundo nisso. Eles já nascem assim. É a mesma coisa com a nossa ligação ao feng shui. É inata.

— Para mim não é — eu disse.

Minha mãe se aproximou e me fez um cafuné.

— É que você é de uma raça mais rara.

Dei um sorriso, apesar da dor de saber que iria embora no dia seguinte. Nós três tínhamos ficado acordados depois que a Emily foi dormir para terminar de arrumar as coisas e dar uma olhada nas caixas que eu tinha mandado para casa quando me formei na faculdade. Alguns meses antes eu tinha aceitado um emprego de professora de inglês numa escola francesa perto de Paris.

— Vai fazer o que o papai não conseguiu — minha mãe comentou quando lhe contei meus planos.

— Lá é pior ainda — meu pai tinha dito. — É tudo ao contrário, os bairros de classe média deles são o nosso Brooklyn. *Dou shi hei ren he a la bo ren*. Imagino que você não vá ter muitos alunos franceses nas suas aulas.

Aquela insinuação me ofendeu.

— Todo mundo é francês lá, é a *França*. E você anda precisando se atualizar. O Brooklyn é o bairro das galerias de arte e dos herdeiros anarquistas que fuçam no lixo porque escolheram esse estilo de vida. Tenho certeza que daqui a cinco anos a Emily vai acabar namorando um desses artistas terríveis que fazem performance e moram num loft em Bushwick, isso se ela não acabar virando uma rata de shopping de Long Island.

Naquela ocasião a França parecia absurdamente distante e a quantidade exagerada de coisas que eu precisava fazer antes da mudança tinha me impedido de pensar na grandeza da minha decisão, mas, na hora em que tudo o que me restava era entrar no avião, a ficha começou a cair: eu ia me mudar para outro continente, dessa vez por vontade própria.

— Então *ye ye nai nai* são veteranos? — eu perguntei, voltando ao assunto inacabado.

— Tipo isso — meu pai disse. — Apesar de não terem colocado a mão na massa.

— Eles foram extremamente sortudos — minha mãe completou. — Muitos membros do partido sobreviveram às duas guerras e mesmo assim acabaram sendo expulsos. Meu pai não teve tanta sorte. O pai dele tinha terras e a mãe dele era professora. Então ele foi destituído, mesmo tendo entrado para o partido bem no começo. Ele tinha se voluntariado porque acreditava na causa comunista. Seu avô era um homem de ideais.

— E todo mundo sabe onde isso dá — meu pai disse.

— O irmão mais novo do meu pai tinha inveja porque meu avô tinha deixado toda a herança para o meu pai, então ele tentou criar problemas. E isso foi antes que as pessoas soubessem quais eram as consequências.

— Quais eram as consequências?

— Uma audiência pública com qualquer pessoa que fosse acusada de ser contra a revolução — minha mãe respondeu.

— Essa é a versão cor-de-rosa — meu pai disse. — Era uma sessão de humilhação pública.

— Em que isso implicava, exatamente?

Minha mãe balançou a cabeça.

— Não precisamos reviver aquele tempo. Enfim, eles nunca tiveram chance porque meu pai se jogou da janela do último andar da minha escola.

— Meu Deus. Ele cometeu suicídio?

— Tentou, mas sobreviveu. Quebrou as duas pernas e foi parar no hospital. Os líderes do partido disseram que essa atitude provava que ele era culpado. Graças a Deus minha mãe era uma mulher muito habilidosa. A irmã dela, minha tia, era enfermeira no hospital e minha mãe pediu que lhe dessem uma injeção letal de cloreto de potássio. Ele morreu antes que pudessem sujar sua reputação. Era isso que ele queria.

— Caramba — eu disse. — Que morte trágica.

— E esse nem é o fim da história — meu pai disse. — As pessoas comentavam e o plano foi descoberto. Sua tia-avó foi condenada a vinte anos de trabalho pesado no acampamento da prisão, lá no norte. E sua avó nunca mais foi a mesma. Ela se culpava por não ter dividido a propriedade com o irmão do seu avô.

— Porque inicialmente meu pai planejava dividir tudo com o irmão — minha mãe elaborou. — Mas minha mãe o convenceu de que era bobagem.

— Não foi culpa dela — meu pai disse. — Ela fez o melhor que podia. Aqueles tempos eram um caos. As pessoas viviam numa pobreza que você nem imagina.

— Mas nem tudo era ruim. Havia uma espécie de liberdade. Os jovens podiam fazer qualquer coisa. Qualquer coisa mesmo. Você podia dizer "mãe, pai, vou passar três meses viajando pelo país" e sair por aí na mesma hora.

— Não existia essa supervisão dos adultos. As crianças ficavam na rua. Ninguém ligava se você não fosse à escola e ficasse de bobeira o dia todo.

— E aí as escolas passaram anos fechadas — minha mãe disse. — A gente achava que tinha dado sorte.

— Sério?

— Sério — ela disse. — Você não ficava contente quando podia faltar à escola?

— Ficava feliz pra caralho. Odiava a escola.

— Imagine se isso durasse anos. Era como se tivéssemos férias permanentes.

— Não dá para oferecer toda essa liberdade aos jovens e não esperar o caos. As crianças saíam barbarizando pelas ruas — meu pai disse.

— Parece absurdo.

— E era — ele disse.

— Sinto uma espécie de saudade. Todo santo dia você podia descer e brincar com os amigos do lado de fora. Era legal. Lembro de ter nove anos e pensar "quero ter essa idade para sempre". — Esperei minha mãe continuar. Por um momento, ela pareceu ter ido longe, depois voltou. — Sabia que o seu pai cruzou a China de trem e a pé?

— Você deu uma de Jack Kerouac, pai?

— Eu era jovem e bobo.

Minha mãe sorriu.

— E agora é só bobo.

— E velho. Não esquece. — Então foi a vez do meu pai de se perder em pensamentos e voltar em seguida. — Minha mãe fez uma parte da viagem comigo. Quantos anos a gente tinha?

— Acho que você tinha *chu er* e eu *chu yi*.

— Ensino fundamental, basicamente — meu pai calculou.

— É — minha mãe disse.

— Eu tentava paquerar a sua mãe, mas ela era imune.

— Não existia paquera naquela época! — ela disse.

— Os trens eram liberados pra quem era da "juventude revolucionária". Era assim que chamavam a gente. Era assim que inventavam uma justificativa. Éramos estimulados a sair de casa e conhecer o país. Ampliar a visão de mundo e ver como as pessoas viviam de verdade. Tínhamos passe livre para viajar para qualquer lugar, ficar em qualquer lugar. A gente pensava: "sem supervisão dos pais? Que foda!".

— Os trens ficavam extremamente lotados. Em alguns vagões as pessoas literalmente se amontoavam umas em cima das outras. Você tinha que escalar aquele monte de gente para conseguir sair. Depois de um dia lá dentro comecei a ter certeza de que ia morrer sufocada por causa do aperto.

— Uma hora notei a sua mãe. A gente tinha frequentado a mesma escola, mas éramos de anos diferentes, e eu sempre a achei linda, mas naquele dia no trem estava brilhando.

— Eu estava deprimida — minha mãe esclareceu.

— Resolvi tomar coragem e fui falar com ela.

— Você não falava de verdade com quem não fosse do seu grupo, principalmente se fosse do sexo oposto.

— Quando o trem ia entrar num vilarejo nos arredores de Pingxiang, cheguei perto da sua mãe e falei algo do tipo "e aí, vamos descer aqui? Tenho um tio que mora a três quilômetros da estação. Ele pode receber a gente".

— Você foi, mãe? — Minha mãe olhou para o meu pai e meu pai olhou para a minha mãe. — O.k., se a Emily estivesse acordada ela estaria horrorizada agora.

— Claro que fui com o seu pai.

— Sua mãe não consegue resistir a mim.

— Eu sempre caio na conversa dele, é sempre assim. Não existia tio nenhum. Teria sido romântico se não fosse uma pegadinha.

— Espera aí, meu tio *tinha morado* lá de fato, mas tinha sido transferido para Sichuan. Eu não fazia a mínima ideia! Naquela época não dava para mandar e-mail. Então acabamos nesse vilarejo. A gente não conhecia vivalma, mas acabou que meu tio era muito querido por lá. Ele tinha uma ótima fama no vilarejo e, quando descobriram que eu era sobrinho dele, fomos acolhidos como se fôssemos da família. A gente fez festa até cair. A sua mãe ficou bêbada na primeira noite. Eles tinham um estoque secreto de álcool. Era uma *loucura*. Insistiram que a gente bebesse. "Ajudem a gente a se livrar das evidências!" E a gente ajudou. Tentei beijar a sua mãe, mas mesmo depois de seis doses ela ainda me rejeitava.

Eu dei risada.

— Boa, mãe.

— Tá vendo? Seu pai sempre foi desse jeito.

— Foi uma fase ótima — meu pai concluiu. — Aquilo foi *melhor* do que eu prometi.

— Certo — minha mãe disse, levantando para jogar os caroços de ameixa no lixo. — A gente precisa terminar esse papo e te mandar para Paris.

— Montreuil — corrigi.

Meu pai olhou para o relógio de parede.

— Já são duas da manhã? Vamos pegar a balança e pesar as malas.

— Você não gostaria de ficar acordado a noite toda com a sua primogênita que está se mudando para um país assustador?

Meu pai recusou.

— E bater o carro na ida para o aeroporto? Prefiro não arriscar.

— Acho que já passou da hora de termos esse cuidado — eu disse preocupada.

Minha mãe me olhou maravilhada.

— Nosso bebê vai para a França.

— Nosso bebê não é mais bebê — meu pai disse.

— Vamos varar a noite! — minha mãe disse, subitamente entusiasmada.

— Tá bom! — meu pai se animou e eu também. — Acidente de carro na ida para o aeroporto, está decidido!

Era tudo que eu queria antes de ir embora.

Eu lembrava cada vez menos dos meus tempos em Xangai. Eu só tinha um ano e dois anos e três anos e três anos e meio quando morei lá, e dez quando meus pais me mandaram para lá para morar com os meus avós por seis meses, e onze quando passei quatro semanas visitando, e treze quando passei três semanas, e quinze quando passei dez dias, e dezenove quando passei quatro dias, e vinte e um quando passei dez dias.

Quando tinha vinte e um e fiquei dez dias em Xangai, minha prima Fang — que trabalhava para uma companhia farmacêutica alemã e se correspondia com o chefe por meio de cartas em inglês escritas à mão que ela enviava por fax ao longo do dia, e aos fins de semana era dubladora de desenhos animados americanos que fracassaram nos Estados Unidos mas bombavam na Ásia — me explicou algumas coisas sobre o nosso avô.

— O lado da família do nosso avô vivia na miséria. Ninguém da geração que veio antes dele passou dos quarenta anos. Quando ele tinha catorze, o mandaram para um vilarejo para trabalhar para uma família rica que basicamente tinha o intuito de comprar um trabalhador para servi-los em tempo integral.

— Tipo contrato de servidão?

— Exato. Ele odiou, então fugiu e voltou para casa, mas a família não queria aceitá-lo de volta. Ficaram falando coisas do tipo "você é um fracasso, um pobre coitado, você não vale nada" etc.

— Por quê?

— Porque a pessoa não podia voltar de mãos abanando. Só voltava quando tivesse ganhado a vida. E ele durou… duas semanas? Um mês? Ele se tornou uma vergonha. Então a família o botou para fora e falou que ele precisava voltar para o vilarejo e cumprir seu dever.

— Que merda. Eu provavelmente teria durado um dia.

— Eu também. A terra natal do nosso avô ficava bem na base do Lao Shan. É linda. Água transparente, cachoeiras maravilhosas. Parece uma pintura.

— Nossa.

— Te levo lá quando você voltar.

— Vou adorar.

— Então, como ele não tinha para onde ir, correu para as montanhas e dormiu apoiado numa árvore. Ele *amava* dormir.

— Haha — eu disse. — Agora eu sei de quem herdei esses genes.

— Né? — ela disse. — É a maldição da família Zhang. Enfim, ele só pensava em dormir. Vivia cansado. Quando trabalhava para aquela família, só podia dormir quatro ou cinco horas por dia. Nas montanhas ele dormiu só com a roupa do corpo, passou a noite congelando. Quando acordou de manhã, pensou que ia acabar morrendo ali, mas felizmente foi encontrado por um comandante-chefe do exército que estava explorando a área.

— E depois?

— Depois ele foi recrutado para o exército.

— Uau, aquela preguiça toda rendeu um emprego.

— Exato. O mais engraçado é que essa falta de vontade de trabalhar sempre o salvava. Mas sabe como é. A nossa família sempre teve sorte. A fortuna sempre esteve do nosso lado.

— Essa família — eu falei. — Eu nunca tinha notado, mas você tem razão.

REUNIÃO Nº 4

Quando eu tinha dez anos, minha mãe me levou para Xangai. Era para ser uma coisa boa, mas eu não conseguia achar isso.

— Você vai ver quando voltar. Tudo vai ser diferente. Vamos viver igual à princesinha gorda — ela me prometeu.

— Não acredito em mais nada do que você diz — eu respondi. Ela estava grávida de seis semanas e eu tinha sido a última a saber. Tudo que eu sabia é que ela tinha sido encarregada pela mãe do meu pai de me levar para Xangai para morar com os meus avós enquanto meus pais se recuperavam financeiramente. Eles tinham pagado nossas passagens de avião e até mandaram um par de meias tricotadas a mão com vinte dólares enfiados em cada meia para que comprássemos um lanchinho antes de embarcar. Anos depois, quando eu já era adulta, minha mãe admitiu que tinha implorado à mãe do meu pai para que pudesse me levar, embora fizesse mais sentido que meu pai fosse e visse os pais.

— Esse é o seu jeito de me dizer que você não ia suportar ficar longe de mim?

Ela sorriu daquele jeito que só tinha começado a se permitir fazer quando eu já tinha crescido, desde que eu passei a não ficar mais tão magoada a cada ocasião em que ela agia não só como minha mãe, mas como um indivíduo com necessidades próprias e medos e sonhos.

— Foi por isso que você passou um mês inteiro comigo em Xangai? Porque queria tornar a transição mais fácil para mim?

Ela sorriu de novo.

— Vamos — eu pressionei. — Qual era o motivo real?

— Esse era um dos motivos.

— E o que mais?

— O que você acha?

— Porque você queria fugir do papai?

— Ding ding ding ding ding.

Nas semanas que antecederam a viagem, eu tinha voltado a me coçar até ficar em carne viva, e a coceira ficou mais exacerbada ainda quando cheguei à China e descobri que tudo, inclusive os lençóis da cama e as almofadas do sofá, era áspero e desconfortável e tinha um leve cheiro de mofo, mijo e merda. Fiquei melancólica e chocada por não reconhecer o lugar de onde eu vinha. Quando saía na rua todo mundo ficava me olhando. Garçons e comerciantes perguntavam para a minha mãe se eu era surda ou burra ou muda ou só idiota mesmo quando eu demorava muito tempo para responder as coisas que me perguntavam.

Eu passava as tardes sentada na casa dos meus avós, esperando e comendo laranjas e uvas enquanto os adultos cozinhavam coisas que eu não queria comer e pediam desculpa por não terem hambúrguer ou batata fita ou frango frito ou cachorro-quente disponível. Eu queria dizer que nem gostava tanto assim de hambúrguer ou de frango frito ou de cachorro-quente e que na verdade minha comida preferida era comida chinesa, só que não a comida chinesa da China. Depois do jantar, todos conversavam uns com os outros e interrompiam uns aos outros como se o dia fosse curto demais e por isso tudo precisava acontecer ao mesmo tempo: ouvir, falar e rir eram ações que não podiam acontecer uma após a outra, tinham que se amalgamar todas ao mesmo tempo formando uma gigantesca nuvem de barulho. Meu silêncio não passava despercebido, ele simbolizava alguma coisa e todo mundo queria analisá-lo e transformá-lo numa situação de emergência. Eu ficava quieta não porque não tinha nada a dizer, mas porque me sentia sobrecarregada por aquilo tudo e não queria que ninguém tivesse pena de mim ou desse risada de mim ou jogasse as mãos para o céu diante do disparate que era uma pessoa chinesa que não falava chinês. Eu não queria prometer a ninguém que aprenderia a falar um chinês perfeito porque ainda necessitava que as pessoas da América continuassem me olhando e percebendo na mesma hora que eu falava um inglês perfeito, em vez de deduzirem que eu não sabia só porque era mais quieta. Levei meus pais a sério quando me disseram que minha estada na China seria temporária, e, portanto, se ela era mesmo apenas temporária, eu não ia me comprometer a ser chinesa na China, já era difícil demais ser chinesa onde eu morava.

Meus parentes em Xangai interpretavam meu silêncio como sinal de solidão ou tristeza ou de que eu não gostava de Xangai ou não gostava da comida ou ficava entediada com os programas da TV ou estava insatisfeita com os banheiros, e todas essas suposições eram meio que reais, especialmente minha decepção com os banheiros, já que o da casa da minha avó realmente cheirava a matéria fecal. O cheiro era tão repulsivo que eu não aguentava ficar no banheiro o tempo que precisava para expelir a bosta do meu próprio corpo e, ao fim da primeira semana em Xangai, fiquei tão constipada e enfezada que fui parar no hospital, o que seria apenas constrangedor se eu já não tivesse me constrangido chorando na privada na noite anterior, quando pensei que finalmente ia conseguir fazer cocô, mas o cocô se revelou nada mais do que um peido bem alto. Tirando isso, no entanto, eu estava bem. Na verdade, estava bem melhor do que nas semanas antes de sair de Nova York. Eu estava segurando a barra como uma campeã da porra toda, como a Darling me dizia toda vez que eu aparecia na sala do meu pai.

— A campeã da porra toda chegou — ela dizia, fingindo que esfregava o topo da minha cabeça como quem lustra um troféu que vai ficar em exibição.

Depois que voltei do hospital, já tendo expelido toda aquela bosta que tinha ficado presa dentro de mim, decidi tentar fazer aquilo que os meus pais queriam que eu tivesse feito há tanto tempo: ser menos apegada a eles. Durante anos, quando me estimulavam a sair sozinha, eu pensava comigo mesma: "Comecem vocês. Sejam menos dedicados, então. Não me amem tanto de modo que essa seja a única coisa de que tenho certeza".

Como eu ia adivinhar que eles topariam meu desafio? Que me afastariam de verdade?

— Você precisa endurecer o coração — minha mãe ficava me dizendo. — Quer você queira, quer não, vai chegar uma hora em que você vai precisar. Nos iludimos acreditando que há um jeito de se preparar, como naquele mito que diz que o melhor jeito de arrancar o dente de leite de uma criança é puxando-o um pouco todo dia até que de repente você encosta nele sem fazer pressão e ele cai de forma indolor, como num passe de mágica.

Depois de meses de choro e súplica e briga e chantagem e planos e atrasos, de repente aconteceu. Recebemos duas passagens de avião e um par de meias pelo correio numa semana e na outra eu estava no aeroporto com a minha mãe, segurando firme na mão dela e soltando-a e segurando-a e soltando-a de novo e por fim esmagando minhas próprias mãos como se estivesse prestes a sacar uma bola de vôlei. Nem dei tchau para o meu pai quando passamos pelo portão de segurança. Eu não tinha ideia de que ele passaria o verão pintando casas e se transformando no homem que nós não só merecíamos, mas com o qual sonhávamos. Todo mundo que eu conhecia concordava. Nunca era tarde demais para mudar. Então a gente mudou. A família que eu não conhecia o suficiente para me importar de verdade passaria a ser minha família assim que eu chegasse a Xangai, e a família da qual eu nunca quis me separar, a família em que baseei toda a minha identidade e cujo amor era a única coisa de que eu tinha certeza, precisaria se transformar em outra coisa.

Eu tinha três anos e meio quando nos mudamos para Nova York. Minha mãe contratou uma linha de telefone logo que chegamos, embora nos invernos só pudéssemos pagar algumas horas de calefação por mês. No começo ela ligava para Xangai quase toda semana. Minha mãe me colocava num banquinho para que eu alcançasse o telefone, que ficava pendurado na parede, e falasse em chinês: "Te amo, vovô; te amo, vovó; te amo, titia mais velha; te amo, titia do meio; te amo, titia mais nova; te amo, tio; te amo, primo; te amo, tio favorito; te amo, tia que acabou de casar com o tio; te amo, primo que não conheço; te amo, vovó por parte de mãe; te amo, bisavó, e também as manchas na sua cabeça que ficam verdes na foto; te amo, tia-avó; te amo, tio-avô; te amo, sobrinho que é mais velho que eu e que não conheço e que vai vir visitar a gente; amo vocês todos e desejo que gozem de boa saúde no ano que vai chegar". Minha mãe ensaiava o discurso comigo milhares de vezes antes de ligar e, mesmo sabendo exatamente o que precisava dizer ao telefone, eu nunca dizia nem uma palavra. Minha mãe pegava o telefone de volta e dizia meio sem graça:

— Deu para ouvir? É que ela fala muito baixinho.

De algum jeito eu sabia que tinha falhado, embora na época não entendesse o que havia de tão urgente no ato de declarar seu amor a alguém pelo telefone. O que poderia tornar esse amor mais significativo e profundo do que a consciência de que você o sentia — aquele amor caloroso e apaziguador que nos aquecia por dentro e se enfiava nos nossos sonhos à noite? Eu revisitava essa pergunta toda vez que meus parentes me pressionavam, esperando que eu dissesse alguma coisa capaz de aliviar seus medos de que eu continuasse distante para sempre, de que sempre ficasse escondida.

Uma semana depois de chegarmos a Xangai, minha mãe foi encontrar suas colegas do ensino médio e, assim que ela saiu pela porta, meus familiares me cercaram e me fizeram perguntas como: "Todas essas casas em que vocês moraram... Não ficou cansativo depois de um tempo?".

— Sim — eu disse solenemente. — Foi uma provação — isso foi o que pensei que disse em chinês, mas na verdade disse "foi um homem".

— Homem? Pensei que fosse mulher — eles disseram, se referindo à namorada do meu pai naquela fase. — Você quer dizer que era um homem?

— Sim, um homem — eu disse.

Poucos dias depois de ir para o hospital e tomar tanto laxante a ponto de não conseguir ficar sentada sem minha bunda se abrir pensando que eu ia cagar, minha prima Fang sentou do meu lado depois do jantar (em que eu tinha comido de forma voraz, para a satisfação das minhas tias, tios e avós) e me perguntou que tipo de música eu curtia. Ela era quatro anos mais velha que eu, tínhamos crescido juntas na casa dos meus avós antes de eu me mudar para Nova York. Agora eu não a conhecia mais. Ela ficou falando de uma boy band famosa cujo sexto membro era um macaco de verdade e, enquanto ela falava, eu percebi que ela pensou que eu pensei que ela era chata, e percebi que ela queria que eu sentisse uma conexão com ela, e percebi que ela tinha percebido que eu não lembrava de ter crescido com ela e precisado dela o tempo todo quando era bebê, e percebi que ela pensava que a necessidade era a base de todo relacionamento familiar, e percebi que ela ficava chateada toda vez que a minha avó falava da vez em que minha prima desenhou meu rosto na areia depois que fui embora para a América com os meus pais, porque, quando a minha avó contava essa história, eu nunca ficava comovida do jeito que a minha avó ficava, e ela sempre chorava, porque acabava lembrando de todas as vezes em que as pessoas partiram durante sua vida, e, quanto a mim, nada me impactava tanto assim, pelo menos não de um jeito que fosse facilmente perceptível para os outros, e eu sabia que a minha indiferença perturbava a minha prima.

— Sabe — ela me disse, após um longo silêncio em que comemos melancia (eu engoli todas as sementes, ela tirou até as branquinhas, que eram macias e boas de mastigar) —, quando você tinha três anos, logo antes de você e seus pais se mudarem para a América, pegamos um trem e fizemos um piquenique no campo. Você queria muito entrar numa caverna que tinha lá. Sei lá por quê, naquele dia seus pais me deram permissão para te levar. Era uma caverna bem pequena, mas enfim. Consegue imaginar? Nós duas, com três e sete anos, sozinhas numa caverna. Você ficou radiante. Também fiquei muito feliz. Foi legal sair explorando sem um adulto. A certa altura, encontramos um riacho que corria por dentro da caverna. Você queria dar um pulo por cima da água igual ao Sun Wukong. Lembra daquela história em quadrinhos do macaco que tem um monte de poderes mágicos e anda com um monge bem certinho? Você ficou obcecada. Eu te dizia para nunca tentar imitá-lo. Eu disse: "Você sabe que o Sun Wukong não é de verdade, né? Sabe que pessoas de verdade não conseguem voar nem cortar árvores com o dedo, né?". Você me perguntou por que não e aí, de repente, ouvi um barulho e você tinha entrado na água. Eu sabia que você ia dar um chilique assim que percebesse onde estava, então pulei e te tirei de lá.

— Existe rio dentro das cavernas?

— Existe. Nessa caverna tinha.

— E eu caí?

— Caiu.

— E você me salvou?

— Exatamente.

— É mesmo?

— É mesmo.

— Tem certeza?

— Tenho.

— Você acabou de lembrar disso?

— Não, eu sempre soube.

— Nunca esqueceu?

— Não — ela disse. — Como eu ia esquecer?

— Não acredito que você me salvou.

— Sério. Você caiu no rio e eu te salvei!

Nós duas rimos pensando que uma coisa dessas tinha acontecido, e depois disso eu parei de olhar para ela e de me perguntar como teria sido conhecê-la em vez de só saber que ela era minha prima e eu era prima dela porque nossas mães tinham falado. Tínhamos encarado um desafio juntas. Agora éramos família.

— Acho que tenho uma obsessão por pular em rios — contei para a minha prima.

— Ah, é?

— Pulei num rio lá em Nova York umas semanas atrás. Era muito nojento. Tinha cocô humano boiando por todo lado. Talvez eu tenha até engolido alguns.

— Não! — minha prima berrou e nós duas ríamos tanto que quase gritávamos só de pensar naquela merda humana borbulhando enquanto eu atravessava o rio nadando de peito. Não contei a ela que minha família tinha tentado afundar nosso Oldsmobile vinho, que eu tinha sentido uma espécie de medo que nunca tinha vivido antes, um medo de nunca mais conseguir voltar, e que eu não sabia se era de não conseguir voltar para a terra firme ou para os meus pais ou para a nossa casa ou alguma coisa pior ainda, como se daquele momento em diante eu não pudesse mais voltar a ser a pessoa que era. O que quer que fosse, senti que aquilo estava me esmagando cada vez mais e que eu precisava nadar bem rápido para escapar. Não contei nada disso para a minha prima e, pelo contrário, me gabei de ter atravessado aquele mar de fezes apodrecidas e quase ter chegado em Nova Jersey.

— Sua louquinha! Você ainda pensa que é um macaco mágico que pode voar e fazer o impossível — minha prima disse, quase sem conseguir pronunciar as palavras de tanto rir.

— Eu mesma. Macaquinha louca chegando na área. — Criei um lembrete mental para reler minhas revistas antigas do Sun Wukong e assim conseguir captar as referências da minha prima.

Mais tarde, antes de escovar os dentes, eu disse para a minha mãe:

— Na verdade não acho tão ruim aqui.

Ao que ela respondeu:

— Fico tão aliviada de ouvir isso, azedinha. Ah, você não imagina como me faz feliz dizendo isso. Eu sabia que essa hora ia chegar.

Daquele momento em diante, eu e minha prima ficamos juntas todos os minutos de todos os dias dos seis meses seguintes, até que minha mãe quis me fazer uma surpresa e me ligou no meio da noite, toda empolgada:

— Azedinha, essa é a melhor notícia que eu vou dar na minha vida — ela disse pelo telefone. — Seu pai, seu papai maravilhoso, finalmente conseguiu.

— O quê? — eu disse, sem muito interesse. — O que ele fez agora?

E o que ele tinha feito era a nobre façanha de guardar dinheiro e encontrar um apartamento decente em que poderíamos morar até que ele guardasse mais dinheiro ainda para pagar uma casa mais decente ainda. Ele finalmente tinha virado um herói. Tinha feito o que não conseguiu fazer na noite em que pulei no rio Harlem. Finalmente tinha entendido como cuidar da gente. Algum tempo depois, descobri que meus avós tinham nos presenteado com cinco mil dólares tirados das próprias economias porque meu pai não parava de escrever a eles implorando que considerassem tomar alguma atitude que não me obrigasse a morar do outro lado do mundo, ainda mais com outro bebê a caminho.

Da próxima vez que voltei a Xangai com meus pais e minha irmã bebê, minha prima e eu tínhamos nos tornado estranhas novamente — me senti tão íntima dela quanto um peixe se sente íntimo de um lago congelado, e tentei me lembrar da sensação de dois verões antes, quando tínhamos redescoberto uma a outra, e tentei me lembrar de que ela me salvou de um afogamento e que por isso sempre seríamos próximas, mas não adiantou. Minha prima e eu tínhamos começado a entender por que a nossa avó chorava com tanta frequência e como havia tão poucas opções para superar os ressurgimentos e desaparecimentos que continuaríamos fazendo na vida uma da outra.

REUNIÃO Nº 5

— Você deu muita sorte, Emmy — eu disse para a minha irmã quando ela mostrou seu novo apartamento no Brooklyn para mim e os nossos pais.

— Certo — ela disse, olhando para o celular. — Dei *muuuuita* sorte porque pago mil e trezentos dólares por mês para morar num armário de luxo em Williamsburg.

— Não é — minha mãe fez uma pausa para escolher as palavras — o que eu teria escolhido. Mas não sou você.

— Lembra daquele nosso apartamento em Williamsburg, mãe? — eu perguntei.

— Vou lembrar daquele apartamento para sempre — ela disse. — Tinha banheira!

— E aquele urso de pelúcia maior do que eu. Ficava abraçada com ele todo dia depois da aula. — Fingi que ia chorar. — Porque não tinha ninguém em casa para me abraçar, buáááá.

Meus pais deram risada.

— Era humilde igual a esse? — a Emily perguntou.

— Ah, parecia o palácio do rei — meu pai disse.

Tirei o celular da mão da Emily.

— Não, sua escrota, era dez mil vezes pior. Nosso apartamento inteiro era do tamanho do seu quarto.

Ela agarrou o celular de volta.

— Vou fazer um snap.

— Sua irmã é azeda — minha mãe disse. — O apartamento era ótimo. Um dos melhores da nossa vida.

— Deixa eu adivinhar — a Emily disse, tentando fazer um vídeo da gente com o celular, mas eu e minha mãe cobrimos a cara na mesma hora. — Vocês pagavam tipo quinhentos dólares de aluguel?

— Menos — meu pai disse.

— Menos?

— Menos.

— Sério, vou chorar se você disser quatrocentos.

— Acho que era mais ou menos cento e oitenta dólares por mês — minha mãe disse.

— Como é possível? — a Emily disse. Eu também não sabia como nada daquilo tinha sido possível. Uma coisa era ter sobrevivido àquela época, outra era relembrá-la.

— Pagávamos menos ainda quando moramos em East Flatbush — meu pai disse.

— Adoro que vocês moraram em todos esses lugares e nunca fizeram amizade com nenhuma pessoa negra — a Emily disse.

— Como você pode ter tanta certeza? — eu disse.

— Usando meus olhos, que funcionam perfeitamente...?

— Vamos dar uma volta pela vizinhança — minha mãe sugeriu. — Eu não vinha aqui há mais de dez anos.

Saímos de lá e passamos por um quiosque de suco natural, um café fundado por surfistas australianos, um lounge especializado em coquetéis feitos com absinto e um restaurante de culinária *fusion* que misturava tapas e dim sum.

— Era assim que vocês lembravam do bairro? — a Emily perguntou.

— De jeito nenhum — meu pai disse. — A gente costumava tropeçar em vários poloneses bêbados desmaiados no meio da rua e na galera porto-riquenha que vendia droga na esquina.

— Você acha que todo latino é traficante, pai — a Emily disse.

— Acha mesmo — concordei.

Minha mãe foi andando na frente e virou na esquina com a Driggs.

— É aqui — ela disse. — Nosso apartamento ficava aqui. Continua no mesmo lugar.

Alcançamos minha mãe e ficamos parados na frente de um prédio capenga de três andares com um revestimento de verniz vermelho.

— Meu Deus, é meio fofo — a Emily disse. — É tipo Williamsburg top.

— Que merda a gente fez para conseguir esse apartamento? — eu perguntei.

— O senhorio ficou com pena da gente.

— Porque a gente era... — fiquei procurando a palavra certa.

— Porque naquela época vocês eram muito esfarrapados? — a Emily tentou adivinhar.

— A gente era bem esfarrapado — eu confirmei.

— Não — minha mãe disse. — Na verdade foi por causa de Tiananmen.

— Quando fomos conhecer o lugar, o proprietário fez um interrogatório sobre a nossa vida na China — meu pai disse. — Sua mãe não falou quase nada.

— Meu inglês não era muito bom.

— O cara ficou falando coisas do tipo "tá com medo de falar? Tem medo de ser rastreada pelo governo, não é isso? Acha que eles estão ouvindo, não acha?”. Quando descobriu que éramos chineses, ele começou a falar sussurrando.

Minha mãe deu risada.

— Ele pensou de verdade que éramos dissidentes ou alguma coisa do tipo.

— E aquilo era idiota, porque, se fôssemos líderes do movimento estudantil, como já teríamos chegado aos Estados Unidos, oras? Tiananmen tinha sido só dois dias antes.

— Ele devia se achar uma espécie de defensor da democracia americana. Ficava falando “vocês estão a salvo aqui, isso eu garanto”.

— Puta bobagem — meu pai disse. — O cara era o maior trambiqueiro.

— Caralho — a Emily disse. — Adoro quando desmascaram racista enrustido.

Meu pai pareceu meio ofendido com essa ideia.

— Ele não era racista. Só extremamente ignorante.

— Seu pai tem talento para se beneficiar da ignorância das pessoas — minha mãe acrescentou.

— Nossa — eu disse. — Não lembro de nada disso.

— Não sei, acho que ele tinha algum motivo para pensar que éramos dissidentes. Tínhamos vindo direto da manifestação. Você ainda estava com o cartaz que a sua mãe fez. Não queria devolver. Aí, de um jeito irônico, esse *timing* nos beneficiou.

— A gente participou de um protesto? — Eu estava muito chocada.

— Você não lembra? — a Emily disse. — Tem um vídeo disso.

— Tem? Como é que você sabe disso?

— Eu assisti. A mamãe e o papai tinham cara de malucos.

— A Emily digitalizou os nossos vídeos e fotos velhas — minha mãe explicou.

— Falei que eles precisavam sair do período paleolítico.

— Onde a gente arranjou uma filmadora?

— Ah — minha mãe sorriu. — Seu pai roubou.

— Eu não lembro mesmo disso.

— É, sua mãe tinha ficado brava comigo e eu fui de carro até uma loja, pensando em comprar alguma coisa para ela, — Eu sabia que ele estava querendo dizer "surrupiar alguma coisa", mas não quis corrigir. — Tinha acabado de estacionar e, sabe-se lá por quê, olhei para baixo e encontrei um recibo no chão. Era de uma câmera bem bacana. Claro que entrei na loja e achei o mesmo modelo e tentei devolver. Era muito dinheiro! Falei para a mulher do serviço ao consumidor que tinham roubado meu cartão de crédito e ela foi muito legal. Disse que não podia fazer a devolução porque eu não tinha mais o cartão, mas eu podia trocar por outra coisa. Não consegui pensar em outra coisa, aí peguei um modelo um pouco mais porcaria e convenci a mulher a pagar a diferença em dinheiro.

— Claro que convenceu — minha mãe disse.

— Tá, isso já é demais pra mim — a Emily disse. — Eu volto para a loja e devolvo se um atendente me dá troco a *mais* por engano.

Meu pai ficou horrorizado.

— Por que você faria isso?

— Esses lugares descontam do salário do funcionário se a conta não bate. Sou uma cidadã consciente, pai.

— Só ficamos com a câmera por um ano, mais ou menos — minha mãe disse.

— Tivemos que usar de garantia para comprar a passagem da sua mãe para a China quando seu avô morreu.

— A filmagem é muito massa — a Emily disse. — Fiquei pensando em usar num vídeo.

— Vai fazer um vídeo de um vídeo? — meu pai perguntou.

— É para a — dobrei meus dedos para fazer um gesto de aspas — "arte" dela.

— A mamãe e o papai aparecem usando tiras brancas na cabeça com uma espécie de sangue de mentira.

— A gente cortou uma camiseta velha do seu pai e amarrou na cabeça. Acho que pintamos com canetinha vermelha para representar o sangue dos estudantes assassinados.

— Você implorou para a sua mãe te deixar usar também, porque todos os adultos usavam, mas sua mãe disse que não, que era muito mórbido.

— Eu não ia deixar minha filha usar um trapo com sangue na cabeça.

— Era simbólico — meu pai disse.

— Era vida real.

— Caramba — a Emily disse. — Vocês não deixavam barato.

Minha mãe voltou a andar.

— Vamos indo.

— Não querem tirar uma foto na frente do apartamento? — a Emily perguntou.

Minha mãe balançou a cabeça.

— Não estou muito fotogênica hoje. — Andamos em silêncio por um tempo, passando por outra loja de sucos e uma loja de queijos.

— E passei esse tempo todo pensando que a gente tinha dado sorte uma vez na vida — eu finalmente disse.

— A gente deu sorte — meu pai disse. — A gente deu sorte de achar uma pessoa ingênua que por algum motivo estava com a consciência pesada e por isso aprovou nossa proposta mesmo sem crédito ou garantia.

Estávamos chegando na Sexta Norte e minha mãe parou na frente de um brechó.

— Heping. Ainda existe.

— Vocês vinham aqui? — a Emily perguntou.

Minha mãe balançou a cabeça.

— O mundo dá voltas, mesmo — meu pai disse.

— Não sei se isso me dá total depressão ou total inspiração — a Emily disse.

— Nem eu — eu disse, sentindo um pouco do que meus pais deviam estar sentindo, velhos e inflados pela familiaridade do que um dia fomos.

REUNIÃO Nº 6

No dia em que o meu pai pediu demissão e prometeu que nunca mais ia dar aula depois de descobrir que a escola ia ser fechada pelo Departamento de Educação e todos os professores iam ser transferidos para distritos ainda piores, ele voltou para casa com um mapa-múndi e uma lata de tachinhas prateadas.

— Com tanta coisa que poderia ter trazido, você escolheu isso? — minha mãe perguntou, levantando a cabeça enquanto picava legumes na cozinha.

— Primeiro, prefiro ter minha sanidade de volta a qualquer objeto material e, segundo, quero mostrar uma coisa importante para a nossa azedinha. — Ele estendeu o mapa no chão e me chamou. — A mamãe nasceu bem aqui. — Ele colocou uma tachinha perto de uma parte do mapa que não tinha nome, perto do mar do Leste da China. — Ela se mudou para Xangai aos três anos.

Eu entrei na brincadeira na hora.

— Igual eu, mas ao contrário.

— Exato. E aqui foi onde o seu avô, pai da mamãe, nasceu, e nessa cidade aqui ele encontrou petróleo e começou o próprio negócio. Sua tia mais velha foi chamada para trabalhar nesse vilarejo aos catorze anos e acabou ficando dez anos lá. Sua tia do meio morou nessa ilha por alguns anos. Ela tinha um trabalho que era considerado bom. A ilha ficava a só meio dia de barco de Xangai, então eu a via mais vezes do que a sua tia mais velha. Ela foi pra lá pra ajudar a construir moinhos, mas acabou casando com o prefeito do vilarejo depois que a esposa dele morreu.

— Por isso ela é gorda daquele jeito — minha mãe acrescentou. — Nunca precisou trabalhar.

— Sua tia mais nova ficou dois anos morando aqui.

— Na Rússia?

— Não, bem do lado da fronteira com a Sibéria. Ela era parteira. Odiava o trabalho. Ela me contou que sempre vomitava antes, durante e depois. Não tinha muita coisa para comer, então acabou destruindo seu estômago e a garganta.

— Coitadinha — minha mãe disse. — Ela se recusou a casar quando voltou. Rejeitou todos os caras que a gente tentava arranjar. Ela dizia que não gostava de nenhum, mas eu acho que tinha ficado traumatizada e não queria ter filhos.

— Pode ser — meu pai disse, colocando duas tachinhas numa ilha comprida em forma de lagarto. — E a gente tem família até na Malásia, aqui e aqui, e um tio distante no Paquistão. Fugiram durante a guerra civil.

— Fugiram como?

— Atravessaram as montanhas a pé.

— Escalaram as montanhas?

— Não era fácil. Era preciso ter muita resistência. Tinha gente que ia de barco para Hong Kong se desse sorte. Os desesperados tentavam ir nadando. Por falar em Hong Kong, sua mãe tem dois primos por lá.

— Nunca nem vi — minha mãe disse.

— Eles nadaram ou foram de barco? — perguntei.

— Acho que de barco — minha mãe respondeu.

— Foi bem aqui que o seu tio desembarcou — meu pai continuou.

— Atlanta?

— Atlanta, na Geórgia. Na China ele era um prodígio. Número um de Xangai e número três do país na área dele.

Minha mãe se aproximou e ficou de pé ao nosso lado.

— A gente tinha tanto orgulho. Ele fazia parte da primeira geração de estudantes. Era aprovado em tudo. As universidades brigavam por ele.

— É por isso que a casa dele é tão bonita?

— Pode ser — meu pai disse. — E foi ótimo, porque ele protocolou a nossa petição do visto.

— A gente deu muita sorte — minha mãe disse. — Era difícil uma petição feita por irmãos ser aprovada.

— E por que a gente não foi morar em Atlanta?

Minha mãe se levantou.

— Essa é uma história trágica — ela disse e voltou para a cozinha para terminar o jantar.

— Ele conseguiu um emprego temporário em Nova York depois de se formar — meu pai explicou. — Acho que se adaptou bem, mas aí a primeira esposa dele bateu num caminhão na Canal Street no caminho para o trabalho e morreu na hora. Ele conheceu sua tia Janet no ano em que aprovaram nossos vistos. Ela ia começar a faculdade na UNC, então ele se mudou para lá com ela.

— Não quero que ninguém bata num caminhão e morra — eu disse.

— Ninguém vai morrer, azedume — meu pai me confortou. — O papai está aqui para cuidar disso.

— E se um carro atropelar você ou a mamãe?

— Não vai. Porque a gente sempre olha para os dois lados, não é mesmo?

— Às vezes você sai andando sem olhar — eu disse, me jogando no colo dele.

— Nunca mais vou fazer isso. O.k. Essa é a nossa última parada. Aqui fica a cidade onde a sua avó nasceu e, bem aqui do lado, a que seu avô nasceu. Minha mãe e meu pai. Foi aqui que tudo começou.

Voltei a me sentar e olhar o mapa.

— Um montão de lugares.

— Acho que chegou a hora de fazermos uma viagem de carro. O que você acha, azeda?

— Pode ser amanhã?

Meu pai deu risada.

— Quem sabe, se a sua mãe concordar… Quer perguntar para ela?

Chamei a minha mãe e ela sentou com a gente para ver nossa obra.

— Não seria legal se em vez de tudo isso — e ela foi seguindo com os dedos as tachinhas que tínhamos colocado em todos os lugares onde tínhamos família —, em vez de ter que considerar o mundo inteiro, não seria legal se isso tudo fosse nosso continente particular?

Meu pai refletiu e deu uma ideia melhor ainda.

— E se a gente pensar nesse mapa como uma planta da nossa futura casa com um quintal bem grande e…

— Uma piscina! — eu sugeri.

— E uma piscina para a azedinha, claro — meu pai apoiou.

Minha mãe soltou um suspiro.

— Seria tão mais fácil.

Enxuguei uma lágrima do rosto dela.

— Que foi, mamãe?

— Tudo bem — ela disse, encostando a bochecha úmida na minha. — Só sinto saudade da minha família. — Era chocante para mim que ela chamasse de família outras pessoas que não fossem eu e o meu pai.

Meu pai tentou consolar minha mãe.

— A gente só precisa ficar rico e alugar uma casa enorme e mandar buscar todo mundo de avião.

— Claro — ela disse, demonstrando uma raiva que tinha surgido de repente. — Claro que isso vai acontecer. E aí a gente também pode construir uma ala especial para quem quer que seja sua amante.

— Sem chance — eu disse imediatamente e comecei a embolar as palavras. — Nada dessas putas. — Mas naquele momento meus pais só ouviam um ao outro. Os dois foram para a cozinha e me deixaram sozinha com o mapa por um tempo. Ficaram batendo boca, meu pai prometendo que ia ficar rico e a minha mãe prometendo que ia ficar mais rica ainda para não precisar depender das promessas absurdas dele, que nunca passavam de mentiras. Meu pai continuou falando que ia tomar conta da nossa família e perguntando por que ela nunca acreditava, e a minha mãe continuou falando que só ia acreditar vendo, ou seja, ela acrescentou, só quando estivesse morta, então, a não ser que fosse verdade que os fantasmas vagam pela Terra, ela nunca ia ver ou acreditar em nada daquilo. Depois de um bom tempo, eles finalmente voltaram da cozinha e me falaram que a gente ia jantar no McDonald's.

Quando estávamos colocando nossos sapatos, meu pai disse:

— Tá bem, lá vai uma promessa que *eu sei* que vou cumprir. Prometo que, se o meu pai viver até os cem anos, vou reunir todo mundo para uma festa inesquecível. Todas as pessoas da nossa família. Custe o que custar. Vou fazer acontecer. E aí podemos ir satisfeitos para o túmulo. Que acha?

— Que ideia ridícula, Heping. Falei para você parar.

— A gente pode fazer as pazes? — eu disse, puxando a manga da jaqueta da minha mãe. — Por favor?

— Tá bom — minha mãe cedeu. — Tá, vamos fazer as pazes.

Na manhã seguinte fui a primeira a acordar e vi que alguém tinha pendurado nosso mapa na parede junto com todas as tachinhas e tinha feito um círculo bem grande em volta de Nova York e escrito o número 2024 de caneta preta ali do lado.

Voltei para a cama e acordei os meus pais.

— O que é 2024? — Meu pai ainda estava com olhos fechados e a minha mãe, aninhada no ombro dele. Eles tentaram me puxar para a cama, mas não deixei. — Por que escreveram 2024 no mapa? — perguntei de novo.

— Ah — meu pai disse, me puxando devagar, ainda meio dormindo. — É o ano da nossa festa.

— Que ideia ridícula. — A postura da minha mãe não tinha mudado, embora dessa vez eu jurasse que sua voz tinha um rastro de esperança.

— É um estímulo — meu pai disse, e era mesmo, e eu entendia, mesmo depois de o nosso apartamento ter desabado e de termos sido obrigados a viver um dia de cada vez, sempre preocupados com o dia seguinte, e mesmo depois de termos vivido uma hora de cada vez, um minuto de cada vez, eu ainda acreditava no meu pai, que insistia que sempre haveria alguma coisa, qualquer coisa, que poderia nos estimular.

REUNIÃO Nº 7

Amanhã é o aniversário de cem anos do meu avô e por isso eu decido fazer o que algumas pessoas chamariam de colocar as asinhas de fora, mas que vejo como um desejo natural de juntar minha família, algo que eu de fato faço, e para isso vou passando por cidades e vilarejos e bairros em que nunca estive antes e puxando cada pessoa para perto de mim por um breve momento antes de jogá-las numa sacola.

"Oi", eu digo para cada membro da família que recolho de sua própria casa ou do seu emprego ou do restaurante em que tinha ido almoçar ou do centro comunitário onde falava alguma merda sobre o passado, e eu digo: "Oi, oi! Oizinho, oi, lembra de mim, sou sua prima, lembra de mim, lembra de mim, sou sua prima de terceiro grau, já ouviu falar de mim, sou sua tia mais nova e te peguei no colo quando era bebê, sou sua sobrinha-bisneta, sou sua neta, eu mesma, sua filha, sua irmã".

Recebo as seguintes respostas: "Não oi sim sim é *aham dang ran ji* meu anjinho azedo que saudade *ning ning bao bei* é você mesmo você voa *piao liang gu niang* então o seu eczema atacou de novo você ainda sabe chinês você envelheceu".

Quando eu tinha três anos, perguntei para as minhas tias de onde os humanos tinham vindo e elas me falaram sobre uma mulher que se abriu como um botão de rosa para o homem que a amava, e eu disse:

— Não! O primeiro humano, de onde veio?

Minha tia mais velha disse:

— Ninguém sabe, mas eu acho...

E a minha terceira tia interrompeu e disse:

— Os primeiros humanos vieram dos macacos.

Então ela curvou os ombros e esticou os braços e imitou o guincho de um macaco e eu pulei nos braços dela como se ela fosse minha mãe, e essas eram as nossas brincadeiras da hora de dormir. Quando recolho minha terceira tia do hospital em que ela trabalha em Tianjin, ela me diz:

— Mas você por acaso lembra de como eu era? Eu limpava a sua bunda quando você era criança, te falei de Deus e de onde os humanos vieram.

— Dos macacos — eu digo. — Viemos dos macacos.

— Isso, e de Deus também — minha tia me lembra.

Por último, passo para pegar meu avô. Ele usa um colarinho, mas sem camisa.

— Bonito, hein, vovô — eu digo.

— *Xiao ning ning* — ele diz, me chamando pelo meu primeiro nome, aquele que meus pais abandonaram quando chegamos aos States, o nome em que nunca mais pensei até voltar para a China e minha concepção de lar voltar a ser uma questão.

— A *ning ning* chegou! — meu avô gritou para o resto da família com uma alegria incontrolável assim que minha mãe e eu chegamos de táxi à casa dele. Ele tinha passado a manhã inteira nos esperando lá fora.

— Nunca se esqueça — ele me disse no primeiro dia, quando meu corpo tremia inteiro, incapaz de aceitar que precisava ficar quieto no país em que nasci. — Você viveu seus primeiros três anos aqui.

— Eu já esqueci — eu respondi, em pânico e num chinês horrível, querendo na verdade dizer o contrário, que eu *não* ia esquecer.

De todas as vozes que falam comigo, é a voz do meu avô que ouço com mais clareza.

— De onde veio a minha netinha que viaja o mundo inteiro, dessa vez? — ele pergunta. — Não tinha ido para São Petersburgo no ano passado? Ou era Berlim? Ou Budapeste? Buenos Aires? Cidade do México? Manila? Bangcoc? Seul?

— Todos esses lugares, vô — eu digo, dando um nó na sacola.

— Algum desses lugares é a nossa casa? — pergunto à sacola da minha família e imediatamente ouço votos abafados para "Nova York! Xangai! Pequim! Shandong! Wenzhou! Heilongjiang! Tianjin! São Francisco! Williamsburg! Los Angeles! Londres! Bushwick! Paris! Sichuan! Hunan! Hong Kong! Washington Heights! E Flat!".

Tento levar em conta todas as sugestões, mas são muitas e mais outras vão chegando. Sem saber direito onde estou, começo a cair.

— Vamos todos viver para ver esse momento — eu digo para a sacola da minha família. — Vamos aterrissar onde tiver terra firme. Prometo.

Todos comemoram e me dizem que topam ir aonde eu quiser levá-los. São tantas vozes falando ao mesmo tempo, entre si e comigo e umas por cima das outras, que de repente sou invadida por uma ansiedade antiga e familiar que eu sentia quando era mais nova e minha vida era cheia de pessoas que eram da minha família num minuto e passavam a ser desconhecidas no outro, quando dividíamos nossa casa com outras famílias que ficavam tão perto de nós que ouviam os nossos segredos, mas não conseguiam entendê-los, quando eu ficava tão oprimida por todas aquelas pessoas que queria que todas elas, até os meus pais, desaparecessem, e quando desapareciam, quando me deixavam sozinha à noite por algumas horas, eu me culpava por deixar que a ideia de viver sem elas tivesse passado pela minha cabeça, com a certeza de que, de todas as coisas que eu já tinha desejado, aquela seria a que se tornaria realidade, e, quanto mais eu pensava nisso, mais eu me sentia presa numa solidão tão extrema que eu só podia permanecer parada, me rendendo a ela e revendo todos os momentos das últimas horas, refazendo as conversas dos adultos à minha volta, as conversas das quais eu deveria ter participado, os telefonemas para Xangai em que eu deveria ter me manifestado, mas dessa vez eu reagi usando as palavras que eu achava que esperavam de mim, e eu as disse, exatamente com a graça e o garbo que mereciam, pronunciando cada palavra na minha cabeça e sussurrando o começo de cada resposta em voz alta: "Eu sei que você fez o que podia... Que você tenha... Eu queria ter feito... Não precisa... Quando eu crescer... Espero que um dia... Sinto saudade... *ye ye nai nai* eu... Me desculpa por não... Meu preferido é... Adoro... Lembro de... Foi maravilhoso ir... Engraçado que... Vou visitar... Hahaha... Não quero parecer... Sabe do que eu mais sinto falta... Estudar é a prioridade... Tem razão... Vou tentar... Eu não devia ter sido tão... Eu sei que você... Não tem nada mais bonito... Se você não quiser não vou... Sim, vou te ver...", e assim segui, até que meus pais viessem me procurar e, sem que eu precisasse pedir, se deitassem do meu lado, intuindo exatamente o tipo de exaustão que eu tentava vencer, e me fizessem carinho e perguntas que não pediam resposta. "Onde foi que a gente arranjou uma menina azeda desse jeito? Como a gente deu tanta sorte?", eles diriam, levando para longe aquelas vozes desesperadas de quem eu achava que precisava ser e, embora soubesse que não ia durar para sempre, eu ficaria deitada no meio dos dois até voltar a lembrar quem eu era, até deixar de me sentir tão sozinha.

Agradecimentos

Obrigada, Kaela Myers, por contribuir com o amadurecimento destes contos e enxergar a verdadeira essência de cada um. Agradeço a Samantha Shea, que pôs tanta fé no livro que acabou me contagiando também. A Andy Ward, que acolheu imediatamente estas histórias com afeto e generosidade. A Lena Dunham, por oferecer um lar a este livro — obrigada por dar nova vida ao que eu estava prestes a abandonar.

E a toda equipe da Random House/ Lenny que trabalhou neste livro, muitas vezes sem eu saber — esse é o mais raro e menos merecido dos privilégios e eu o tive —, muito obrigada.

Agradeço também a Linda Swanson-Davies, por ter sido a primeira a aceitar um conto meu e me encorajar a continuar. E a Tavi Gevinson, por no ano seguinte me arrancar da pilha de originais e me oferecer um espaço para correr livre.

Meus sinceros agradecimentos aos professores e colegas de Stanford e do Iowa's Writers Workshop, que me leram, me escreveram e lutaram por mim, principalmente Rick Barot, Edward

Carey e Marilynne Robinson. Gratidão eterna a Samantha Chang e Connie Brothers, por me apoiarem sem ressalvas.

A Adrian, por levar meus sonhos além.

A meus amigos: Durga Chew-Bise, Harry Chiu, Leopoldine Core, Anthony Ha, Benjamin Hale, Sarah Heyward, Leslie Jamison, Alice Sola Kim, Tom Macher, Karan Mahajan, Monica McClure, Anna North e Vauhini Vara, que me acompanharam e ampararam durante minhas crises e lamúrias.

Ao irmão que escolhi, Tony Tulathimutte, que leu esses contos ainda crus e os alimentou até ganharem força — me fortalecendo também.

Finalmente, meu amor eterno a minha família em Xangai e Nova York. A minha *nainai*, *yeye*, *haobu*, *gonggong* — com quem sempre tento falar em chinês. E a minha mãe, meu pai e meu irmão, que fizeram este livro comigo, que falaram comigo na língua mais bonita e mais íntima que existe, que me amaram sem restrições e me protegeram daquilo que eu queria — obrigada. Vocês são o único lar permanente que tenho.

ESTA OBRA FOI COMPOSTA EM ELECTRA PELO ACQUA ESTÚDIO E IMPRESSA PELA RR DONNELLEY EM OFSETE SOBRE PAPEL PÓLEN SOFT DA SUZANO PAPEL E CELULOSE PARA A EDITORA SCHWARCZ EM AGOSTO DE 2018

A marca FSC® é a garantia de que a madeira utilizada na fabricação do papel deste livro provém de florestas que foram gerenciadas de maneira ambientalmente correta, socialmente justa e economicamente viável, além de outras fontes de origem controlada.